A PRIMEIRA MENTIRA

A PRIMEIRA MENTIRA

Ashley Elston

Tradução de Thais Britto

Copyright © 2024 by Ashley Elston
Esta edição foi publicada mediante acordo com Sterling Lord Literistic e Agência Riff.

TÍTULO ORIGINAL
First lie wins

COPIDESQUE
Angélica Andrade

REVISÃO
Juliana Borel

DIAGRAMAÇÃO
Victor Gerhardt | CALLIOPE

DESIGN DE CAPA
Ervin Serrano

IMAGENS DE CAPA
Goldmund Lukic/Stocksy (mulher)
Raymond Forbes/Stocksy (casa)

CIP-BRASIL. CATALOGAÇÃO NA PUBLICAÇÃO
SINDICATO NACIONAL DOS EDITORES DE LIVROS, RJ

E44p

    Elston, Ashley
       A primeira mentira / Ashley Elston ; tradução Thaís Britto. - 1. ed. - Rio de Janeiro : Intrínseca, 2024.

       Tradução de: First lie wins
       ISBN 978-85-510-0955-0

       1. Romance americano. I. Britto, Thaís. II. Título.

24-93049   CDD: 813
                         CDU:82-31(73)

Meri Gleice Rodrigues de Souza - Bibliotecária - CRB-7/6439

[2024]
Todos os direitos desta edição reservados à
EDITORA INTRÍNSECA LTDA.
Av. das Américas, 500, bloco 12, sala 303
22640-904 – Barra da Tijuca
Rio de Janeiro – RJ
Tel./Fax: (21) 3206-7400
www.intrinseca.com.br

Para Miller, Ross e Archer

CAPÍTULO 1

Começa com as pequenas coisas: uma escova de dentes a mais no copo em cima da pia, algumas peças de roupa na gaveta menor, carregadores de celular dos dois lados da cama. Depois, as coisas pequenas se transformam em outras um pouco maiores: giletes, enxaguante bucal e anticoncepcionais, todos brigando por espaço no armário do banheiro, e a pergunta que muda de "Você vem hoje?" para "O que vamos fazer para o jantar?".

Por mais que eu estivesse apavorada, o próximo passo era inevitável.

Pode até ser a primeira vez que esteja vendo essas pessoas ao redor da mesa, que Ryan conhece desde criança, mas todo mundo sabe que já estou totalmente inserida na vida dele. São os pequenos toques que uma mulher traz para a casa de um homem, como as almofadas que combinam no sofá, o cheiro sutil de jasmim no difusor em cima da prateleira de livros, detalhes que qualquer outra mulher nota assim que entra pela porta.

Uma voz vem do outro lado da mesa iluminada por velas, desvia do enfeite no centro que, me garantiram, era "delicado, mas imponente", e paira no ar bem diante de mim.

— Evie, que nome peculiar.

Eu me viro para Beth, pensando se devo ou não responder à pergunta que nem é uma pergunta de verdade.

— É o diminutivo de Evelyn. Fui batizada com o nome da minha avó.

As mulheres trocam olhares, uma comunicação silenciosa de um lado a outro da mesa. Cada resposta minha é avaliada e catalogada para uma futura discussão.

— Ah, amei isso! — exclama Allison. — Também tenho o nome da minha avó. De onde você disse que era mesmo?

Eu não falei, e elas sabem disso. Como aves de rapina, vão mordiscar a noite inteira, até conseguirem o que desejam.

— De uma cidadezinha no Alabama — respondo.

Antes que consigam perguntar qual cidadezinha no Alabama, Ryan muda de assunto.

— Allison, vi sua avó semana passada no mercado. Como ela está?

Ele consegue me dar alguns momentos de alívio enquanto Allison conta como a avó está após a morte do marido. Mas não vai demorar muito para que eu volte a ser o foco.

Não preciso conhecer essas pessoas para saber tudo sobre elas. São aquelas que começaram no mesmo ano no jardim de infância, o pequeno círculo de amigos que estudou junto até a formatura do ensino médio. Deixaram a cidade em grupos de três ou quatro para fazer faculdade a uma distância curta de carro daqui. Todos se associaram a fraternidades onde já havia outros grupinhos de dois ou três amigos com histórico similar, e então voltaram à sua cidadezinha da Louisiana, formando o pequeno círculo de novo. As letras gregas das fraternidades foram substituídas por filiação a organizações de caridade, jantares e partidas de golfe no sábado à tarde, desde que não houvesse nenhum jogo da liga regional de futebol americano.

Não os culpo por serem assim; eu os invejo. Invejo o quanto ficam à vontade em situações como esta, por saberem exatamente o que esperar e o que se espera deles. Invejo a graciosidade que vem de saber que todo mundo na cidade já viu o pior deles, e ainda assim os aceita.

— Como vocês se conheceram? — pergunta Sara, a atenção voltada para mim mais uma vez.

É uma pergunta até inocente, mas que mesmo assim me irrita.

Pelo sorriso no rosto de Ryan, ele sabe como me sinto e está prestes a responder por mim, mas tomo a frente.

Limpo a boca de leve com um dos guardanapos de tecido branco, que comprei especialmente para esta ocasião, e digo:

— Ele me ajudou a trocar um pneu furado.

Ryan daria muito mais informações do que eles merecem, e foi por isso que o interrompi. Não conto que aconteceu num posto na periferia da cidade, onde ficava o pequeno restaurante em que eu trabalhava e me esforçava para não deixar nenhum copo vazio. Também não conto que, se eles estão acostumados a graduações, MBAs e ph.Ds, eu só estou familiarizada com supletivos.

Essas pessoas, os amigos dele, mesmo sem querer, iam chegar a muitas conclusões negativas a meu respeito. Talvez nem percebessem que estariam fazendo isso.

Falei para Ryan que tinha medo do que achariam de mim quando descobrissem que meu passado era muito diferente do deles. Ele me garantiu que não se importava com o que pensavam, mas se importa, sim. O fato de ter cedido e convidado todos para vir aqui, e passado a semana inteira me ajudando a *acertar direitinho* o cardápio, diz muito mais do que os sussurros no escuro, quando me fala que gosta de como eu sou diferente das garotas com quem ele cresceu.

Allison se vira para Ryan.

— Olha só como é útil ter você por perto.

Olho para Ryan. Resumi todo o nosso encontro em uma frase, e até agora ele deixou por isso mesmo.

Ele me olha de volta, e o pequeno sorriso no seu rosto me diz que é minha hora de brilhar — por enquanto — e que ele está tranquilo de seguir o fluxo.

Cole, o marido de Allison, diz:

— Eu não me surpreenderia se ele tivesse furado seu pneu só pra poder te ajudar a trocar.

Há risadas ao redor da mesa e, pela forma como ele leva a mão à lateral do corpo, provavelmente uma cotovelada na costela de Cole. Ryan balança a cabeça, ainda olhando para mim.

Sorrio e depois dou uma risada, não muito alta e nem muito longa, só o suficiente para demonstrar que também me diverti com a ideia de que Ryan pudesse fazer algo tão extremo só para me conhecer.

Me diverti com a ideia de que *qualquer um* pudesse ter vigiado alguém por tanto tempo a ponto de saber que ele sempre enchia o tanque naquele posto às quintas à noite, depois de passar o dia no escritório, em East Texas. Que alguém saberia que ele preferia calibrar os pneus do lado esquerdo do prédio, e que seus olhos quase sempre acompanhavam qualquer mulher que passasse pelo caminho, ainda mais se estivesse de saia curta. E que este mesmo alguém ia reparar nas pequenas coisas, como o boné de beisebol da Universidade da Louisiana no banco de trás, na camiseta de fraternidade aparecendo por baixo da camisa de botão branca ou no adesivo do country clube no canto esquerdo do vidro, para garantir que teriam assuntos a conversar quando enfim se conhecessem. Que alguém enfiaria um prego *direitinho* numa válvula para que o ar escapasse.

Quer dizer, é divertido acreditar que alguém faria tanto esforço só para conhecer outra pessoa.

— Eu mandei muito bem — digo, mergulhando o último prato dentro da pia cheia de água com sabão.

Ryan vem para trás de mim, os braços roçando meus quadris até envolverem minha cintura toda. Coloca o queixo no meu ombro e beija meu pescoço bem no lugar que ele sabe que eu adoro.

— Eles te amaram — sussurra.

Eles não me amam. No máximo, consegui satisfazer a primeira onda de curiosidade. E imagino que, antes mesmo de o primeiro carro dar partida para ir embora, cada mulher sentada no banco do passageiro estava com o celular na mão revezando entre as mensagens no grupo — para analisar cada aspecto da noite — e a barra de busca de todas as redes sociais — para tentar descobrir quem exatamente eu sou e de que cidadezinha do Alabama eu vim.

— Ray acabou de mandar uma mensagem. Sara pediu seu número pra te convidar pra um almoço na semana que vem.

Isso foi ainda mais rápido do que eu previa. Parece que a segunda onda de curiosidade já estava vindo com tudo, estimulada talvez pelo fato de que as buscas on-line deram em pouquíssima informação, e elas já estão ansiosas por mais.

— Mandei pra ele. Espero que não tenha problema.

Eu me viro para Ryan, as mãos passeando pelo peito dele até segurarem seu rosto.

— Claro. Eles são seus amigos. E espero que se tornem meus amigos também.

Então agora vão marcar um almoço em que as perguntas serão mais diretas, já que Ryan não estará lá para evitar isso.

Na ponta dos pés, eu o puxo para perto, até que minha boca esteja a poucos centímetros da dele. Nós dois adoramos esta parte, a expectativa, quando as respirações se confundem e meus olhos castanhos encaram os azuis dele. Estamos perto, mas não o suficiente. As mãos dele entram debaixo da minha blusa, os dedos apertando a pele macia da cintura, enquanto as minhas sobem até a parte de trás do pescoço dele, entrelaçando os dedos no cabelo escuro. O cabelo de Ryan está mais comprido do que quando nos conhecemos e quando comecei a observá-lo. Eu disse a ele que gostava assim. Que gostava de ter algo para segurar, então ele não deveria mais cortar. Deu para perceber que os amigos ficaram surpresos quando o viram, porque, pela minha própria pesquisa nas redes sociais, ele nunca teve o cabelo na altura do pescoço. Aí olharam para mim e quase dava para ver as perguntas estampadas no rosto deles. *Por que Ryan mudou? É por causa dessa garota?*

Ele desce mais as mãos, segura minhas coxas por baixo da saia curta e me puxa para cima, minhas pernas envolvendo seu corpo.

— Vai ficar? — sussurra ele, ainda que só estejamos nós dois na casa. Ele faz a mesma pergunta toda noite.

— Vou — sussurro de volta.

A resposta é sempre igual.

A boca de Ryan paira sobre a minha, mas ainda há um fiapo de distância entre nós. Seu rosto fica desfocado. Embora ele esteja me matando de expectativa, espero até que se aproxime de mim.

— Não quero mais perguntar isso. Quero saber que você vai estar aqui toda noite porque é sua casa também. Você quer? Vir morar aqui?

Enfio os dedos mais fundo no cabelo e aperto o corpo dele com as pernas.

— Pensei que nunca ia perguntar.

Consigo sentir o sorriso quando seus lábios tocam os meus, e ele me beija, depois me carrega pela cozinha e pelo corredor até o quarto.

Nosso quarto.

CAPÍTULO 2

Desde que me chamou para morar com ele há cinco dias, e eu disse sim, Ryan está impaciente para que isso aconteça logo. Quando acordei no dia seguinte ao jantar, ele estava no telefone com a empresa de mudança, marcando o serviço para aquela tarde mesmo, graças a um cancelamento de última hora.

Eu o convenci a esperar, nem que fosse apenas uma semana, para garantir que era aquilo mesmo que ele queria, e não algo que decidiu por impulso após uma noite bebendo vinho caro e comendo filé-mignon preparado à perfeição. Além disso, enfatizei que ele estava se precipitando um pouco ao chamar o caminhão, já que eu ainda não tinha encaixotado nada.

— Você me diria se não quisesse morar comigo, não é?

Ryan está diante do espelho do banheiro dando nó numa gravata listrada cinza e azul-marinho, tentando agir como se tivesse me perguntado uma coisa qualquer. Está fazendo manha. Algo que eu já o vi fazer antes, quando as coisas não saem do jeito dele.

Subo na bancada e me arrasto sobre o mármore branco até ficar na frente dele. Ryan olha sobre meu ombro, como se continuasse encarando o espelho atrás de mim. Está se comportando como um bebê nesta manhã.

Eu memorizei o rosto dele, mas ainda o estudo sempre que tenho a chance, vasculhando qualquer pequeno detalhe que talvez eu tenha deixado escapar. Ele é bonito de um jeito clássico. O cabelo escuro é grosso e forma cachos nas pontas quando está muito comprido, como agora. Os olhos azuis são marcantes e, ainda que tenha acabado de fazer a barba, sei que, quando ele voltar à noite, já vai haver uma sombra no queixo, e eu vou ficar arrepiada quando senti-la roçando meu pescoço.

Afasto a mão dele e termino de dar o nó na gravata.

— É claro que quero vir morar aqui. Por que está me perguntando isso?

Ryan olha para a gravata e a ajeita, ainda que já estivesse perfeita no lugar, mas ele precisa fazer algo com as mãos. Não me tocou hoje de manhã e mal falou comigo. Sim, um completo bebê.

Como ele não me respondeu, acrescento:

— *Você* mudou de ideia sobre a minha presença aqui? Sei que acha que estou evitando a arrumação, mas tirei o dia inteiro hoje pra fazer isso, inclusive a associação de caridade vai lá em casa buscar tudo de que não preciso mais. Mas posso ligar e cancelar com eles...

Ele finalmente olha para mim e me toca.

— Sim, ainda quero você aqui. Não sabia que esse era o plano pra hoje. Mas você escolheu justamente um dia em que não posso ajudar. Estou muito enrolado hoje.

É quinta-feira, e ele vai estar a quase cem quilômetros de distância, no escritório de East Texas, o dia inteiro. Como acontece toda quinta.

— Eu sei, foi um péssimo timing. Mas hoje era o único dia em que eu podia tirar folga do trabalho e a única tarde em que o pessoal da caridade podia mandar o caminhão. Não tenho muita coisa, então não devo demorar muito, mesmo arrumando tudo sozinha.

Ele aperta as laterais do meu corpo e se inclina para me dar um beijo. Com a pirraça encerrada, eu o puxo para perto e seguro suas pernas com meus pés.

— Talvez eu possa ligar e dizer que estou doente. Eu sou o chefe, afinal. Já está na hora de abusar do meu poder — diz ele, rindo.

Dou uma risadinha em meio aos beijos.

— Guarde esse dia de doença pra algo melhor do que encaixotar mudança. E, de verdade, vai ter pouca coisa pra arrumar, já que vou doar quase tudo. — Dou uma olhada para o quarto. — Minhas coisas não são tão boas quanto as suas, não tem por que ficar com elas.

Ele segura meu rosto.

— Já falei, pode trazer o que quiser e vamos arranjar espaço. Não precisa se livrar de todas as suas coisas.

Mordo o lábio e respondo:

— Eu juro, você não vai querer meu sofá feio de segunda mão na sua sala.

— Como pode saber se não quero seu sofá feio de segunda mão na minha sala? Você nunca me deixou ver como ele é.

Desvio o olhar na tentativa de evitar essa conversa, que é um campo minado, mas ele puxa meu queixo de volta e olha nos meus olhos.

— Não precisa ter vergonha.

— Preciso, sim — digo, encarando-o de volta. Depois me inclino depressa para beijá-lo, antes que venha mais uma criancice. — Você vai ver no sábado quando os rapazes da mudança chegarem aqui. Marquei com eles ontem. E vamos passar o sábado tentando arranjar espaço para as minhas coisas. Use o seu dia de doença na segunda. Estaremos exaustos e com certeza vamos precisar ficar um dia inteiro deitados na cama de pijama. Mas o pijama é opcional.

Ele encosta a testa na minha, o sorriso contagiante.

— Está combinado.

Ele me dá um último beijo rápido e sai do banheiro.

Vinte minutos depois que Ryan entra no Tahoe dele e sai da garagem, faço o mesmo no meu 4Runner de dez anos. Lake Forbing é uma cidade de tamanho médio no norte da Louisiana, conhecida por suas terras férteis e bolsões de gás natural. É uma área de gente com muito dinheiro, mas do tipo discreto. Da casa de Ryan, levo vinte minutos para chegar ao condomínio Lake View Apartments, que, pelo que sei, não fica nem um pouco perto do lago que batiza a cidade.

Estaciono na vaga designada ao apartamento 203, bem ao lado do caminhão da caridade.

— Chegou cedo, Pat — digo ao motorista quando saímos de nossos respectivos veículos.

Ele assente.

— A primeira viagem não demorou tanto quanto eu imaginava. Qual é o apartamento?

Pat sobe as escadas atrás de mim e seu ajudante abre o compartimento do caminhão. Parada diante da porta, pego a chave na bolsa.

— É aqui.

Ele assente e desce de novo. Preciso de algumas tentativas para abrir a fechadura; a falta de uso a deixou teimosa. Quando viro a maçaneta, ouço o barulho do carrinho de metal quicando na escada.

Abro a porta para Pat e seu ajudante, que têm dificuldade em fazer o carrinho passar pelo batente estreito.

— Onde quer que coloque?

Olho para o apartamento vazio e digo:

— Pode ser aí no meio da sala.

Observo a primeira pilha de caixas, todas cheias de itens que passei os últimos quatro dias escolhendo. Coisas que Pat vinha guardando para mim no caminhão até que eu estivesse pronta para trazê-las para cá. Coisas que vou levar para a casa de Ryan no sábado. Coisas que vou dizer que tenho há anos, e não há dias.

São necessárias duas viagens para levar todas as caixas lá para cima. Tiro cinco notas de vinte dólares do bolso de trás e entrego a Pat. Esse não é o tipo de serviço que a associação de caridade oferece, mas, por uma graninha a mais, ele fica feliz em ajudar.

Os dois homens já estão quase saindo pela porta quando pergunto:

— Ah, você trouxe as caixas a mais?

Pat dá de ombros e olha para o ajudante, que responde:

— Sim, estão lá no caminhão. Quer que traga aqui pra cima?

Se algum deles está achando tudo aquilo estranho, pelo menos não deixa transparecer.

— Não. Pode deixar na calçada, do lado do meu carro.

Vou com eles para fora do apartamento. Enquanto descarregam a pilha de caixas vazias, abro o porta-malas, onde pego uma sacolinha preta. Agradeço a eles, e os dois voltam para o caminhão. Faltam só mais algumas coisas para resolver.

A disposição do apartamento é bem simples. A porta de entrada dá numa pequena sala, com uma cozinha nos fundos. Um corredor estreito leva a um banheiro e um quarto. Há um carpete bege, um piso de linóleo bege e paredes bege.

Na cozinha, abro a sacola preta e tiro quatro cardápios de restaurantes da região, três fotos com Ryan que eu mandei imprimir e sete ímãs para prender esses itens na geladeira. Depois pego os temperos, jogo metade de cada na pia e os coloco na porta da geladeira, alinhados. No banheiro, ainda com a sacola preta nas mãos, pego o xampu e o condicionador, jogo metade fora na pia, como fiz com os temperos, e coloco os recipientes na borda da banheira. Abro uma embalagem de sabonete, coloco sobre o ralo da pia e abro a água, virando-o de vez em quando até o logo sumir e as bordas ficarem mais arredondadas, então o coloco no espacinho na parede do chuveiro. A última coisa é a pasta de dente. Aperto para esvaziar um pouco o recipiente, derramo um rastro ou outro sobre a pia, do mesmo jeito que faço na casa de Ryan, mesmo sabendo que ele vai reclamar. Deixo o tubo sem tampa em cima da bancada, ao lado da torneira.

A última parada é o quarto. Pego um punhado de cabides de plástico e de metal, os últimos itens da sacola preta, e os espalho na arara de metal vazia. De volta à sala, bagunço o monte de caixas perfeitamente arrumadas, até que o chão esteja cheio delas. Escolho duas para abrir, uma de livros e a outra cheia de frascos de perfume velhos. A primeira é fácil de desfazer, então em pouco mais de um minuto já tenho diversas pilhas ao lado da caixa, como se ainda não tivesse guardado aqueles livros.

Os frascos de perfume levam um pouco mais de tempo. Levo a caixa até a bancada da cozinha, desembrulho os quatro que estão por cima e os coloco em cima da superfície de fórmica. A luz que entra pela janela incide sobre eles de um jeito perfeito, e os vidros finos e coloridos agem como um prisma, refletindo raios azuis, roxos, cor-de-rosa e verdes ao redor da sala lúgubre.

De tudo o que comprei esta semana, os frascos de perfume foram os mais difíceis e, para minha surpresa, os mais divertidos de encontrar. Foi um acaso feliz que tenha precisado procurar por eles, mas, depois de me deparar com uma postagem no Facebook na qual Ryan estava marcado, soube que aquele era o tipo de item que eu precisava "colecionar". Ele dera um daqueles para a mãe de presente de aniversário no ano passado. Era quase uma peça de *art déco*, uma bola de vidro jateado envolta em prata e adornada com pequenos quadrados espelhados. Parecia o tipo de presente que Jay Gatsby daria a Daisy. Era lindo e, pelo sorriso no rosto, ela havia amado.

E se eu fosse o tipo de garota que coleciona coisas, com certeza seria isso.

Dou uma olhada na sala uma última vez. Está exatamente como eu gostaria. Como se eu tivesse empacotado tudo, exceto por algumas coisinhas que não tive tempo de guardar, pequenas aleatoriedades deixadas de lado.

— Toc, toc. — Ouço uma voz na entrada e me viro na direção dela.

É a mulher que trabalha no escritório do condomínio, de quem aluguei este apartamento na segunda-feira de manhã.

Ela entra na sala e olha para a bagunça ao redor.

— Estava preocupada por não ter visto ninguém aqui desde o começo da semana.

Coloco as mãos nos bolsos, recosto na parede ao lado da bancada da cozinha e cruzo as pernas na altura dos tornozelos. Meus movimentos são lentos, mas calculados. Fico preocupada com ela aqui me vigiando e com a possibilidade de que queira fazer o mesmo no sábado quando Ryan vier para me ajudar na mudança. Escolhi um lugar onde os vizinhos não fizessem questão de se conhecer e o aluguel incluísse os serviços de utilidade pública, já que os apartamentos podem ser alugados por semana. E eu só precisava de uma semana.

Devo ter despertado o interesse dela ao alugar uma das poucas unidades não mobiliadas. Normalmente, se alguém traz os móveis, é porque planeja ficar mais do que sete dias, mas eu não queria que Ryan pensasse que tudo na minha vida era tão temporário a ponto de não ter meu próprio sofá, por isso o mobiliado não era uma opção. E aqui estamos, no quarto dia do aluguel, e não tenho nada que comprove minha presença, a não ser por oito caixas estrategicamente espalhadas na sala.

Ela passa a mão pela caixa mais próxima e observa os frascos de perfume na bancada. Conheço bem mulheres assim. A maquiagem pesada, as roupas justas, uma pessoa que algum dia já foi até considerada bonita, mas o tempo não foi gentil com ela. Os olhos absorvem tudo que está à sua volta. Este é o tipo de lugar que se costuma alugar com propósitos ilícitos, e é ela quem administra tudo, sempre em busca de alguma situação de que possa tirar vantagem. A mulher atravessou o estacionamento e veio direto ao meu apartamento porque sabe que estou fazendo algo estranho, mas ainda não entendeu muito bem como pode usar isso contra mim.

— Só queria checar se você tinha conseguido se instalar — diz ela.

— Consegui, sim — respondo, olhando para o crachá preso na blusa decotada. — Shawna, sua preocupação não é necessária. Nem bem-vinda.

Ela se empertiga. Meu tom de voz brusco contrasta com a postura relaxada. Shawna entrou aqui achando que estava no controle da situação, acreditou nisso por um momento, mas puxei seu tapete.

— Ainda devo supor que o apartamento vai estar vazio e que você vai devolver as chaves no domingo às cinco?

— Assim como suponho que não haverá mais visitas inesperadas — respondo, acenando com a cabeça para a porta e abrindo um pequeno sorriso.

Ela estala a língua, depois se vira para sair. Tenho que me segurar para não trancar o ferrolho assim que Shawna sai. Mas já estou quase terminando, e ainda há mais algumas coisas a fazer antes que Ryan cruze a rodovia estadual da Louisiana às cinco e meia da tarde.

CAPÍTULO 3

O avô de Ryan faleceu três anos atrás, apenas um ano depois da esposa, e deixou para o neto sua casa e todos os móveis, os pratos do armário e os quadros nas paredes. Ah, e uma quantia considerável de dinheiro. Pelo que Ryan conta, um dia chegou para visitar o avô e descobriu que ele tinha morrido em paz, dormindo. Na semana seguinte, Ryan já estava fazendo a mudança. Os únicos bens que levou foram suas roupas, produtos de higiene pessoal e um novo colchão para a cama. É provável que conseguisse dar um jeito de encaixar um sofá feio de segunda mão... se eu tivesse um.

A rua dele é ladeada de carvalhos imensos, cujos galhos jogam sombras em toda a extensão da calçada. Os vizinhos são todos mais velhos, mais estabelecidos e adoram me contar sobre como viram "aquele garotinho fofo" crescer desde que era um bebê. É o tipo de casa onde você mora quando enfim vence na vida. Quando já teve alguns filhos e aquele medo constante de não conseguir pagar as contas diminuiu bastante e não é mais sufocante.

Só que é grande demais para Ryan. Tem dois andares, com uma varanda ampla na frente e um jardim enorme nos fundos, é branca com persianas verde-escuras e adornada por canteiros de flores impecáveis e um caminho de tijolos que vai até a porta de entrada. Uma pessoa levaria muitos minutos para caminhar por toda a casa se precisasse checar cada cômodo

— é tão grande que alguém poderia chegar à porta da garagem e você não ouviria do quarto principal.

Entro de ré com o carro na garagem para diminuir a distância que vou ter que percorrer carregando as caixas. É só quando abro o porta-malas que vejo os vizinhos do lado esquerdo de Ryan, Ben e Maggie Rogers, me olhando da varanda. Na hora exata. A caminhada matinal dos dois coincide com o horário em que saímos para trabalhar, e os drinques vespertinos na varanda já estão a toda quando chegamos de volta no fim do dia. Mas esse é o clima geral da rua, já que a maioria das pessoas é aposentada ou está perto disso.

A sra. Rogers me observa tirar a primeira caixa de dentro do 4Runner. Esta clara indicação de que deixei de ser apenas uma convidada que passa a noite vai ser transmitida para o restante da rua quando ela fizer a ronda durante a caminhada amanhã de manhã. Os Rogers levam bastante a sério a função de guardiões da vizinhança.

Eles olham em silêncio enquanto retiro as caixas. Ryan entra na garagem no momento em que pego a última. Corre para me ajudar assim que fecha a porta.

— Deixa que eu pego — diz.

Fico na ponta dos pés e dou um beijo nele, e a caixa entre nós faz com que apenas nossos lábios se toquem.

Antes de entrarmos, ele cumprimenta os vizinhos.

— Boa noite!

A sra. Rogers se levanta e vai até a beira da varanda, debruçando-se o máximo possível sem cair nos canteiros de azaleias.

— Vocês parecem bem ocupados aí! — responde ela.

Com os braços em volta da caixa, ele acena com a cabeça na minha direção.

— Evie está se mudando pra cá.

Ele abre um sorriso tão grande que sinto um pequeno arrepio, e não consigo conter o sorriso tão grande quanto o dele que aparece no meu rosto.

Suas suspeitas são confirmadas, e a sra. Rogers lança um olhar de *eu falei* para o marido.

— Ah... Bom, acho que vocês jovens pulam algumas etapas importantes hoje em dia.

Ela ri para diluir a alfinetada.

Ryan não se abala.

— Nossas etapas podem vir numa ordem diferente, mas vamos cumprir todas elas.

Não consigo evitar um pequeno sobressalto, mas tento não procurar significados demais nessa brincadeirinha deles.

O sr. Rogers se junta à esposa na ponta da varanda.

— Bom, então precisamos dar as boas-vindas à vizinhança para Evie do jeito certo! Venham tomar uns drinques conosco numa tarde dessas.

Se o sr. Rogers ficou incomodado, está disfarçando bem.

— Seria ótimo! Talvez na semana que vem? — responde Ryan, por nós dois.

O sorriso do sr. Rogers é genuíno.

— Acabei de comprar um novo defumador para uísque e estou doido pra usar.

— Já tem um tempo que não tomo um dos seus Old Fashioneds — comenta Ryan, abrindo um sorriso. — Mal posso esperar.

Ele então toca de leve o ombro no meu e me conduz para dentro da casa.

Quando enfim entramos, Ryan coloca a caixa junto às outras no hall dos fundos.

— Me adiantei e já trouxe as roupas e os sapatos. Como foi seu dia?

Ele dá de ombros.

— Longo. Preferia ter ficado arrumando caixas com você.

Ryan nunca diz nada sobre o que faz às quintas-feiras. E mesmo que tenha brincado de manhã sobre faltar ao trabalho, nós dois sabemos que ele nunca faria isso.

O que Ryan faz às quintas-feiras é importante.

Ele dá uma olhada nas caixas. São aquelas vazias que os rapazes deixaram mais cedo na calçada, só que agora estão preenchidas com os únicos itens que eu realmente tenho e vou manter aqui. Ele pega uma mecha de cabelo que escapou do meu coque e enrola no dedo.

— Você conseguiu arrumar bastante coisa no apartamento?

Abro um largo sorriso para ele.

— Consegui! Está tudo pronto pro caminhão trazer no sábado, mas, pra falar a verdade, acho que dá pra gente fazer isso nos nossos carros. Acabei doando todos os móveis. Só sobraram umas oito ou dez caixas — digo, dando um chutinho na mais próxima.

Uma expressão confusa e um pouco triste aparece no rosto dele.

— Evie — diz ele, devagar —, você doou tudo?

Passo o polegar sobre a testa dele, suavizando as rugas.

— Você mora numa casa onde cada móvel tem um significado. Uma memória. Cresceu com essas coisas, são parte de você. Não era assim lá em casa. Meus móveis eram só objetos necessários. Um lugar para sentar que não fosse o chão, só isso. Foi fácil desapegar.

Os móveis dos quais estou falando podem até não ter sido doados hoje, mas o sentimento em si é verdadeiro.

Ryan pega o celular e liga para alguém. Olho, tentando entender o que está fazendo.

— Oi, aqui é Ryan Sumner. Evie Porter marcou uma mudança com vocês no sábado, mas preciso cancelar.

Com a mão livre, ele me puxa e me abraça na lateral do corpo. Ouve o que estão dizendo do outro lado, agradece e então desliga o telefone.

— Vamos lá pegar o resto. Agora. Pode deixar que eu faço tudo, já que você com certeza está exausta. Só me dá cinco minutos pra trocar de roupa.

Abro a boca para contestar, mas ele cola os lábios nos meus e as palavras se perdem. Ryan me beija por um longo tempo, a ponto de nós dois quase mudarmos de ideia, mas então se afasta e sai em disparada.

— Cinco minutos! — grita, desaparecendo dentro da casa.

Recosto na parede e dou uma olhada no relógio. São seis e meia. O escritório do Lake View Apartments está fechado e a mulher que trabalha lá já foi embora.

Ryan vai me seguindo no Tahoe até o apartamento. Fico feliz por não estar ao lado dele quando perceber para onde estamos indo, mas pelo menos a ideia de que eu estava com vergonha do lugar onde morava vai parecer verdadeira.

Ele estaciona ao meu lado e sai depressa do carro. Antes mesmo de eu abrir a porta, ele já está ali.

— Você deveria ter me falado que morava aqui.

Ryan vasculha o estacionamento como se estivesse à procura dos perigos que sabe que existem ali.

Eu o seguro pelos passadores de cinto da calça e o puxo para perto.

— É exatamente por isso que não falei.

Com a mão direita, seguro a esquerda de Ryan, que aperta com força, e vamos em direção à escada. Ele nota cada lâmpada queimada no caminho.

A fechadura está um pouco mais fácil agora, e, assim que a porta abre, Ryan nos conduz lá para dentro e a fecha. Vai de um lado a outro do apartamento, com as mãos nos quadris. Preciso admitir que gosto de vê-lo andar e resmungar pela sala, e esse instinto de proteção que emana dele é tão inusitado quanto bem-vindo.

Eu me abaixo perto da pilha de livros e começo a colocá-los dentro da caixa vazia que deixei ao lado.

— Esqueci que ficaram faltando algumas coisas.

Ryan vai até a bancada e pega um dos frascos de perfume. Inspeciona o recipiente de cima a baixo, depois faz o mesmo com os outros três enfileirados ao lado.

— Você coleciona isso?

Meu rosto se ilumina.

— Coleciono!

Ia começar a contar para ele que coleciono porque é uma forma de me lembrar da minha avó, mas a mentira não soa bem na minha boca, então digo:

— Vi a foto de um deles uma vez e percebi que eram lindos... e diferentes. Aquilo me marcou. Comecei a colecionar depois disso. O roxo é meu favorito.

É sempre melhor que a mentira seja o mais próximo da verdade possível, mas a questão aqui é maior do que essa. Não quero mentir para ele se não for necessário.

Não há qualquer menção ao fato de que a mãe dele também coleciona frascos de perfume, ou que tenho algo em comum com ela, e não vou analisar a fundo como me sinto por ele não ter me contado. Ryan devolve o frasco à bancada, começa a abrir as gavetas da cozinha e depois olha para a geladeira. Pega uma das nossas fotos e examina. É uma selfie que tiramos pouco depois de nos conhecer. Estava frio do lado de fora, e estamos aninhados diante de uma pequena fogueira no jardim dos fundos da casa dele. Eu tinha levado os ingredientes para fazer smores, e nosso rosto estava sujo de marshmallow e chocolate. Na foto, estou sentada no colo dele, que tem um sorriso enorme no rosto, de orelha a orelha.

— Essa noite foi ótima — comenta ele.

— Foi mesmo.

Foi a primeira noite que passei na casa de Ryan. A primeira vez que dormi na cama dele. Ryan continua olhando para a foto, e não consigo evitar imaginar o que passa por sua cabeça quando relembra aquela noite.

Ele enfim reúne todas as fotos e cardápios, empilha tudo em cima da bancada e abre a geladeira.

— Ainda tem algumas coisas aqui — diz ele.

— Ah, droga. Achei que tinha limpado tudo. Pode jogar no lixo?

Eu o ouço juntar os recipientes e abrir o armário debaixo da pia, onde fica a lixeira. Ele joga tudo por cima de algumas caixas de comida e outros itens que encontrei num dos contêineres de lixo lá de fora. Ryan pega a lixeira e pergunta:

— Tem mais alguma coisa pra jogar fora antes de levar pra caçamba?

Franzo a testa e penso por um minuto.

— É, talvez ainda tenha algo no banheiro.

Vamos pelo corredor até lá. Tiro o sabonete usado do chuveiro e jogo no lixo. Depois fico alguns segundos com o xampu e o condicionador na mão, como se estivesse tentando decidir se vale a pena levar ou jogar fora, mas ambos acabam na lixeira também.

Ryan abre gavetas e armários e confere cada espacinho. Está sendo mais detalhista do que eu imaginava.

Quando voltamos para a sala, ele dá uma olhada dentro de algumas das caixas que eu arrumei mais cedo. É mais do que uma olhada, no entanto. É quase como se estivesse atrás de alguma coisa.

Depois que bisbilhota três caixas, eu pergunto:

— Está procurando alguma coisa?

Ele levanta a cabeça e olha nos meus olhos. Abre um sorrisinho e suas covinhas aparecem.

— Só estou tentando aprender tudo que é possível sobre você.

São palavras que qualquer garota adoraria ouvir, mas soam meio carregadas. Pesadas. E eu me pergunto se ele as escolhe com o mesmo cuidado com que escolho as minhas.

CAPÍTULO 4

Há muitos motivos para eu não ter vindo aqui na última semana — as compras, as coisas para encaixotar, a mudança —, mas esperei o máximo que pude. Faltam quinze minutos para o horário de fechamento oficial e, embora eu consiga entrar depois do horário, não quero que isso fique registrado.

Assim como todas as mulheres por quem passo, estou de legging preta, camiseta e tênis de corrida. O cabelo longo e preto está preso num coque sob a tira do boné de beisebol. Abaixo a cabeça e viro-a para a esquerda para garantir que a câmera na lateral da sala não capture uma imagem clara do meu rosto. Há diversas pessoas na fila esperando o atendimento, inclusive uma mulher bastante enrolada com uma pilha de pequenas caixas, que a certa altura acaba derrubando no chão. As duas pessoas na frente dela se abaixam para ajudá-la enquanto seguram os próprios pacotes. Desvio daquele caos e vou até os fundos da agência, na parede onde ficam as caixas postais.

Canto esquerdo, embaixo. Caixa 1428.

Essas caixas têm um código em vez de uma chave, e eu uso o nó do dedo indicador para inserir os seis dígitos. A porta destrava, mas não abre totalmente. Ainda usando os nós dos dedos da mão direita, eu a abro.

Pego o pequeno envelope que está enfiado na cintura da calça e hesito por um ou dois segundos antes de colocá-lo ali dentro.

Fecho a porta, digito o código mais uma vez para trancá-la e saio da agência tão rápido quanto entrei.

CAPÍTULO 5

Estou atrasada para o almoço com as garotas. Eu e Sara trocamos mensagens ao longo dos últimos dias, tentando encontrar uma data que funcionasse para todo mundo. Teria sido mais fácil se tivessem me adicionado ao grupo delas, mas vou precisar de mais do que um jantar para obter esse convite.

Elas queriam que o encontro acontecesse num salão de chá nos fundos de uma lojinha que vende de tudo, de joias artesanais a roupinhas de bebê bordadas e cosméticos sofisticados. Elas conheceriam todas as pessoas em todas as mesas, além de todos os clientes que passassem por nós.

Mas, embora eu esteja disposta a ser interrogada por essas mulheres que Ryan considera amigas, não vou me abrir para mais ninguém. Ainda não. Não até ter certeza de que sei mais sobre elas do que jamais saberão sobre mim.

Então vamos nos encontrar num pequeno restaurante que não fica muito longe de onde trabalho. Depois de conhecer Ryan, levou pouco mais de uma semana para ele me pressionar a arranjar um novo emprego, um que não o fizesse hesitar quando os amigos lhe perguntassem onde eu trabalhava. Sou assistente do coordenador de eventos numa pequena galeria no centro da cidade. O trabalho é fácil, e como o chefe, o sr. Walker, é cliente de Ryan, nós pulamos a parte em que eu precisaria apresentar referências e currículo.

Beth, Allison e Sara já estão sentadas com uma outra mulher que não foi ao jantar, mas que reconheço das fotos como parte do grupinho.

Da calçada, eu as observo pela janela ao me aproximar. O lugar está mais para uma lanchonete, e a maioria das outras pessoas está de terno ou com o uniforme de poliéster que os funcionários do tribunal são obrigados a usar. As mulheres estão desconfortáveis e, a julgar pelas olhadas que dão ao redor, sei que estão tentando compreender exatamente como é que foram parar num lugar em que o cheiro de gordura vai impregnar o cabelo, as roupas e a pele delas até o fim do dia. Um lugar em que não vão passar nem um minuto a mais depois de comer.

Sara se levanta quando me vê e faz um gesto para que eu me junte a elas. Todas as quatro mulheres usam o tempo que levo para cruzar o salão para inspecionar minha aparência. Os olhos se movem da fenda profunda na lateral da minha saia longa azul-clara até a camiseta branca fininha que mal esconde o sutiã azul-bebê, e depois para as diversas pulseiras que sacodem e tilintam quando ando. Demorei um pouco para decidir qual era a impressão que queria passar — alguém que quer se encaixar ou alguém disposto a se destacar na multidão.

Hoje está meio difícil não me notar.

— Oi, Evie, que bom ver você de novo — diz ela, e então se senta de volta. Faz um gesto apontando para as outras. — Acho que você se lembra da Beth e da Allison.

— Claro — respondo, acenando para as duas.

— E esta é Rachel Murray. Rachel, esta é Evie Porter.

Rachel estende a mão com um movimento gracioso do outro lado da mesa.

— Oi, prazer em te conhecer, Evie. Ouvi falar muito de você. Tenho certeza disso.

— É um prazer conhecer você também.

É meio constrangedor que o motivo para não termos nos conhecido é ela não ter sido convidada para o jantar na casa de Ryan, mas isso foi escolha dele. Até tinha cogitado o nome dela, mas no fim das contas decidiu excluí-la porque, como explicou, às vezes ela consegue tirar ele no sério. Além do mais, ela é solteira, e isso ia desequilibrar os números da mesa.

Estou ajeitando a bolsa no chão, ao lado da cadeira, quando sinto o celular vibrar com uma mensagem. Dou uma olhada rápida e vejo que é Ryan:

> Divirta-se no almoço, mas nada de aturar calada se elas começarem a falar merda. Me liga quando terminar.

Mordo o lábio para esconder o sorriso.

— Obrigada por toparem vir aqui. Meu horário de almoço não é muito longo — digo, pegando o cardápio que está enfiado entre o açucareiro e o pote de ketchup.

Sara também pega um cardápio e responde:

— Imagina. A gente nunca vem ao centro, então é divertido.

Provavelmente as outras três tiveram que se esforçar muito para não revirar os olhos. Isto aqui não combina com elas. Nem um pouco.

— Olha só, sábado vamos tomar uns drinques lá em casa antes da festa do Derby — diz Beth.

Faz duas semanas que olho para aquele convite na geladeira de Ryan. Embora estejamos muito longe de Kentucky, fomos convidados a uma festa para assistir à famosa corrida de cavalos, e a promessa é beber mint juleps e comer sanduíches Hot Brown num haras não muito longe da cidade. O convite diz ainda que o uso de chapéu é incentivado: *quanto maior, melhor.*

O grupo tenta se aproximar de mim me incluindo na conversa fiada delas, mas é muito óbvio que não conheço as pessoas, os lugares ou eventos a que fazem referência. Então, em vez de participar, eu as observo. Observo como interagem umas com as outras, os maneirismos, as palavras que escolhem usar.

Elas pensam que este almoço é para me conhecerem melhor, mas sou eu que vou sair daqui com muito mais informação quando terminarmos.

Depois de fazermos os pedidos — água e salada para todas —, as quatro mulheres se inclinam na minha direção e me preparo para o que está por vir.

É óbvio que Rachel é a primeira a falar.

— Tudo bem, então, já que perdi o jantar no outro dia, me atualize! Conte tudo sobre você.

Eu me recosto na cadeira, querendo ficar o mais distante possível delas, e digo:

— Não tem muito o que contar, na verdade.

Elas esperam que eu continue, que dê pelo menos alguns detalhes, mas vão ter que se esforçar um pouco mais do que isso.

Inquieta, Sara mexe no copo, no guardanapo, no celular.

— Ela é do Alabama — diz, olhando para Rachel e respondendo por mim.

Sara é o tipo de garota que só quer ver todo mundo se dando bem entre si. Provavelmente seu casamento teve flores rosa-clarinho e ela escolheu, de propósito, a mesma estampa do jogo de jantar da sogra.

— De que parte do Alabama? — pergunta Beth.

— Perto de Tuscaloosa — respondo.

— Você estudou na Bama? — pergunta Allison, ao mesmo tempo que Rachel decide ser mais direta.

— Qual é o nome da sua cidade?

Olho para Allison e decido responder à pergunta menos agressiva.

— Estudei lá por um tempo, sim.

Os olhares saturados ao redor da mesa mostram o quanto elas estão frustradas.

Existe um velho ditado: *A primeira mentira vence*. Não aquelas mentirinhas inocentes que saem sem a gente pensar; e sim a mentira principal. Aquela que muda os rumos do jogo.

Aquela que é premeditada. A mentira que prepara o terreno para tudo o que vier depois. E, quando essa mentira é contada, é nela que a maioria das pessoas vai acreditar como se fosse verdade. A primeira mentira tem que ser a mais sólida. A mais importante. Aquela que precisa ser dita.

— Eu sou de Brookwood, que é só um subúrbio de Tuscaloosa. Estudei na Bama durante algum tempo, mas não me formei. Eu e meus pais sofremos um acidente grave há alguns anos. Só eu sobrevivi. Quando saí do hospital, percebi que precisava de uma vida nova e venho mudando de um lugar para outro desde então.

As expressões no rosto delas mudam na mesma hora. Isso deve encerrar as perguntas, porque elas vão soar muito babacas se continuarem xeretando.

— Sinto muito pelos seus pais — diz Sara, com sinceridade.

Assinto, mordo o lábio e desvio o olhar para não encarar nenhuma delas, minha linguagem corporal comunicando que estou a um passo de desmoronar se continuarem me obrigando a falar sobre isso.

Rachel abre um pequeno sorriso, como se compreendesse minha tristeza, e as outras três se contorcem nos assentos, claramente desconfortáveis. Estavam esperando obter alguma fofoca, talvez algo que lhes desse uma pista para seguir e encontrar alguma sujeira para ser usada contra mim mais tarde, se fosse necessário. Mas agora se dão conta de que talvez estejam condenadas a me aturar mesmo, porque como é que você foge de uma coitadinha órfã?

A mesa fica em silêncio por um momento, mas então Rachel insiste, sem se importar em deixar tudo mais constrangedor.

— E como foi que veio parar em Lake Forbing?

Estou começando a entender como ela pode tirar qualquer um do sério. Essa é a pergunta que tomo mais cuidado ao responder. A cidade é pequena, e não é um lugar que uma pessoa escolhe aleatoriamente para morar se já não tiver amigos e família por aqui.

— Vi uma vaga de emprego na internet. Eu me inscrevi e consegui o trabalho, então me mudei. O emprego acabou não rolando, mas eu já estava aqui, então fiquei.

— E onde era o emprego? — pergunta Rachel.

— No hospital.

— Ah — reage ela. — Em que departamento?

Definitivamente, ela está começando a me dar nos nervos. As outras mulheres se cutucam, uma querendo que a outra interrompa o desastre.

— No departamento financeiro.

Sara, já de saco cheio daquele interrogatório, interrompe:

— Não posso nem imaginar como tudo deve ter sido difícil para você. Mas estou feliz que encontrou Ryan e que ele encontrou você.

A comida chega e eu ganho uma folga quando todas começam a comer. Rachel continua me olhando, tentando me decifrar. Boa sorte.

Depois de alguns minutos, ela espeta um tomate com o garfo e aponta para mim.

— É surpreende ver Ryan namorando sério tão rápido. Beth disse que você já se mudou pra casa dele. Vocês se conhecem há o quê, dois meses?

Chega de bancar a boazinha.

— Rachel... — sussurra Allison.

Levanto a mão, um gesto para dizer a Allison que está tudo bem.

— Eu entendo. De verdade. Vocês conhecem Ryan desde sempre e de repente eu apareço do nada. — Abro um sorriso. — Ele tem sorte de contar com vocês. Ter amigas que se preocupam tanto com ele. — Olho diretamente para Rachel. — Então pergunte o que quer mesmo saber. É se estou atrás do dinheiro dele? Essa é a preocupação de verdade, não é? Que eu esteja usando o Ryan?

Sara começa a gaguejar.

— Não, não, não...

Mas Rachel continua:

— Estou preocupada que ele esteja pensando com o pau e não com o cérebro.

Allison abaixa a cabeça, claramente envergonhada, enquanto Beth revira os olhos.

— Rachel, chega.

A esta altura, devem estar felizes por não conhecerem ninguém neste restaurante.

Verdade seja dita, por mais que Rachel seja irritante, ela é a que mais admiro.

Eu me inclino para a frente e afasto o prato para apoiar os braços na mesa. Elas automaticamente chegam para a frente também.

— Vocês não têm nenhum motivo para confiar em mim. Nenhum motivo para confiar nas minhas boas intenções. Mas confiem no amigo de vocês. Eu posso não estar tão confortável pra contar tudo o que querem saber, mas contei pra ele. Isso é o melhor que posso dar a vocês por hoje.

Não há muito mais a dizer depois disso. Se estou lendo bem a situação, Beth, Sara e Allison vão voltar para seus parceiros contando a história de como foram humilhadas pelo comportamento de Rachel, e não sobre sua preocupação a respeito das minhas intenções com Ryan. E já que Rachel nem foi convidada para o jantar, não estou muito preocupada com a influência dela sobre Ryan. Mas o mais importante é que ninguém está questionando quem eu sou ou de onde eu vim.

A primeira mentira vence.

Terminamos a refeição bem rápido, sem conversar muito, e é quase uma disputa para ver quem vai embora primeiro. Fico parada na calçada e as observo se dispersarem, cada uma para um canto do estacionamento, com o andar decidido.

Os amigos sempre são a parte mais trabalhosa. Pego o celular e digito "Evie Porter" e "Brookwood, Alabama" no Google, como sei que elas vão fazer assim que estiverem na privacidade dos seus carros. A primeira página de resultados está cheia de matérias vagas que mencionam o acidente, um acidente de que os verdadeiros moradores de Brookwood talvez tenham dificuldade para lembrar, mas jamais admitiriam — porque que tipo de pessoa esquece um evento que matou dois membros de sua comunidade? As matérias são de muitos anos atrás, mas não existiam até poucos meses. Matérias criadas para me dar credibilidade e um motivo pelo qual posso dizer que não gosto de falar do meu passado.

Desligo o celular, coloco o aparelho na bolsa e ando dois quarteirões de volta para o trabalho.

CAPÍTULO 6

Ryan se apoia na porta aberta do pequeno escritório no porão da galeria. O almoço terminou há menos de duas horas, então estou impressionada com a rapidez com que as notícias chegaram até ele.

— Ouvi dizer que o almoço foi incrível — comenta ele, com um sorriso bastante familiar, mas um olhar que não reconheço.

Está vestido de um jeito casual hoje, com uma calça jeans que provavelmente tem desde a faculdade e uma camisa de botão bem macia para fora. É um visual que cai muito bem nele, que o faz parecer mais descontraído e jovem do que é.

Enquanto nos vestíamos de manhã, não perguntei por que não estava de terno, gravata e penteado perfeito, e ele também não disse nada.

— Incrível mesmo — respondi, retribuindo o sorriso.

Tenho setenta e cinco cartões na mesa diante de mim, e todos precisam ser codificados por cores para corresponder à escolha de almoço dos convidados do evento do dia seguinte. Ele se senta na cadeira ao lado, o pé roçando no meu, e pega dois dos cartões.

— Essas duas pessoas precisam ficar o mais longe possível uma da outra.

Dou uma olhada nos nomes. Eu já tinha sido informada de que talvez fosse um problema colocar as duas na mesma mesa, mas decidi deixar assim mesmo. Sendo bem sincera, qualquer evento cujo assunto a ser discutido é "Introdução ao colecionismo de arte" se beneficiaria de uma dose extra de animação.

— Devidamente anotado — respondi.

Ele coloca os cartões de volta em cima da mesa.

— Fiquei surpreso por você não ter me ligado depois do almoço.

Eu me viro na cadeira e fico de frente para ele.

— Não era nada com que eu não pudesse lidar.

— Mas você não deveria precisar lidar com isso.

Ele segura minha mão e me puxa para sentar no seu colo. Olho para a porta aberta, na esperança de que ninguém nos flagre assim. Faz poucas semanas que estou nesse emprego, e todo mundo sabe que só o consegui por causa de Ryan.

— Isso não contribui em nada para a minha credibilidade aqui — digo, mas chego ainda mais perto dele.

Ryan me envolve com os braços e me prende. Passa os dedos no decote da minha camiseta.

— Isso aqui está me deixando louco agora, só pra você saber.

Eu me inclino sobre a mão dele, que olha para o corredor vazio para garantir que ainda estamos sozinhos. Mas antes que ele comece a pensar em fazer alguma saliência no trabalho, eu digo:

— Sei que você é muito ocupado pra vir até aqui só pra ver como estou. — Entrelaço os dedos aos dele para obrigá-lo a parar com os toques. — Qual delas ligou pra você?

Aposto em Sara.

— Sara. Ficou achando que agora você as odeia. — Ele solta uma risada e depois muda de expressão. Fica sério. — Quer conversar sobre isso?

Balanço a cabeça.

— Não. Não estou preocupada com o que elas acham. — Eu me viro e olho para ele. — Mas estou preocupada com o que você acha.

Ryan passa a mão pelo meu cabelo e enrola a ponta na mão. Então segura meu rosto a centímetros do dele.

— Eu acho que você é maravilhosa.

— Bom, eu também acho que você é bem maravilhoso.

E, pela primeira vez, não digo essas palavras apenas para seguir com meu objetivo. Pela primeira vez, digo com sinceridade.

Em momentos como este, queria que as coisas fossem diferentes. Que isto aqui fosse a vida real e minha maior preocupação fosse o draminha ridículo entre mim e as amigas de infância dele. Queria ser a garota cujo pneu furou e ele, o cara que por acaso estava ali para ajudar. Queria que houvesse um futuro de verdade para nós.

Há tanta coisa que ele não sabe. Tanta coisa que não posso contar. E nunca vou contar.

Ryan dá uma olhada na bagunça na mesa ao lado.

— Acho que não tem como você sair mais cedo, né?

— Não. Antes de ir embora preciso terminar isto aqui e garantir que todas as mesas tenham toalhas.

Eu me levanto do colo dele e volto para minha cadeira.

Ele se inclina para a frente, como se não quisesse ficar muito longe de mim.

— Vem trabalhar pra mim. Aí a gente pode sair cedo sempre que quiser.

Ryan já tinha oferecido isso antes, mas era a primeira vez que realmente parecia sincero.

Começo a empilhar os cartões em grupos.

— Trabalhar junto ia ser uma distração enorme. Para nós dois — digo, com uma risada silenciosa, os olhos intencionalmente voltados para a tarefa diante de mim.

Ele entrelaça o pé ao meu.

— Você está certa. Eu não ia conseguir fazer nada. Ia ficar atrás de você o dia inteiro e esquecer todo o resto.

O som abafado do celular vibrando o faz olhar para o relógio para ver quem é. Ryan dá uma resmungada, se levanta da cadeira e pega o telefone no bolso.

— Me dá só um segundo — diz, indo até o corredor para atender a ligação.

O silêncio do entorno é suficiente e não preciso me esforçar muito para ouvir o lado dele da conversa.

— Confirmação? — pergunta ele. Logo depois, diz: — Um dia deve ser suficiente. Mande o custo estimado e organize a chegada para as onze da manhã de quinta-feira.

Quinta-feira.

— Surgiu alguma outra coisa? — pergunta ele.

Seus ombros ficam tensos enquanto ele ouve a pessoa no celular. Estou preparada quando Ryan se vira e olha para mim. Tudo que vê é minha atenção voltada para o planejamento de assentos à minha frente. Então ele dá um passo para mais longe. A voz fica mais baixa. Não consigo distinguir as palavras, mas ele não está satisfeito e deixa isso bem claro. Está quase rosnando ao telefone. Nunca tinha visto esse lado dele.

— Encontre — diz, em voz alta, e então desliga.

Agora eu quero saber o que foi que ele perdeu.

— Tudo bem? — pergunto, enquanto ele guarda o telefone e se aproxima.

Ele se recompõe e até abre aquele sorriso que mostra suas covinhas.

— Sim, só um probleminha no trabalho.

Ele se senta na cadeira ao meu lado de novo.

Viro a minha cadeira e fico de frente para ele.

— Se eu trabalhasse com você, ia poder te ajudar a resolver esses problemas.

O problema com o qual Ryan está lidando com certeza não chegaria até mim se eu aceitasse o emprego que ele me ofereceu.

Ele está tenso, mas consegue chegar mais perto e segurar minha mão.

— Mas você recusou, então pelo visto estou sozinho nessa.

Estamos os dois desviando de coisas que não podem ser ditas.

Os sentimentos que tenho por ele estão me levando por um caminho que não posso seguir, então este pequeno lembrete de que ele também esconde algo de mim, tanto quanto escondo dele, é muito bem-vindo.

— Que horas acha que vai terminar aqui? — sussurra ele, antes de me dar um beijo na boca.

Eu me afasto só o suficiente para responder.

— Talvez daqui a uma hora? E você sai que horas?

— Mais ou menos no mesmo horário.

Ryan me dá um último beijo e se levanta. Já está quase na porta quando acrescenta:

— Você sabe que pode me contar qualquer coisa, não sabe?

Assinto, um pouco inquieta.

— Eu sei.

Ryan fica me encarando por alguns segundos, e a parte irracional de mim imagina que ele consegue me enxergar para além da fachada que criei. Então ele diz:

— Até quando minhas amigas forem babacas.

— Pode deixar — digo, sorrindo. — Não se preocupe, eu não me assusto fácil. A gente se vê em casa daqui a pouco.

Ele dá mais uma olhada no telefone e então se vira para mim.

— Adorei ouvir isso.

Eu o observo desaparecer pelo corredor.

◆

Terminei de organizar os cartões. A sra. Roberts e a sra. Sullivan vão ficar na mesa 1, uma olhando para a outra, e tenho certeza de que todas as outras pessoas estarão olhando para elas. Cumpri todas as tarefas da minha lista, mas antes de encerrar o dia preciso fazer uma ligação.

O telefone chama duas vezes e ela atende.

— Oi, Rachel. É a Evie. Você tem um minutinho?

Silêncio. E então:

— Claro, do que você precisa?

Recosto na cadeira e olho para o corredor para checar se não há ninguém por perto.

— Nós começamos com o pé esquerdo e eu não gostei nada disso. — Deixo a frase pairar por alguns segundos e então acrescento: — Adoraria se a gente pudesse tentar de novo.

Ela fica em silêncio, e depois ouço uma risada de leve.

— Tenho que admitir, depois de todas as ligações que recebi a respeito do nosso almoço hoje, essa era uma que eu não estava esperando.

Ryan deve ter ligado, mas ela não tinha ficado surpresa. E agora estou curiosa para saber o que ele falou.

— Também é culpa minha que as coisas tenham sido daquele jeito. Para mim é muito difícil falar do meu passado — digo.

— Não, eu não deveria ter pressionado. Foi muito *insensível*.

Ela diz "insensível" como se essa tivesse sido a principal crítica que recebeu nas conversas anteriores.

— Trégua? — pergunto.

— Claro, trégua — responde ela, sem se alongar.

Solto um suspiro de alívio alto o suficiente para que ela ouça.

— Ótimo! Bom, acho que nos vemos sábado na festa do Derby.

— Mal posso esperar — diz Rachel, e desliga.

Sorrio e coloco o celular na bolsa.

Rachel deve estar recostada na cadeira, repassando a conversa na cabeça e olhando pela janela de sua salinha, a três portas do cobiçado cantinho no qual está de olho desde o primeiro dia em que pisou nos corredores do escritório de advocacia mais prestigioso da cidade: a sala reservada aos sócios. É o mesmo escritório onde, nas férias da faculdade de direito, ela fazia estágio durante a semana e transava com um dos sócios minoritários no fim de semana. O mesmo escritório que cuida de tudo que Ryan precisa.

Ela está analisando minha história, tentando encontrar a verdade por trás das minhas palavras. E, pelo que pesquisei, ela é boa no que faz. Sente que tem algo estranho e está tentando decidir se vasculhar meu passado vale a pena diante da possibilidade de perder a amizade de Ryan.

Rachel é em quem preciso prestar mais atenção.

CAPÍTULO 7

Isso é ridículo — digo, ao olhar no espelhinho do quebra-sol do carro para um último ajuste no tecido delicado da aba do meu chapéu rosa. — *Eu* estou ridícula.

Ryan embica o SUV numa longa estrada de cascalho, e passamos por um portão aberto, todo trabalhado, com as palavras FAZENDA COLINAS OCULTAS escritas em metal no topo. Ele me dá uma olhada.

— Seu chapéu nem vai ser o maior lá.

— Tem certeza? Porque acho que isso é uma armadilha delas.

Concordei em ir fazer compras com Sara e Beth para a festa do Derby, e as duas me garantiram que esse chapéu era exatamente do que eu precisava.

— Não é justo que eu tenha que ficar com esse negócio na cabeça o dia inteiro enquanto você está de calça e blusa.

— Você está linda. Como sempre — diz ele, e então tira minha mão do chapéu, leva até sua boca e dá beijinhos em cada dedo.

A mudança para a casa de Ryan o deixou muito mais romântico: agora há toques sem segundas intenções, palavras e gestos doces, além de atitudes de alguém que faria qualquer coisa para me ver feliz. Quando ele não está no trabalho, nós estamos juntos. Pelas conversas que o ouço ter ao telefone com os amigos, dá para notar que eles não ficam muito satisfeitos que eu monopolize o tempo de Ryan. Uma boa namorada o incentivaria a ver os amigos, se certificaria de que ele não perdesse contato com as pessoas mais próximas — mas não sou uma boa namorada.

— Seus amigos vão estar irritados porque furamos o esquenta? — pergunto ao chegarmos mais perto do nosso destino.

Perdemos os drinques na casa de Beth e Paul, e nem foi porque eu não suportava a ideia de estar no mesmo ambiente que Rachel, mas porque era Ryan que não suportava. Ele ainda não tinha superado a forma como ela se comportara no nosso almoço, embora a esta altura a coisa tenha ganhado uma proporção muito maior do que foi na verdade. A mulher tinha me pressionado, não dado um soco na minha cara, mas nas cidades pequenas, em grupos pequenos de amigos, dá quase no mesmo. Ryan sabe ser rancoroso.

— Com certeza vou ouvir reclamações, mas tudo bem.

Acho que chegamos mais cedo do que os amigos, então vai ser interessante ver de quem Ryan se aproxima, já que quase nunca vamos a algum lugar sem a presença de seu grupinho mais próximo. Quando paramos ao lado do serviço de estacionamento, ao menos fico satisfeita ao ver que ele estava certo: meu chapéu não é o maior nem o mais odioso, embora isso signifique apenas que todas nós parecemos idiotas.

Nossa primeira parada é o bar.

— Bem-vindos à Fazenda Colinas Ocultas — diz uma mulher atrás de balcão de madeira. — Podem me dizer seus nomes antes de eu ir buscar suas bebidas?

Acho aquele pedido meio inusitado, mas Ryan não hesita:

— Ryan e Evie.

A bartender assente e se abaixa. Paro por um minuto para observar a mulher atrás de nós na fila e tenho certeza de que o cavalo de plástico que está grudado em seu chapéu é o mesmo que ganhei de Natal quando criança — um dos cavalos da Barbie, com uma sela rosa e um laço na crina. A bartender reaparece e começa a preparar mint juleps para nós dois. Não sei se podemos escolher outra bebida, porque ela não perguntou o que queríamos, mas vejo a dose generosa de uísque Woodford que ela acrescenta, então não vou reclamar. Quando termina, entrega um copo prateado para cada um. O de Ryan tem um *R* gravado, e o meu, um *E*.

Sigo analisando o copo à medida que Ryan e eu saímos do bar.

— Que exagero— digo. — Tipo, se eu dissesse que meu nome era Quinn, ela teria arranjado um copo com um *Q* gravado?

— Quando confirmei nossa presença, dei nossos nomes. Tenho uma coleção em casa, este é o sexto.

— Que ridículo — murmuro, e ele ri.

Passeamos em meio ao público, e Ryan fala com quase todas as pessoas por quem passamos, me apresenta como sua namorada e fica de braços dados comigo.

— Ei, vocês dois!

Assim que nos viramos, Ryan e eu vemos a vizinha dele, a sra. Rogers, vindo na nossa direção. Ganho um tapinha no braço, enquanto Ryan é cumprimentado com um abraço completo. Fico impressionada ao ver como ela consegue puxá-lo tão perto sem comprometer em nada o equilíbrio do chapéu em sua cabeça.

— Isso não é divertido?

— Muito — respondo.

Logo em seguida ela sai andando para distribuir mais abraços, e Ryan engata numa conversa profunda com um juiz local sobre uma eleição que está por vir, então dou uma olhada em volta. O lugar é lindo. O caminho sinuoso do portão até aqui é tão longo que não é possível ver a estrada principal nem ouvir qualquer coisa do tráfego, o que dá a impressão de ser uma festa escondida do mundo — como o nome da fazenda sugere. O celeiro de madeira vermelha fica no topo de uma colina, rodeado pelo pasto, como um mar de verde com cercas brancas. Há um telão na lateral do celeiro, além de telas menores espalhadas em meio às mesas com toalhas brancas, e é nelas que a competição será exibida. Garçons circulam com bandejas contendo mini Hot Browns, porções individuais de purê de queijo e sanduichinhos.

O juiz sai andando devagar e Ryan tem um sobressalto de surpresa quando um casal se aproxima.

— Ryan! — diz o homem, que passa o braço no pescoço dele e o puxa para perto.

Os dois se abraçam e eu examino a mulher ao lado. É alta, quase da minha altura, com cabelo longo castanho-claro. Esguia, mas musculosa, e não consigo deixar de perceber o quanto somos parecidas fisicamente.

Quando Ryan se afasta, o amigo estende a mão na minha direção.

— Então é você a garota que deixou Ryan de joelhos — cumprimenta ele, com um grande sorriso.

Ryan se vira para mim.

— Evie, este é um velho amigo meu, James Bernard. James, esta é minha namorada, Evie.

Estendo a mão e aperto com entusiasmo. James é alto e magro e parece alguém que talvez tenha problemas com o uso de substâncias. Dá para notar pelo rosto macilento e pelas olheiras. Pelo tremor nas mãos e as roupas um pouco largas demais. Roupas sofisticadas que ele deve ter tirado do fundo do armário só para hoje. Sua companheira parece estar melhor, não só pelo que veste, mas pelo aspecto de modo geral. Usa um vestido creme largo e sem mangas que vai até o meio da coxa, os sapatos italianos são caros e as joias, simples mas sofisticadas. São um par que não faz muito sentido.

— Acho que ainda não o deixei de joelhos, mas estou trabalhando nisso — brinco.

James se vira para Ryan.

— Cara, estou muito feliz por você.

Ryan e eu nos olhamos. Não é como se estivéssemos noivos, e a felicitação emocionada soa meio demais.

— Obrigado — diz Ryan, e me abraça de lado.

Nós dois olhamos para a mulher ao lado dele, e Ryan faz um gesto com a cabeça na direção dela.

— Apresente sua amiga.

James se vira na hora, obviamente envergonhado por ter esquecido que havia alguém ao seu lado.

— Ryan, Evie, esta é Lucca Marino.

É como se eu tivesse tomado um choque elétrico.

— Lucca — digo, em voz baixa, deixando a palavra se demorar na língua. — Que nome inusitado.

Percebo que estou parecendo Beth no dia do jantar.

Ela sorri e revira os olhos.

— Pois é. É o nome da cidade italiana onde meus avós nasceram. Com dois *c*. Ninguém nunca sabe escrever direito.

Olho para o copo prateado na mão dela; dá para ver o *L* gravado pelos espaços entre os dedos.

James e Ryan começam a conversar sobre as apostas que fizeram para a corrida, mas ainda estou empacada naquela mulher.

— Você é daqui? — pergunto.

Minha boca de repente fica seca. Tomo um gole do drinque, mas não mais do que isso.

— Não, sou de uma cidadezinha na Carolina do Norte, perto de Greensboro. É pequena, tenho certeza de que nunca ouviu falar.

— Eden — solto, sem conseguir evitar.

Ela se contorce de leve.

— É... Eden. Como você...

— Só um palpite. Conheci uma garota na faculdade que era de lá.

Preciso me recompor. Respiro fundo e seguro por um momento, então solto o ar. Faço isso mais duas vezes até sentir meu coração desacelerar.

— Ainda tem família lá? — pergunto, quando volto a me sentir normal.

— Não — responde ela, a testa franzida. — Éramos só eu e minha mãe, mas ela faleceu quando eu estava no ensino médio. Câncer de mama.

Eu já tinha notado o quanto éramos parecidas, mas agora estou devorando a mulher com os olhos. Faço um levantamento de cada centímetro dela para comparar com cada centímetro meu. Nós duas temos o cabelo na altura do meio das costas e levemente ondulado, mas o dela é um pouco mais claro: a cor original do meu, se eu não tivesse pintado quando me mudei para cá. Cor dos olhos: a mesma. Cor de pele: a mesma.

Ela percebe minha análise e começa a fazer o mesmo. Sinto que me observa dos pés ao chapéu ridículo. Será que está surpresa com o quanto nos parecemos?

— Você já visitou a cidade? — pergunta.

— Já, sim. Essa amiga de quem eu falei nos levou num festival lá. Acho que o nome é algo tipo... Springfest? Pode ser?

Um teste. Um teste no qual preciso que ela não passe.

Ela abre um sorriso e levanta as sobrancelhas.

— Vocês foram no Fall Riverfest. É sempre em setembro, pertinho do meu aniversário. Adoro esse festival!

Não. Não, não, não.

Assinto e me viro para Ryan. Ele está no meio de uma conversa com James, mas interrompo assim mesmo.

— Ei, vou ver onde é o banheiro. Já volto.

Antes que ele diga qualquer coisa ou se ofereça para me ajudar a achar o caminho, já estou longe. Ando depressa sobre o salto de dez centímetros, dentro do vestido preto apertado, e quase derrubo o copo de metal com a letra *E* que está escorregando por causa da condensação. Esbarro em uma mulher ao entrar num dos banheiros portáteis sofisticados que o evento disponibilizou.

— Você está bem? — pergunta ela, colocando a mão no meu braço para ajudar a me equilibrar.

Faço que sim, sem conseguir falar. Eu me desvencilho da mulher, que olha preocupada para o marido, e os dois observam enquanto me afasto.

Totalmente surtada, tenho que fazer um enorme esforço para me manter de pé até estar na privacidade de uma das cabines.

Assim que entro e fecho a tranca, me jogo contra a porta. Solto um grito sem som e fecho os olhos.

Isso não é bom. Isso não é bom. Isso não é bom.

Ela não é de Eden, na Carolina do Norte... *eu sou.*

A mãe dela não morreu de câncer de mama... *a minha, sim.*

O nome dela não é Lucca Marino... *o meu é.*

Lucca Marino — Dez anos atrás

Abro a janela aos poucos, bem devagar. Quando fiz isso à tarde, ela rangeu mais ou menos na metade do movimento, então vou tentar parar um pouco antes. Ao conseguir espaço suficiente para me esgueirar para dentro, eu entro.

Nunca me canso dessa onda de adrenalina.

Deixo a mochila no chão do quarto de hóspedes, tiro a legging preta depressa e removo o moletom de capuz com cuidado para manter a touca da peruca no lugar e não borrar a maquiagem. Abro a bolsa, pego o vestido preto de lantejoulas e visto. Cai como uma luva em mim, e é tão curto que não posso nem me abaixar sem mostrar tudo, então é perfeito para o que vai rolar aqui esta noite.

Em seguida, vem a peruca ruiva e longa. Eu a encaixo e levo uns minutos para ajustar. Já treinei muito no escuro para saber exatamente quando está bom. Sapatos de salto altíssimo e uma bolsinha de mão preta completam o visual.

Enfio minhas coisas debaixo da cama e saio do quarto em silêncio.

A festa está a todo vapor, e é uma curta caminhada do quarto de hóspedes até o centro da casa. Há uma banda tocando lá fora, e quase toda a comida está exposta em esquema de bufê, além das bandejas que circulam pelo salão com as ostras Rockefeller e os rolinhos de lagosta que vi sendo preparados na cozinha quando estive aqui mais cedo. Meu estômago está roncando, mas não pego nada ao ver a bandeja passar por mim. Posso comer mais tarde.

Uma mulher esbarra em mim e tenho que ampará-la para nós duas não cairmos.

— Ah, querida, mil desculpas! — diz, atrapalhada, segurando meu braço para se equilibrar.

É a sra. Whittington. A segunda sra. Whittington e atual esposa do sr. Whittington — não confundir com a primeira sra. Whittington, que adora falar mal da segunda em todas as oportunidades possíveis.

— Está tudo bem.

Ela me olha de cima a baixo.

— Amei o vestido! Onde comprou?

— Ah, numa lojinha que encontrei por acaso quando estávamos de férias em Virginia Beach — respondo, sem qualquer sotaque. Isso demandou mais treino do que para colocar a peruca no escuro.

Espero alguma expressão de reconhecimento no rosto dela, mas com estas roupas e este cabelo, o contorno e os olhos esfumados da maquiagem, não há nada reconhecível em mim. Não faz mal que ninguém espere ver a pobre garotinha que trabalha nos fundos da floricultura local convivendo com a alta sociedade nas festas absurdas que dão para celebrar o noivado de um casal cujo casamento não vai durar nem dois anos. Para dizer a verdade, se esses dois subirem ao altar já vai ser lucro.

Quando a sra. Whittington está de pé e firme — tão firme quanto possível na condição atual —, sigo em frente. Teria sido complicado entrar pela porta da frente, já que os pais da noiva e do noivo estão lá cumprimentando todo mundo que chega, mas ninguém vai me questionar agora que já estou dentro da festa.

Abro caminho pelo salão aberto até o corredor do lado oposto de um enorme gabinete. Normalmente, não preciso fazer uma entrada marcante, mas a estrutura da casa não me deixa escolha. A banda está montada lá fora de frente para a janela do quarto do dono do lugar, então preciso ir até a porta de dentro.

Fico parada por um instante ao lado da entrada que dá na suíte máster dos Albrittons. Com o celular na mão, pareço alguém que busca um cantinho silencioso para fazer uma ligação. Olho em todas as direções, menos para o celular, e tento avaliar o nível de interesse dos outros convidados em mim. Minha outra mão está dentro da bolsa, os dedos segurando um dispositivo escondido ali dentro. Respiro fundo e aperto o botão.

Um estrondo alto faz todo mundo se virar na direção da cozinha, e eu consigo me esgueirar para dentro do quarto sem ninguém perceber. Alguém pode até procurar a fonte do barulho, mas não vai encontrar nada fora do lugar.

O quarto está escuro, mas logo acho o banheiro. Visto as luvas pretas que estavam na bolsa, abro a gaveta da penteadeira embutida e procuro a caixinha em formato de coração que sei que está escondida ali. Encontro a caixa. Dou uma vasculhada no seu conteúdo e pego o anel de safira, um par de brincos de esmeralda e um colar com uma ametista de tamanho razoável rodeada de pequenos diamantes. Queria que os brincos e o pingente de diamante que a sra. Albritton usou para ir à loja semana passada estivessem aqui, mas tenho certeza de que ela os está usando neste momento.

Guardo os tesouros na bolsa, depois a luva, e então refaço meus passos de volta. Este é o momento em que o medo de ser pega quase me sufoca, mas o deixo de lado e viro o corredor do salão principal como se estivesse exatamente onde deveria estar.

Felizmente, ninguém presta atenção em mim. Volto com calma para o quarto de hóspedes, e até paro para comer um daqueles rolinhos de lagosta. Está tão delicioso quanto eu esperava.

Tiro o vestido, pego a mochila de baixo da cama e depois me livro dos sapatos. Em poucos segundos, já estou de legging e moletom saindo pela janela.

— Mamãe, voltei! — grito, ao entrar no trailer.

O sotaque sulista volta com tudo assim que passo pela porta.

— Oi, querida. Quem ganhou o jogo? — pergunta minha mãe lá do quarto.

Meu cabelo castanho-claro está solto, livre da touca, e meu rosto já não tem mais maquiagem. O moletom preto foi substituído por um com o nome e a mascote da minha escola.

Vou da sala até o quarto da minha mãe segurando uma sacola de papel pardo. Coloco-a em cima da bandeja com a TV que fica ao lado da cama e então deito ao lado dela.

— Perdemos. Mas foi por pouco.

Minha mãe pega o conteúdo da sacola e abre um sorriso.

— Ah, querida, não precisava.

O cheiro de canela preenche o cômodo e meu coração quase explode ao ver aquele pequeno momento de alegria graças a algo tão simples quanto um docinho de presente.

— Você precisa comer mais, mamãe. Está ficando muito magrinha.

Minha mãe abre o papel da padaria e o rolinho de canela enorme parece tão delicioso quanto o cheiro.

— Meu favorito — sussurra ela.

— Eu sei — sussurro de volta.

Enquanto ela come em pequenas mordidas, pego uma das folhas de papel quadradas que estão empilhados na mesa de cabeceira e começo a dobrar do jeito que ela me ensinou. Minha mãe me observa enquanto come e não me corrige quando faço uma dobra errada. Em vez disso, espera que eu mesma perceba o erro.

Depois de muitos minutos, um pequeno origami de cisne branco toma forma nas minhas mãos.

— Ah, ficou lindo — diz ela, ao pegá-lo da minha mão e colocá-lo junto com o restante da coleção, na prateleira embutida na cabeceira da cama.

Há diversos animais feitos de papel, de todas as cores e tamanhos, que ficam ali como sentinelas protegendo-a. Minha mãe sempre foi boa em trabalhos manuais, mas não importava quantas vezes ela me ensinasse, o cisne era o único que eu conseguia fazer.

Depois de comer mais ou menos metade do rolinho de canela, ela o embrulha de volta e o coloca na mesa ao lado da cama.

— Vou comer o resto amanhã — afirma, mas nós duas sabemos que não vai.

Já é surpreendente que tenha comido tanto.

— Quais são os planos para o resto do fim de semana? — pergunta ela, ao se deitar de novo na cama.

— Vou trabalhar na floricultura. Tem um casamento grande amanhã à noite.

Ela vira a cabeça para mim, a mão frágil no meu rosto.

— Você trabalha demais. Está no último ano da escola, deveria estar se divertindo com seus amigos.

Balanço a cabeça e engulo o enorme nó na garganta.

— Eu dou conta das duas coisas — minto.

E nós duas fingimos acreditar.

— Já teve resposta de alguma faculdade em que se inscreveu? — pergunta minha mãe.

Nego com a cabeça.

— Ainda não, mas devem começar a chegar logo.

Não posso contar que não me inscrevi porque não tínhamos dinheiro para as taxas, e, por mais que eu não queira admitir, ela provavelmente não vai mais estar aqui quando o outono chegar para me ver estagnada nesta cidadezinha.

— Tenho certeza de que todas vão querer você. Vai poder escolher.

Assinto, mas não digo nada. Então ela chega mais perto e segura minha mão.

— Logo, logo você vai ser adulta. — Ela solta uma risada, depois acrescenta: — Na verdade, você já é. Cuida de mim e de todo o resto. Quero que tenha tudo, Lucca. Um lar e uma família que sejam seus. Quero que você tenha a casa com que sempre sonhamos. Talvez possa construir naquela nova vizinhança chique perto do lago.

— E vou ter um quarto só pra você — respondo, entrando na fantasia. — Vamos pintar de verde, sua cor favorita, e colocar uma daquelas camas com dossel. Podemos plantar uma horta no jardim dos fundos.

Ela coloca uma mecha do meu cabelo atrás da orelha.

— Vamos cultivar tomate e pepino.

— E cenoura.

As pálpebras dela estão pesadas. Sei que vai dormir em questão de segundos, embora provavelmente tenha dormido o dia inteiro.

— Claro, o seu legume favorito. E vou fazer bolo de cenoura pra você.

Ela cai no sono e eu me inclino para beijar sua bochecha, tentando não entrar em pânico ao sentir sua pele tão gelada. Coloco mais uma coberta em cima da montanha sob a qual ela já está e então saio do quarto.

Vou direto para a parte da frente do trailer, onde fica o pequeno cômodo que não é muito mais do que um armário grande, mas é como se eu entrasse em outro mundo ao passar por aquela porta. Antes de o câncer tomar o corpo dela, minha mãe passava todos os dias aqui, diante da máquina de costura. Mães de toda a Carolina do Norte vinham encomendar vestidos para as filhas, vestidos para concursos de beleza, para formaturas e até para casamentos, às vezes. Quando eu era pequena, ficava sentada aos pés da minha mãe e via aquelas garotas sem graça entrarem e se transformarem por completo. Foi naquele momento que aprendi como era possível virar outra pessoa com o cabelo, o vestido e os acessórios certos.

Há punhados de tecido e rolos de fita empilhados numa das paredes, e as prateleiras de MDF atrás da máquina de costura estão cheias de potes lotados de penas, strass e todo tipo de adorno que se possa imaginar.

Quando minha mãe ficou doente, assumi as tarefas dela. Já a ajudava desde que me entendia por gente, então não foi tão difícil. Mas vestidos de concurso e bijuterias artesanais não rendiam dinheiro suficiente para pagar os tratamentos e os remédios de que ela precisava. Então tive que apelar para a criatividade.

A vaga de emprego na floricultura ali perto, em Greensboro, foi a saída perfeita. As mulheres adoravam ir até lá usando suas melhores joias. Adoravam falar sobre as festas que iam dar e as listas de convidados impressionantes. E, claro, precisavam que entregássemos os arranjos e garantíssemos que ficasse tudo perfeito.

Com toda a comoção que envolve a preparação de uma festa, é muito fácil entrar num quarto qualquer e destrancar a janela. O segredo é não roubar nada quando vou lá entregar as flores. Isso faz a suspeita recair sobre o grupinho que esteve lá mais cedo, durante a preparação para o evento. É melhor deixar a madame se vestir para a festa. Vasculhar entre as joias dela para decidir qual vai combinar melhor. E garantir que se lembre do que deixou na caixinha antes de a festa começar.

E aí, quando a casa está lotada de convidados, motoristas, garçons e barmans, a garota esquecida da floricultura tem a chance de entrar de volta e pegar os itens que não foram escolhidos para aquela noite. A polícia com certeza vai perguntar qual foi a última vez que a sra. Albritton viu aqueles três itens, e ela vai dizer que foi logo antes de a festa começar, o que já tira o pessoal que entregou as flores da lista de suspeitos.

Também aprendi que é melhor manter aquela versão de mim bem separada da versão real. Lucca Marino, de dezessete anos, é uma aluna no último ano do colégio que costura vestidos e faz bijuterias artesanais para ajudar a mãe a pagar as contas. A garota da floricultura tem um cabelo diferente, maquiagem diferente e atende por outro nome.

Levo um tempinho para arrancar as pedras das bases e colocar o ouro num potinho para derreter. Semana que vem, vou pegar o carro e dirigir na direção oposta, até a Virgínia, onde vou me livrar das pedras e do ouro. Ninguém nunca reconhece as próprias pedras depois que são tiradas dos brincos e anéis.

É um ofício muito arriscado para ganhar algumas centenas de dólares, mas cada moeda faz diferença. Aprendi que é necessário escolher as mulheres certas como alvo. Aquelas ricas o suficiente para contratar um florista profissional para decorar sua festa e ter algumas joias boas que ficam na gaveta do banheiro, mas não tão ricas a ponto de ter um cofre ou sistema de segurança.

Trabalho com cuidado. Avalio cada uma das peças sob uma lupa iluminada por led, e arrancar as pedras sem danificá-las é um processo lento. Minha mãe teria feito isso em questão de minutos. Bom, na verdade, não. Ela iria me dar uns tapas na bunda se soubesse para que estou usando seus equipamentos. Já faz muito tempo que tive que tomar uma decisão: o que ela não sabe não vai magoá-la.

Termino tudo pouco antes da meia-noite. Ainda tenho uma redação para escrever e minha mãe precisa tomar mais uma dose do remédio antes de eu dormir. Guardo as ferramentas e apago a luz já pensando no casamento da noite seguinte.

CAPÍTULO 8

Presente

Levo dez minutos para me controlar. Entrar em pânico foi uma idiotice, e da qual espero não acabar me arrependendo.

Não deveria ter fugido dela.

Deveria ter descoberto se ela só tinha conhecimento de Eden e dos eventos gerais da minha vida ou se sabia de coisas mais profundas, que poucas pessoas poderiam ter lhe contado.

Deveria ter pressionado mais, encontrado a brecha na história dela para poder escancará-la.

Deveria ter imaginado que isso aconteceria.

Já tinha muito tempo que eu não era pega de surpresa assim.

Ryan está vasculhando a multidão em busca de algum sinal da minha presença quando saio do banheiro. Ainda está no mesmo lugar onde o deixei, talvez imaginando que seria mais fácil que eu o encontrasse se ficasse parado.

James e a mulher que o acompanhava já não estão mais lá.

Ryan me puxa para perto quando me aproximo, o braço ao redor da minha cintura.

— Você está bem? Seu rosto está pálido.

A aparição da mulher aqui é preocupante, mas ainda não sei bem ao certo quanto. É muito fácil tirar conclusões precipitadas e imaginar que tenha algo a ver com meu último trabalho, mas seria um erro não considerar todas as opções. Fiz muitos inimigos nos últimos dez anos, mas as pessoas em quem confiamos também podem se virar contra nós num piscar de olhos.

Eu lembro a mim mesma: só lido com fatos.

Assinto, pigarreio e então digo:

— Sim, tudo bem. Acho que a bebida bateu rápido demais.

Ele parece aliviado que meu problema seja de fácil resolução, então me leva até a mesa do bufê e monta um prato de comida para mim. Ryan encontra duas cadeiras vazias numa mesa coberta por uma toalha branca e coloca o prato entre nós.

— Se não se sentir melhor depois de comer, podemos ir embora.

Não existe a menor chance de eu ir embora antes de confrontar aquela mulher. Escolho um sanduichinho, e Ryan faz sinal para o garçom e pede uma garrafa de água.

Respiro fundo algumas vezes. Preciso retomar minha estratégia.

— Parece que você não vê seu amigo James há muito tempo — digo.

— É, nossa, deve ter uns dois anos. Éramos mais próximos na infância. Ele não voltou depois da faculdade. — Ryan franze a testa. — As coisas andaram meio difíceis para ele. Disse que está na cidade porque o pai caiu e quebrou a perna. Parece que vai ficar um tempo aqui ajudando a mãe a tomar conta dele.

— Talvez a gente possa convidar os dois pra jantar. Pra vocês colocarem o papo em dia.

Ele dá de ombros.

— É, talvez.

Quero perguntar sobre a garota. O que Ryan sabe sobre ela. *Se* sabe algo sobre ela. Se descobriu alguma coisa depois que saí correndo para o banheiro. Mas isso é atípico demais para mim. Esta persona que criei não se intromete. Não faz perguntas desnecessárias. Não insiste para saber informações sobre os amigos dele e suas companhias. Preciso que os momentos que incluem James e sua parceira sejam ofuscados pelo restante do dia e não se transformem num evento que se destaca e se transforma em memória.

Porque bastaria isso. Dizem que, se você quer que algum momento se destaque, que fique gravado com clareza na sua memória, basta que haja uma pequena diferença na rotina. Por exemplo: se você é o tipo de pessoa que não consegue lembrar se trancou a porta antes de sair para viajar de férias, precisa separar esse momento de todas as outras vezes em que trancou a porta no automático. Algo simples, tipo dar uma volta no próprio eixo antes de enfiar a chave na fechadura, já é suficiente. Um movimento simples, e essa memória vai ficar para sempre gravada na mente. Torna-se tão clara que é possível repeti-la na cabeça: você vê a porta, a chave rodando, a maçaneta se mexendo quando você testa a tranca, e não fica nenhuma dúvida se fechou ou não porque você sabe que fechou.

Não preciso que Ryan fique analisando esse momento mais tarde, imaginando por que eu estava tão interessada no velho amigo dele e na mulher da Carolina do Norte. Por enquanto, vou esperar o momento certo e analisar todos os cenários em que isso faça sentido.

— Esse chapéu ficou maravilhoso em você! — exclama Sara, com a voz estridente.

Inclino a cabeça de um lado para o outro, o chapéu se movendo junto comigo.

— O seu também! — respondo, animada.

O restante do grupo de amigos de Ryan chega logo depois dela, e, pelos olhos brilhantes e bochechas rosadas, eu diria que o esquenta foi um sucesso.

Ryan se levanta da mesa e cumprimenta seus melhores amigos com um aperto de mão e uma pegada firme no ombro. Se ficaram incomodados com nossa ausência no esquenta, não demonstram. Os homens se reúnem num círculo a alguns metros de distância, e Sara se senta na cadeira onde Ryan estava. Beth e Allison puxam outras da mesa ao lado, mas Rachel permanece de pé, um pouco afastada.

Allison se espreme num canto da cadeira e faz um gesto para Rachel se aproximar.

— Aqui, senta com meia bunda e a gente divide essa.

Talvez Rachel tenha hesitado porque não havia nenhuma cadeira disponível, mas acho que é porque ela preferia ficar com os caras.

Quando todo mundo se instala, Beth começa a falar:

— Eu ficaria com muito ódio se aparecesse aqui e três mulheres estivessem com um chapéu igual ao meu.

Ela deve estar falando do chapéu com penas de pavão que caem como se formassem uma cortina na parte de trás, quase até o chão. Já vi uns três desse.

Sara bebe um gole do copo prateado.

— É por isso que tem que comprar na Martha. Ela sabe cada chapéu que foi vendido e não deixa duplicar. Também nunca oferece os mesmos chapéus dos anos anteriores, caso alguém decida usar um mais antigo. — Ela faz um gesto com a cabeça na direção de Allison. — Ou então pedir à florista para fazer um chapéu.

O chapéu de Allison mais parece um cobertor de rosas vermelhas, aparentemente frescas, como as rosas que vão cobrir o cavalo vencedor.

Não consigo evitar a risada de deboche que sai dos meus lábios. Esses chapéus são coisa séria. A julgar pela revirada de olhos e pelo meneio de cabeça, Rachel parece ser a única a concordar que este evento é ridículo.

Elas continuam a falar de todo mundo que está presente, e percebo que posso tirar proveito disso. Se James Bernard é um velho amigo de Ryan, deve ser amigo delas também.

Só preciso de uma abertura.

— Ah! — exclama Allison. — Acreditam que Jeana Killburn teve a cara de pau de aparecer aqui?

— Cadê ela? — pergunta Beth.

Allison aponta para uma mulher baixa, loira e gordinha, com uma quantidade excessiva de joias. E totalmente bêbada. Eu havia reparado nela mais cedo enquanto a mulher caminhava do bufê até uma das mesas e quase caía dos saltos altíssimos.

— Juro, nunca vou entender os homens. Se é para trair, por que fazer isso com alguém tão lamentável quanto Jeana? — comenta Sara.

Quando terminam de especular quem será a próxima vítima de Jeana, digo:

— Ryan encontrou um velho amigo que não via há anos... James Bernard. Pareceu animado em vê-lo.

As quatro viram na minha direção.

— Ele está aqui? — pergunta Beth, a boca meio aberta, como se estivesse chocada com a notícia.

Assinto, examino as quatro e vejo que em todos os rostos há algum nível de choque ou de confusão. Menos no de Rachel. Aquilo não é novidade para ela.

— Está aqui com uma mulher.

Não digo o nome dela. Não tenho coragem de dizer o nome dela. Meu nome.

Allison, Beth e Sara se viram para vasculhar a multidão, na expectativa de vê-los, mas Rachel olha para mim.

Beth se volta e diz:

— Não acredito que ele apareceu aqui. Deve estar precisando de dinheiro.

Bebo um gole do meu copo bem devagar, como se tivesse todo o tempo do mundo, e então pergunto:

— Como assim?

Minha fachada calma e controlada, normalmente bastante segura, parece trêmula e prestes a se espatifar em mil pedaços.

— Ele é problema — acrescenta Allison. — Quase levou os pais à falência por causa de dívidas com aposta. Eles já o salvaram mais vezes do que deveriam. Ninguém sabe o que James andou fazendo nos últimos anos.

— Como ele parecia? — pergunta Beth. — Aposto que nada bem. Sinceramente, estou chocada que ele tenha encontrado alguém. Ela deve ser outra catástrofe.

Não menciono que a acompanhante dele estava bem longe de ser uma catástrofe.

— Estou surpresa que ele tenha tido coragem de falar com Ryan — opina Sara.

— Por quê? — pergunto, do jeito mais casual possível.

É Allison quem responde por ela.

— Ryan tentou ajudá-lo há um ano, mais ou menos. Deu um trabalho pra ele e até arranjou um lugar pra ele morar. Mas James ferrou com tudo. Roubou dinheiro dele ou algo assim. Ryan ficou bem puto.

— É, mas todo mundo sabe que Ryan com certeza vai perdoá-lo, não é? Quem será que é a garota? — pergunta Sara, sacudindo o gelo dentro do copo vazio.

Mais alguns desses, e Ray vai ter que carregá-la para casa.

Estou ainda mais preocupada agora. O retorno de James não é bem-vindo e sua aparição aqui, com ela, me deixa aflita. Preciso considerar a possibilidade de que a mulher com meu nome e minha história esteja usando James para se aproximar de mim.

Rachel está em silêncio. E é por isso que tenho certeza de que ela poderia responder a todas as perguntas das outras.

One for the Honey, o azarão, venceu a corrida há pouco mais de uma hora, e desde então Ryan está felicíssimo, já que ganhou um bom trocado com essa aposta.

Já circulamos pela multidão várias vezes, mas não voltamos a esbarrar com James e a mulher. E, pelo papo das garotas, elas também não o viram. Ao falar dele e da companheira, agucei a curiosidade delas, então ficaram ansiosas para ver os dois.

Ryan se aproxima e fala no meu ouvido:

— Olha, o melhor jeito de gastar o dinheiro dessa vitória seria ir direto para o aeroporto e só parar quando estivermos em alguma praia no México.

Viro para Ryan, enrolo a gravata dele na minha mão e o puxo para perto de mim.

— Gostei dessa ideia.

As palavras saem como um ronronar, e chego perto a ponto de ficarmos colados da cabeça aos pés. Evie Porter tem muitas coisas, mas um passaporte não está entre elas. Ryan já encheu o copo prateado com seu monograma diversas vezes, e não acredito que haja nenhum perigo de esses planos virarem realidade — além disso, ele nunca viajaria sem deixar tudo organizado no trabalho primeiro. Mas é divertido entrar na brincadeira. E o mais importante: uma namorada como eu nunca hesitaria em fugir para a praia.

— Ando sonhando em ver você vestindo aquele biquíni rosa que tirou da caixa semana passada.

Ele aproxima a cabeça até que seus lábios toquem meu pescoço. Estamos prestes a protagonizar uma cena, porque este não é o tipo de festa em que demonstrações físicas de afeto passem despercebidas.

É a primeira vez que o vejo beber tanto. Ryan é um bêbado feliz. Que gosta de tocar. Seus sentimentos por mim transparecem no seu lindo rosto como um livro aberto, para todo mundo ver.

— Não precisamos ir até a praia pra eu mostrar aquele biquíni rosa pra você.

Uma rápida olhada ao redor e percebo que já somos o assunto de diversos cochichos. Ficamos assim por mais alguns minutos, porque meu objetivo hoje é me consolidar como namorada de Ryan, e todo mundo só vai falar sobre como ele não tirava as mãos de mim.

Mas agora que, pelo visto, James e a mulher foram embora, estou pronta para ir também. Quanto mais cedo sair daqui, mais cedo vou conseguir entender o que está acontecendo.

— Você pede para o motorista pegar seu carro e eu dirijo — digo, soltando a gravata e dando um passo para trás.

Ryan se inclina para me dar um beijo e não resisto. É doce, lento, o tipo de beijo que faz você querer mais.

E querer mais é perigoso.

Eu me concedo trinta segundos para viver no mundo em que isso é real. Onde meu namorado está demonstrando afeto por mim diante de toda essa gente e não há nada que impeça este relacionamento de continuar para sempre. Onde não há nenhuma dúvida sobre quem eu sou de verdade ou quais são minhas motivações.

Mas logo meu tempo acaba.

— Todo mundo está olhando pra gente — sussurro, os lábios ainda encostados aos dele.

Ryan sustenta meu olhar.

— Que bom.

Então ele me puxa na direção da cabine dos motoristas e vasculha o bolso em busca de dinheiro para a gorjeta e do tíquete para pegar o carro. Os amigos estão espalhados pela festa e não fazemos muito esforço para nos despedir.

Jogo os sapatos e o chapéu no banco de trás assim que me sento diante do volante e depois ajeito o assento. Ryan reclina o encosto do banco o suficiente para ainda estar sentado, mas quase se deita. Fecha os olhos e começa a cantarolar a música que toca na rádio.

Gosto de vê-lo assim. Num dia normal, às vezes ele fica bem tenso e um pouco mal-humorado quando há algum problema no trabalho, mas agora está relaxado. Solto. Esta é a parte de mim que odeio: a próxima coisa que penso é o que posso descobrir enquanto ele está assim, com a guarda baixa. Quantos segredos consigo arrancar dessa língua solta?

Ele estende a mão e entrelaça os dedos aos meus.

— Lucca — diz ele, e sinto uma pontada no peito ao ouvir a palavra, o que dificulta minha respiração.

Agarro o volante com força, e isso é a única coisa que impede o carro de sair voando pela estrada e terminar numa vala.

Antes que meu cérebro consiga articular qualquer palavra, ele continua:

— Aquela garota com James. — Ainda está de olhos fechados, então não percebe minha histeria silenciosa. — Ela disse um negócio estranho quando você foi ao banheiro.

Merda.

Merda, merda, merda.

Inspiro fundo pelo nariz. Solto devagar pela boca. Mais duas vezes.

— O quê? — pergunto, tentando fazer com que minha voz soe entediada.

— Logo antes de irem embora, ela falou que James queria se reconectar comigo, mas falou baixinho, pra ele não ouvir. E disse que adoraria conhecer você melhor também.

Aquela vadia.

— Ah... E por que isso é estranho?

— Da última vez que estive com ele, as coisas ficaram... tensas. Aprendi a tomar cuidado quando se trata de James — resmunga ele. — Mas ela parece legal. Boa demais pra ele.

Estou furiosa. Sigo aberta a todos os possíveis motivos para ela estar aqui, mas não há a menor chance de isso ser uma coincidência doida.

Ryan vira de lado, com a bochecha no assento e os olhos virados para mim.

— Não vou livrar a cara dele de novo. Não. Chega. É problema dela agora.

Apoio nossas mãos dadas no colo e aperto de leve. Ele abre um sorriso bobo e tenho esperanças de que esta conversa seja uma memória nebulosa amanhã.

— Hum... então você gosta daquele biquíni, não é?

Solto os dedos, mas a mão dele segue apoiada na minha coxa.

Ele se anima, e seus olhos vão do meu rosto para o corpo. Passo a mão dele por baixo da bainha do vestido e levo os dedos até a renda na parte superior das coxas. Ele arregala os olhos, surpreso ao descobrir o que estou escondendo ali embaixo, mas não perde tempo e segura as alças que a prendem.

Não são muitas as mulheres que ainda usam cinta-liga, e concordo que é o tipo de coisa que foi inventada pelo demônio, mas estou para conhecer um homem que não se empolgue com uma, e nunca se sabe quando você vai precisar de uma distração.

E, no momento, o que mais preciso é garantir que, quando Ryan se lembrar desta volta para casa, a memória que se destaque de todas as outras não envolva Lucca Marino.

CAPÍTULO 9

Presente

Odeio vir aqui fora do horário de funcionamento, mas depois de ontem não dava mais para adiar a visita. A agência do correio fica fechada para o público nas manhãs de domingo, então coloco meu código na porta para abrir e vou até os fundos o mais rápido possível.

Por mais que tente prever o que todo mundo vai fazer, a única coisa completamente imprevisível é o que vou encontrar dentro da caixa postal.

Cada trabalho é diferente do outro, e a única maneira que meu chefe tem de controlar o serviço — e a mim — é me manter no escuro o máximo possível. Recebo informação para avançar, mas nunca o suficiente para me adiantar ou mudar as regras do jogo.

E, claro, nunca sei quem é o cliente, porque, você sabe... controle.

A primeira informação que recebo é a localização. Aprendo tudo que há para saber sobre a cidade para onde serei enviada.

O nome do alvo vem em seguida.

Sou uma dessas pessoas de sorte que leem algo uma vez e aquilo fica guardado para sempre em alguma pasta lá no fundo do cérebro. Por causa disso, é fácil me lembrar do papel datilografado que me apresentou a Ryan.

Assunto: Ryan Sumner

Ryan é um homem branco de 30 anos que mora na Estrada Birch, 378, Lake Forbing, Louisiana. Aos 22 anos, se formou em administração e finanças na LSU, seis meses depois passou no exame de qualificação para atuar com títulos de créditos e atualmente trabalha com planejamento financeiro.

Vida prévia: Ryan tem uma irmã, Natalie, três anos mais velha. O pai, Scott Sumner, se envolveu num acidente de carro e morreu quando Ryan tinha dez anos. A mãe, Meredith Sumner (agora Meredith Donaldson), se casou novamente no ano seguinte. Ryan foi morar com os avós paternos, Ingrid e William Sumner, quando tinha doze anos, por não ter uma boa convivência com o novo padrasto. Ingrid morreu há seis anos, depois de uma curta batalha contra o câncer. William morreu um ano mais tarde, por conta de um aneurisma cerebral que rompeu enquanto ele estava em casa, na cama. Foi Ryan quem o encontrou. Os avós deixaram a casa e a mobília para Ryan, e os bens financeiros foram divididos entre os dois netos.

Ryan atualmente mora na casa dos avós. O lugar era um santuário para ele, então vá com calma. Se ele se sentir seguro para levá-la para dentro, tudo certo.

Seu histórico de relacionamentos sugere que Ryan seja heterossexual. Seu namoro mais longo foi com uma mulher chamada Courtney Banning, no segundo e no terceiro anos da LSU. A relação terminou quando Courtney decidiu cursar o último ano na Itália. Ao voltar para Lake Forbing, Ryan retomou o relacionamento com a namorada de escola Amelia Rodriguez, mas a relação durou apenas cinco meses. Desde então, Ryan tem tido apenas encontros casuais, principalmente nas ocasiões em que precisa de uma companhia para eventos sociais ou de trabalho. Algumas de suas companhias femininas são resultado de encontros ao acaso em bares e boates, mas costumam não se repetir. NÃO É RECOMENDADO INICIAR CONTATO NESSE TIPO DE AMBIENTE. Ryan tem um grupo de amigos muito próximo e faz de tudo para ajudá-los. Os amigos o consideram uma pessoa extremamente confiável e leal. Donzela em Perigo parece ser a melhor abordagem.

Comi, dormi e respirei tudo sobre Ryan nas semanas antes de nos conhecermos. Assisti aos principais lances das partidas de futebol americano dele no ensino médio, vasculhei os perfis dos familiares nas redes sociais e assisti a horas e horas das suas idas e vindas, fosse pessoalmente ou por câmeras de segurança. E sem dúvida a Donzela em Perigo era a melhor abordagem.

Depois das informações do alvo, recebo a identidade que vou usar para o trabalho. Um nome. Uma história. Tudo criado com muito cuidado, além da documentação de que vou precisar para convencer as pessoas. Analisei as fotos de Courtney e Amelia que vieram com o relatório. As duas tinham cabelo longo e escuro, então, para este trabalho, Evie Porter usaria o mesmo estilo e tonalidade, mas é aí que terminam as similaridades. Porque, ainda que Ryan tenha um certo tipo de mulher que o atraia, nenhum desses relacionamentos durou muito. As roupas de Evie teriam que fazê-la se destacar, ser lembrada. Seu estilo seria meio boêmio, meio hippie. Pouca maquiagem, mas muitos colares e pulseiras. Exatamente aquilo de que um mauricinho rico precisava para sair um pouco da zona de conforto.

A última peça do quebra-cabeça é o trabalho em si.

Às vezes são tarefas curtas, que duram alguns dias ou uma semana. Rápido e rasteiro. Outras vezes, é bem mais longo. Pode durar meses ou mais.

Disseram que talvez eu precisasse ficar com esta identidade por um bom tempo. O trabalho de Ryan em East Texas é essencial para minha tarefa, e conseguir a informação de que preciso não ia ser fácil.

E, como meu chefe não está muito feliz com o modo como meu último trabalho terminou, estou pisando em ovos aqui. Há seis meses, fui enviada para recuperar um conteúdo extremamente sensível que estava sendo usado para chantagear um dos clientes mais antigos do meu chefe. E posto que esse cliente era Victor Connolly, líder de uma das maiores famílias de criminosos do nordeste dos Estados Unidos, falhar não era uma opção. Mas eu falhei e não consegui recuperar as informações.

Desta vez, a perfeição é essencial. Segundas chances são bastante raras neste tipo de trabalho. Eu sabia que meu chefe ia me testar depois do que aconteceu. Ele precisava avaliar se eu ainda era um dos seus melhores trunfos ou se tinha me transformado no seu maior risco. Eu esperava que este trabalho fosse desafiador, mas não esperava por *ela*.

Lucca.

A chegada dela muda tudo, e é por isso que estou checando a caixa postal num domingo.

Por sorte, está chovendo, então mantenho a capa de chuva bem fechada, com o capuz sobre a cabeça. As gotas vão pingando no chão a cada passo até eu chegar diante da caixa 1428.

Respiro fundo e digito o código. Abro a porta.

Olho para a caixa vazia enquanto a água encharca o carpete diante de mim.

Fecho a porta e digito o código novamente para fechar. Quando volto para o carro, penso em qual deve ser o próximo passo.

Me ensinaram que é imprudente não considerar todas as possibilidades quando se está no meio de uma tarefa, mas meu instinto me diz que aquela mulher foi enviada pelas mesmas pessoas que me enviaram. E, como minha mãe costumava dizer, "é mais fácil lidar com o diabo conhecido".

Há um número para o qual posso ligar e relatar o acontecimento mais recente, mas já me disseram várias vezes que só devo usá-lo como último recurso. É a última alternativa antes de ser retirada de um trabalho ou caso o disfarce seja descoberto. É admitir a derrota, ou pior: que você foi pega.

Mas meu chefe nunca me disse qual seria o protocolo caso me deparasse com uma impostora usando minha verdadeira identidade.

Estou em território desconhecido.

Lucca Marino — Oito anos atrás

O lance para a viagem ao México já chegou aos doze mil dólares. Sei que todo mundo diz que "é por uma boa causa!", mas tem que estar muito chapado para pagar mais de dez mil dólares por uma viagem que custa no máximo dois mil.

Ainda bem que todo mundo aqui tem limite de crédito para ser tão generoso.

Seguro a bandeja vazia acima do ombro e perambulo pelo salão. É mais uma noite de sábado em Raleigh, e mais um evento de arrecadação de fundos onde centenas de itens estão sendo leiloados. Esta noite, todo esse pessoal usando smoking e vestido de gala está aqui para apoiar a associação local de ópera.

Um homem de cinquenta e poucos anos aparece diante de mim e olha para meu peito por mais tempo do que o necessário para ler meu nome no crachá.

— Susan, será que consigo um Macallan com gelo? — pergunta.

— Claro, sr. Fuller. Qual é seu número de associado?

Ele não fica surpreso que eu saiba seu nome, e recita os cinco dígitos, embora eu já os soubesse.

Anoto mais dois pedidos e vou até o bar, depois passo os dez minutos seguintes procurando os associados para entregar suas bebidas. Alguns dos clientes eu reconheço, são assíduos.

Costumam vir aqui fim de semana sim, outro não, para alguma atividade. Mas alguns são novos para mim.

Estou neste emprego há alguns meses, e tem sido mais proveitoso financeiramente do que eu imaginava. Hoje mais cedo, depois que estava tudo arrumado para o evento da noite, coloquei um leitor numa das máquinas de cartão. Quando os convidados pagam pelos itens superfaturados que compram, recebo uma cópia de todos os números de cartão de crédito, nomes e datas de expiração.

O leitor foi caro, e espero que depois desta noite eu consiga comprar um segundo.

O segredo é guardar esses dados por um tempo. Não vai ser nada bom para mim se vários membros avisarem o clube que seus cartões de crédito foram clonados e os administradores acabarem tendo que investigar. Como minha mãe costumava dizer: "Quem vai com muita sede ao pote acaba entornando a água." Vou mesmo é usar os cartões aqui e ali, passar valores pequenos daqui a algumas semanas. Nada que seja suficiente para levantar suspeitas ou fazê-los questionar a transação logo de cara. Com tantos números à minha disposição, esses poucos valores logo vão se transformar num grande montante.

— A viagem para o Cabo para quatro pessoas com tudo incluído está vendida para a sra. Rollins por treze mil e quinhentos dólares! — anuncia o apresentador ao microfone, e então bate o martelinho no púlpito. Uma salva de palmas ecoa do público.

É, não vou me sentir mal por essa.

A banda começa a tocar assim que o último item é leiloado. A fila para pagar a conta dá voltas na parede dos fundos do salão, e os garçons entram em ação para que não falte nada aos clientes que aguardam na fila. Até guardo o lugar de alguns enquanto vão ao banheiro.

Quando as coisas ficam mais calmas, me aproximo da mesa dos organizadores para pegar o leitor.

— Posso ajudar em alguma coisa? — pergunto para a mulher responsável, cuja equipe começa a dividir as tarefas.

— Sim! Precisamos de toda ajuda possível! — diz ela, um tanto animada demais.

Ela estende a mão e aperta meu braço como se dissesse "Ainda bem que você está aqui", mas sinto uma pontada no estômago que me faz ajeitar o corpo e analisar o cenário com um olhar mais crítico. Tem alguma coisa estranha. Começo a colocar os folhetos que sobraram dentro de caixas, depois as empilho no carrinho usado para transportar tudo até o estacionamento, e fico de olho em todo mundo. Tudo parece igual ao fim de semana anterior, então engulo a apreensão. Espero até que estejam distraídos, vou até a máquina de cartão de crédito e tiro o leitor com um movimento ágil.

— O que é isso na sua mão? — pergunta uma voz atrás de mim.

Sinto um arrepio pelo corpo. Me viro e estendo as mãos, uma com a máquina e outra com o pequeno leitor.

— Sinto muito. Pode descontar do meu pagamento. Não percebi que era tão frágil quando peguei.

Entrego as duas peças para meu gerente e o encaro. Dá para ver que ele fica meio desconcertado por alguns segundos, mas depois parece se recuperar.

— Pode parar de arregalar o olho e se fingir de inocente. Já sabemos o que está fazendo. Roubando dos nossos associados e dos convidados deles.

O sr. Sullivan pega os itens da minha mão e os entrega para dois agentes uniformizados que apareceram ao lado dele. Mas nenhum dos dois pega o dispositivo. Um deles estende uma sacola de plástico para o sr. Sullivan colocar a prova.

Minha testa está franzida, a expressão confusa. A boca, aberta na medida certa.

Há alguns poucos associados ainda pelo salão, e minha interação com os policiais chama a atenção deles, que se aproximam.

Minha mente está acelerada. Penso no meu laptop e no modem escondidos sob a mesa de sobremesas a poucos metros dali. Daqui a alguns minutos, a equipe de limpeza vai acabar encontrando.

Levanto as mãos com as palmas na direção do sr. Sullivan.

— Espera aí. Você acha que estou roubando? Com essa coisinha preta de plástico? — Minha voz é fraca e falha em algumas palavras, como se eu estivesse muito transtornada para conseguir falar. Eu me viro para os policiais e leio seus nomes nos crachás rapidamente. — Policial Ford, eu só estava tentando ajudar a limpar!

As lágrimas começam a se formar nos meus olhos, até que uma delas escorre. Só preciso de um momento para pegar minhas coisas e sair daqui. Não posso deixar que me levem. Estou usando um nome falso e um número de seguro social inventado. Tenho que desaparecer.

O sr. Sullivan se vira para o policial Williams, já que Ford parece disposto a acreditar em mim.

— Quero ela fora daqui. Agora.

Williams assente, mas pega um pequeno bloco de notas no bolso de trás.

— Claro, mas vou precisar de algumas informações antes de irmos.

Ele aponta para uma cadeira atrás da mesa e indica que devo me sentar. Considero a possibilidade de sair correndo, mas isso só dura três segundos, porque sem meu laptop não vou chegar muito longe.

Eu me acomodo e examino o salão, gravando cada rosto ainda presente, enquanto Williams conversa com os organizadores e Ford está parado ao meu lado.

— Pode me dizer como foi que descobriram que havia um problema em uma das máquinas? — pergunta Williams para a mulher que apertou meu braço.

— Claro — responde ela, animada. — Passamos um cartão mais cedo e, ao retirar, notamos essa pecinha preta que saiu com o cartão. Depois de olhar as outras máquinas, descobrimos que aquilo tinha sido colocado apenas nessa, e isso nos fez questionar o que era. Entregamos ao sr. Sullivan e percebemos que se tratava de um desses leitores. Não usamos mais essa máquina.

Ele está anotando tudo.

— Pode me dizer quem estava operando a máquina?

Uma mulher baixinha e loira ali perto levanta a mão.

— Era eu — diz ela, e olha para mim com uma expressão de desculpas, como se estivesse se sentindo mal por ter participado da ação em que fui pega.

Williams anota o nome dela e faz mais uma série de perguntas.

O sr. Sullivan enfim interrompe o interrogatório de Williams.

— Você já deveria saber de tudo isso. A polícia enviou vocês aqui para esperar e ver se o golpista ia tentar recuperar o dispositivo. — Já se passaram trinta minutos desde que me flagraram e os membros ainda presentes estão se aproximando; é óbvio que ele quer que me levem embora logo, antes que comecem a se meter. — Queremos prestar queixa e que ela seja retirada da propriedade imediatamente.

— Com licença, alguém deixou uns aparelhos debaixo da mesa.

Um dos caras da limpeza está parado não muito longe segurando um pano com uma das mãos e apontando para o chão com a outra.

Meu equipamento foi descoberto. O laptop é protegido por senha, então eles não vão conseguir abrir. Mas se o tirarem de mim, perco tudo que tenho.

A mulher responsável se aproxima e olha para as coisas, depois se vira para os policiais e diz:

— Não é nosso.

Ford vai em direção à mesa e, usando guardanapos para não tocar diretamente neles, pega o computador e o modem. Olha para mim e pergunta:

— Acho que isto é seu, não?

Eu o ignoro. Ele coloca os dois dentro de uma caixa que os organizadores trouxeram. Pegam também minha mochila na sala de descanso.

— Tirem ela daqui — diz o sr. Sullivan, com um tom de pura aversão.

Williams me puxa da cadeira e me vira de frente para o salão.

— Estenda as mãos.

Ele coloca as algemas e lê meus direitos. Minha cabeça permanece abaixada e Williams me conduz lá para fora, com Ford logo atrás carregando todas as minhas coisas. Estou revoltada comigo mesma. Revoltada por ter sido pega. Revoltada por não ter escutado minha intuição tentando me dizer que havia algo de estranho.

Estamos no estacionamento ao lado do carro de polícia, e Ford coloca a caixa no chão para procurar as chaves. Assim que o carro é destravado, Williams abre a porta de trás e me manda entrar.

— Acho que vai ter que me levar, então — digo, e não é exatamente uma pergunta.

Ele pelo menos não parece muito animado ao responder.

— É, vou. Mas se for seu primeiro delito, é provável que peguem leve com você.

Ford se encaminha para colocar a caixa com meus pertences na mala quando um homem mais velho se aproxima, usando uma calça informal e uma jaqueta marrom de aspecto vagabundo.

— Williams — chama ele, e o policial se vira na sua direção pouco antes de me empurrar para dentro do carro.

— Detetive Sanders — responde o policial Williams, surpreso —, chamaram você pra isso?

O detetive olha para mim e então volta sua atenção para Williams.

— É, um figurão qualquer ficou preocupado com o cartão de crédito dele, blá-blá-blá, e ligou para o capitão. Ele me mandou vir logo aqui e lidar com a situação para não ouvirmos reclamação depois.

Estende as mãos num sinal claro para Ford lhe entregar a caixa com o laptop, o modem e a mochila, o que ele faz sem qualquer resistência.

O policial Williams aponta para mim com a cabeça.

— Quer que eu a leve ou vai com você?

— Comigo. Tira as algemas dela. Vou colocar as minhas.

Depois de alguns segundos, estou livre, mas logo sou entregue para o novo cara.

Ele se impõe diante de mim.

— Vai andar comigo até o carro sem causar problemas ou tenho que colocar as algemas de volta agora mesmo?

— Vou cooperar — respondo.

Os policiais entram na viatura e vão embora enquanto caminhamos até o carro dele, à paisana. Ele coloca a caixa no banco de trás, depois se vira para mim com um pequeno celular numa das mãos e minha mochila na outra.

— Ligue para o número salvo neste telefone, faça o que ele manda e vai recuperar suas coisas.

Diante da minha hesitação, ele sacode o celular na minha frente.

— Eu não recusaria essa oferta. Você não vai receber outra.

Pego o aparelho e a mochila, então olho para ele.

— Está me deixando ir embora?

Ele vai para a porta do motorista e entra no carro sem dizer uma palavra. Fico paralisada até as luzes dos faróis sumirem na escuridão.

Um barulho que vem da porta do clube me deixa alerta; o público está indo embora, passada toda a confusão. Corro até meu carro e pego as chaves na mochila. O celular fica no banco do passageiro, mas só toco nele ao parar na garagem do lugar onde estou morando.

Entro correndo, deixo a mochila em cima da pequena mesa da cozinha e levo o celular até a cama. Há um contato salvo: sr. Smith.

Clico no contato e faço a ligação.

— Me disseram pra ligar pra este número — digo, assim que alguém atende.

— Temos observado você. — A voz mecânica me pega desprevenida e quase deixo o telefone cair da minha mão. Ele está usando um daqueles dispositivos que alteram a voz. — Primeiro em Greensboro e agora em Raleigh. Sinto muito pelo falecimento da sua mãe.

Sinto um calafrio. Não tem como alguém conseguir conectar a garota que mora neste apartamento àquela que vivia no trailer em Eden. Fiz de tudo para garantir isso.

Ou pelo menos achei que tinha feito.

— Por quê?

— Você conseguiu pegar uma coisa à qual não deveria ter acesso. Tivemos que dispor de tempo e recursos para descobrir que tinha sido você. Eu não me impressiono fácil, mas de alguma forma você conseguiu.

Ai, merda.

Embora esteja surtando por dentro, respiro fundo algumas vezes para me acalmar. Não demorei muito para evoluir das pequenas joias até quadros, prataria, antiguidades... qualquer coisa que pudesse pegar, desde que fosse pequeno o suficiente para que eu mesma carregasse. E se pesquisar a fundo na internet, é possível encontrar compradores para qualquer coisa.

— Você quer de volta? — pergunto.

— Já pegamos o item de volta.

Isso consegue ser ainda pior.

— Mas você se meteu num problema. Foi azar que seu equipamento tenha entregado você daquele jeito. Talvez eu não tivesse conseguido livrá-la se você tivesse ido parar na delegacia.

Eu me deito na cama e olho para o teto. A situação é surreal e não sei muito bem como processar. Ninguém cuida de mim desde antes da minha mãe ficar doente, mas não imaginei que meu anjo da guarda teria voz mecânica.

— Acho que devo agradecer. Como conseguiu fazer isso?

— Cobrei um favor — responde ele. — Estou com seu laptop e imagino que você o queira muito de volta. Tenho um trabalho pra você e, se ouvir tudo que tenho a dizer, vou devolver suas coisas.

— Mesmo se eu recusar o trabalho? — pergunto.

— Você não vai recusar. Está quebrada a ponto de ficar juntando as moedas perdidas no sofá. Estou oferecendo uma quantidade de dinheiro que você nunca viu antes e o suporte pra não ser pega como aconteceu hoje à noite.

Não respondo porque nós dois sabemos que vou aceitar.

— Vou mandar o endereço por mensagem. Esteja lá na segunda-feira às nove.

E então a ligação termina.

Gostaria de dizer que não estava curiosa a respeito do trabalho e que tinha toda a intenção de recusar, não importava o que fosse, mas isso seria mentira.

Quando chega a segunda-feira, espero na esquina, fora de vista, antes mesmo de o sol nascer. O endereço é de um escritório de fianças, e às oito da manhã já há uma intensa movimentação de gente entrando e saindo, o que acho que deve ser normal para um estabelecimento desse tipo em início de semana.

Não gosto da ideia de estar totalmente no escuro e espero ver alguém que pareça conhecido quando menos esperar. A voz no telefone não me deu qualquer dica. Não sei se um sotaque transpareceria numa máquina daquelas, mas algo me diz que, se o sujeito algum dia teve sotaque, deve ter feito igual a mim — passei anos apagando qualquer rastro que indicasse quem eu era ou de onde tinha vindo. Pouco depois de aceitar o primeiro emprego na floricultura, percebi que meu sotaque anasalado, mais do que o saldo da minha conta, me distanciava daquelas mulheres que frequentavam a loja. O jeito que você anda, fala e se movimenta diz muito mais sobre você do que qualquer outra coisa.

O sr. Smith e eu devemos ter nos cruzado em algum momento no passado, já que roubei algo que era dele. Rostos, nomes, lugares, eventos e números ficam guardados na minha memória assim que os ouço ou vejo. Mas à medida que o relógio vai chegando perto das nove, aceito que vou ter que encarar essa no escuro mesmo, já que todas as pessoas que passam por ali são estranhas.

O pequeno prédio de tijolos marrons fica no meio do quarteirão, com outros edifícios igualmente deprimentes dos dois lados. Abro a porta debaixo de um letreiro azul que diz AAA INVESTIGAÇÕES E FIANÇAS. E em letras menores embaixo: TROCA DE CHEQUES E EMPRÉSTIMOS DE CURTO PRAZO.

Uma rajada de calor misturada com cheiro de suor me atinge ao entrar. Dou meu nome e a recepcionista aponta para a sala de espera, depois pega o telefone para anunciar minha chegada à pessoa do outro lado da linha. Há cadeiras que não combinam umas com as outras encostadas às paredes, que são cobertas por aqueles cartazes que misturam fotografias de natureza com frases inspiradoras, como se uma águia-careca soubesse alguma coisa sobre liderança. Eu me sento numa cadeira vazia entre duas plantas praticamente mortas. As únicas outras pessoas esperando são um casal que discute em voz baixa no canto e um homem mais velho à minha direita que ronca alto, encurvado sobre a cadeira.

Muitos minutos depois, a recepcionista chama meu nome e aponta para o corredor atrás da sua mesa.

— Última porta à direita — diz ela, apenas.

Passo por três portas fechadas no corredor estreito antes de parar diante da que ela indicou. Levo alguns segundos para me concentrar e então bato na porta.

— Entre! — grita uma voz abafada.

Abro a porta e fico surpresa ao ver o homem sentado à mesa. Na minha cabeça, imaginei o estereótipo mais deplorável: baixinho e careca, com sorrisinho malicioso e debochado, um cigarro queimando num cinzeiro. Mas o homem diante de mim é o extremo oposto. É loiro. E lindo. Fica de pé quando entro e estende o braço para apertar minha mão com entusiasmo. A camisa de botão azul-clara combina perfeitamente com seus olhos, e o efeito é tão estonteante que tenho certeza de que o armário dele é cheio de camisas dessa cor.

— Lucca! É bom ver você. Meu nome é Matt Rowen.

Não há a menor chance de essa ser a mesma pessoa com quem eu falei ontem à noite, mas aposto que não é mesmo.

Assinto.

— Sr. Rowen.

Ele abre um sorriso brilhante.

— Pode me chamar de Matt. Por favor, sente-se.

Empoleirada na beira da cadeira, avisto meu laptop no canto da mesa.

Ele percebe meu olhar.

— Pode pegar. É seu só por ter vindo aqui.

Eu pego meu laptop e o coloco no colo, resistindo ao impulso de abraçá-lo contra o peito.

Matt joga uma caneta para o alto e a pega de volta várias vezes enquanto me analisa.

— Preciso dizer, nós ficamos impressionados com os lugares onde conseguiu entrar e sair.

— Quem seria "nós"? São quantos caras sinistros nessa sua ganguezinha? — pergunto.

Ele abre um pequeno sorriso, como se tivesse me achado fofa. O celular faz um barulho, e ele pega o aparelho em cima da mesa. Seus polegares se movem sobre a tela com uma rapidez impressionante, a atenção focada no telefone.

— É o sr. Smith?

Ele me ignora por completo.

Tudo bem. Posso esperar ele terminar.

Matt enfim tira os olhos do telefone e diz:

— Temos um trabalho pra você. Uma chance de ganhar um bom dinheiro.

— Fazendo o quê?

Matt apoia os cotovelos nos braços da cadeira e coloca os pés em cima da mesa, o telefone esquecido por um momento.

— Vai fazer as mesmas coisas que já faz muito bem. Vamos colocá-la numa situação e você vai pegar o que nós precisamos. Sem saber muito mais do que isso. Vai notar a diferença que é ter nosso apoio por trás. Vou passar os detalhes assim que me disser que topa.

Minha mente se divide em dois caminhos diferentes; sem dúvida estou diante de uma bifurcação. Aceitar o trabalho que Matt está me oferecendo vai me fazer mergulhar ainda mais fundo nesse universo, mas com um suporte que vai transformar numa memória distante a sensação daquelas algemas no meu pulso. O outro caminho requer que eu ande na linha. Que saia desta vida antes de me meter em mais problemas. Porque, como a noite de sábado provou, é questão de tempo até algo dar errado novamente.

Minha mãe sempre disse que, para ter sucesso na vida, é preciso fazer três coisas: aprender tudo que conseguir, se esforçar ao máximo e ser o melhor naquilo que faz.

A noite de sábado me ensinou que ainda tenho muito a aprender.

Só de me lembrar da minha mãe, já sinto uma dor no peito. Mas tento pensar em outra coisa. Ela se foi e não existe nada para mim naquela antiga vida. Um dia vou voltar a ser Lucca Marino, aquela garota do interior que veio de Eden, na Carolina do Norte, e morar naquela casa com horta, mas esse dia ainda não chegou. Hoje, vou aprender como ganhar o dinheiro de que preciso para transformar aquele sonho em realidade.

— Ok, eu topo. Qual é o trabalho?

CAPÍTULO 10

Presente

Três dias se passaram desde a festa do Derby e a caixa postal ainda está vazia. Também não cheguei mais perto de descobrir o nome real daquela mulher nem de onde ela é. E até eu saber seu nome verdadeiro, ela é apenas *aquela mulher* para mim.

O fato de eu não ter esbarrado nela pela cidade não significa que ela está se escondendo. Em todo lugar aonde vou, ouço o nome "Lucca Marino" — sempre alguém contando sobre alguma interação que tiveram com ela.

Depois da festa do Derby, fui adicionada ao grupo de mensagens, então acompanhei em tempo real quando Sara deu de cara com ela no mesmo salão de chá que fora sugerido para nosso primeiro almoço, e Beth a encontrou quando foi fazer as unhas. E, apesar de Allison ter falado tão mal de James no dia da festa, ela e Cole foram jantar com os dois ontem à noite. Ela mandou o resumo completo para todas hoje de manhã.

Havia até uma foto de James com ela na festa do Derby na coluna social do jornal da região; seu chapéu parecia ainda mais delicado e sofisticado na imagem do que pessoalmente.

Enquanto eu tinha levado um tempinho para me inserir pouco a pouco naquela comunidade, ela chegou como um furacão.

A dimensão da audácia dela ainda não estava tão clara, até que vi uma postagem da mãe de James no Facebook demonstrando todo o seu entusiasmo por aquela mulher e pela sopa que ela tinha preparado para o pai de James. Havia 128 comentários (por enquanto) sobre a sorte que os Bernard tinham dado. Como a mãe de James havia marcado a mulher no texto, com apenas um clique eu estava no perfil dela.

A conta estava ativa havia pouco tempo. A primeira entrada era uma foto de perfil com a legenda: *Aff, a conta antiga foi hackeada, então vamos ser amigos aqui!*, datada de uma semana após eu chegar a Lake Forbing.

Mas era a segunda postagem que confirmava que a chegada dela a esta cidade, com meu nome e detalhes da minha história, *não* era uma coincidência inocente.

Quando eu estava no sexto ano, minha turma da escola fez um passeio a uma fazenda local onde passamos o dia brincando de fazendeiros e realizando tarefas como ordenhar vacas e alimentar galinhas. De algum jeito, aquela mulher havia encontrado a foto que tiramos em grupo no fim daquele dia e postado como um #TBT com a seguinte legenda: *Olha só o que encontrei vasculhando umas caixas antigas. Que dia divertido! Podem se marcar se eu tiver esquecido alguém.*

Na foto, estou sentada de pernas cruzadas na primeira fileira, a segunda da esquerda para a direita, usando calça jeans e meu casaco de moletom vermelho favorito. Minha mãe tinha customizado o casaco usando uma fita azul-marinho ao redor da gola, dos punhos e da bainha inferior.

Várias pessoas com quem estudei na escola — colegas em quem não pensava havia anos — se marcaram na postagem. A sessão de comentários virou um grande encontro virtual, e muitos deles mandaram mensagens para ela dizendo que estavam felizes em revê-la, acreditando mesmo que ela era eu.

Voltei para a foto de perfil e fiquei analisando até começar a ver tudo borrado. Ela está com a cabeça virada, o cabelo longo cobrindo boa parte do rosto, e está rindo. É uma ótima foto espontânea. A última vez que esses velhos amigos me viram foi na adolescência, ainda com carinha de bebê. É fácil entender por que acreditaram que ela é exatamente quem diz ser.

Se este fosse qualquer outro trabalho, eu teria juntado meus poucos pertences e dado o fora da cidade assim que ela se apresentou para mim, mas as consequências de abandonar este caso superam esse instinto. Não posso fugir. Ainda não. Não depois do que aconteceu no último serviço.

Estou me esforçando ao máximo para manter a postura de namorada feliz e despreocupada que já estava no automático antes da festa do Derby, tudo para que Ryan não desconfie de que tem alguma coisa errada.

Dou uma olhada no relógio da cozinha e sigo em frente. Lavo a caneca de café na pia, pego a bolsa e vou até a garagem.

Depois de muito refletir, está na hora de fazer aquela ligação que estou adiando, mas só na privacidade do meu próprio carro. Embora ainda haja uma possibilidade remota de que outra pessoa que não meu chefe tenha mandado a impostora para cá, ela é muito pequena. Se meu chefe descobrir sobre essa mulher por outra pessoa que não seja eu, sem dúvida haverá sérias consequências. Ligar para informar sobre isso é o que se espera de mim e, neste momento, preciso ser cem por cento previsível.

Ainda com o carro escondido na garagem de Ryan, abro o porta-luvas, pego o telefone pré-pago e o tiro de dentro do pacote. Vai ser usado apenas uma vez e depois destruído.

Assim que o aparelho liga, digito o número que decorei no começo deste trabalho. A voz robótica atende e pergunta:

— Algum problema?

Com todos os softwares de reconhecimento de voz que existem por aí, o verdadeiro som da voz do sr. Smith é um segredo tão bem guardado quanto seu verdadeiro nome.

— Acontecimento significativo que tornou esta ligação necessária. Fiz contato com uma mulher que alega ser eu.

Usou meu nome original, disse que era da minha cidade e usou detalhes do meu passado como se fossem dela. Por favor, preciso de orientação.

A pausa é tão longa que fica desconfortável.

— E ainda assim você demorou três dias para relatar esse acontecimento.

Merda.

— Queria ter cem por cento de certeza de que não era uma coincidência antes de...

Ele me interrompe antes que eu termine a frase.

— Achei que você precisava de um lembrete de que é substituível. Trate a chegada dela como uma motivação para concluir este trabalho com sucesso, ao contrário do fracasso retumbante da última vez. Quando sua tarefa for finalizada a meu contento, você voltará a ser a única Lucca Marino de Eden, na Carolina do Norte, que trabalha para mim. — Ele faz uma pausa e então acrescenta: — Sei o quanto isso é importante para você.

Se a informação que eu deveria ter conseguido para ele no último trabalho não fosse tão sensível, não acho que o sr. Smith teria sentido a necessidade de me ameaçar desse jeito. Posso ainda nem saber ao certo o quanto a presença daquela mulher com meu nome pode me atrapalhar, mas não significa que não vá ser um transtorno para mim. O sr. Smith não faz nada sem um bom motivo.

Neste tipo de trabalho, ser substituída não significa apenas ser demitida sem uma carta de recomendação. Por mais que eu não saiba o nome verdadeiro do sr. Smith, sei o suficiente para que não me deixem simplesmente ir embora.

Seguro o volante com força com a mão livre e reprimo a vontade de gritar. Quando estou certa de que minha voz vai sair controlada, digo:

— Não gosto muito de ter uma ameaça assim me rondando, principalmente depois de todas as tarefas que *concluí* com sucesso.

— Todos os sucessos prévios tornam o último fracasso ainda mais difícil de aceitar. Mas também são o que lhe rendeu uma segunda chance. Precisa se lembrar disso quando estiver sentada na varanda dos fundos comendo comida chinesa.

Comida chinesa.

O que eu pedi no jantar de ontem.

— Não tem nada que eu queira mais do que terminar este trabalho e deixá-lo satisfeito. Quando devo receber as próximas instruções?

— Não tenho uma data exata, mas nas próximas duas semanas. E, só para deixar claro, isso é um *lembrete*, e não uma ameaça. Se fosse uma ameaça, você não teria dúvidas disso.

A ligação termina.

Não descobri tudo o que queria, mas o suficiente. Tive a confirmação de que foi Smith quem mandou aquela mulher aqui e, pelo menos agora, tenho uma previsão de quando vou ter novas instruções.

Mas a coisa mais importante que descobri é que, embora a confiança dele em mim esteja enfraquecida, eu não a perdi por completo.

Embora me sinta um alvo fácil, preciso terminar o que comecei.

É hora de sair do script.

Ligo o carro, saio da garagem e vou em direção ao trabalho. Quando estou numa das ruas mais movimentadas, dou uma guinada, viro o volante com força, e meu pneu esquerdo da frente bate na calçada. Há um chiado bem alto e então ouço o pneu estourar. Arrasto o carro até a loja de pneus no fim do quarteirão. Um dos funcionários me orienta a parar numa das baias vazias e chega mais perto para dar uma olhada.

— Deu sorte de estarmos pertinho. Não ia conseguir ir muito longe desse jeito — diz, quando saio do veículo.

— Muita sorte — concordo.

Pego a bolsa e entro na loja.

O cara atrás do balcão me cumprimenta quando me aproximo.

— Como podemos ajudá-la?

Reviro os olhos e digo:

— Bati na calçada ali no fim da rua e estourei o pneu.

Aponto para o carro pela janela de vidro que dá para a área externa da loja.

Ele pergunta meu nome e as informações de praxe e então preenche a ordem de serviço.

— Vai demorar algumas horas pra ficar pronto. Tem alguns carros na frente.

— Sem problemas — respondo, indo para a sala de espera.

Pego o celular na bolsa e ligo para Ryan. Ele atende no segundo toque.

— E aí, tudo bem? — pergunta.

— Oi — respondo, as palavras salpicadas de frustração. — Estou numa loja de pneus em Jackson. Estava distraída, bati na calçada e o pneu estourou. Por sorte, estava bem pertinho da loja.

— Você e os pneus não se entendem — diz ele, com uma risada.

— Pois é.

Ele ri e pergunta:

— Precisa de uma carona? Posso pedir para Cole te buscar e deixar você em casa ou no trabalho.

Quintas-feiras costumam ser o único dia em que Ryan está fora da cidade, mas hoje ele tinha uma reunião com uns clientes em potencial numa cidade ao sul daqui, então também está longe.

— Não, vou esperar aqui. Disseram que não vai demorar muito. Vou ligar pro trabalho. Acho que não vão se incomodar que eu chegue mais tarde, já que semana passada trabalhei a mais por causa daquele evento.

— Tudo bem, me avisa quando terminar o conserto.

— Aviso. Vejo você à noite.

Desligo e mando uma mensagem de texto para meu chefe contando o que aconteceu e avisando que vou chegar atrasada. Volto até o balcão para falar com o homem que me atendeu há pouco.

— Me manda uma mensagem quando estiver pronto e eu venho buscar.

Ele assente.

— Sim, senhora.

Saio da loja e, três estabelecimentos depois, entro na locadora de carros. A menina atrás do balcão é jovem e está muito alegre a esta hora da manhã.

— Posso ajudar? — pergunta, o tom de voz bem mais alto que o necessário.

— Sim, eu reservei um carro. Annie Michaels.

Ela digita a informação no computador e então me encara, os olhos brilhando.

— Sim! Está tudo pronto pra você!

Assino a papelada e pego as chaves do sedan preto de quatro portas estacionado ali em frente. Em dez minutos, já estou na estrada.

Ryan tinha desenvolvido o hábito de aparecer no meu trabalho, então eu precisava aproveitar essa reunião inesperada fora da cidade. Mas também tinha que dar uma satisfação convincente para meu chefe. E, como todo mundo nesta cidade se conhece, as histórias precisavam bater.

Entro na estrada interestadual rumo a oeste, bloqueio todo o resto e me concentro no que estou indo fazer. Passei semanas vigiando a empresa de Ryan em East Texas ao chegar aqui. Quando enfim recebi as primeiras instruções, me dei conta do quão importante a empresa era para minha tarefa. A busca no escritório de Glenview até me deu algumas informações, mas não o que eu precisava para concluir o serviço. No entanto, a chegada daquela mulher na cidade me deixara ansiosa, com a sensação de que precisava voltar lá e garantir que não tinha deixado escapar nada. Então planejei uma visita quando Ryan me disse que passaria o dia fora.

Depois da ligação com o sr. Smith, este trabalho ganhou um senso de urgência que eu nunca tinha sentido. Ele queria me mostrar que eu poderia ser substituída. Mas também me mostrou que, no meio-tempo entre o trabalho anterior e este, ele tinha se esforçado para preparar alguém para se passar por mim. É óbvio que estou deixando escapar algo importante aqui, e é essencial voltar ao começo e olhar tudo de novo com novos olhos.

O jogo mudou.

CAPÍTULO 11

Presente

Em Lake Forbing, Ryan comanda a filial local de uma empresa nacional de corretagem. Fica num daqueles condomínios empresariais novos, com fileiras de prédios idênticos que parecem chalés. A maioria das clientes dele são velhinhas que precisam de ajuda para investir o dinheiro que recebem dos royalties de petróleo. Ele é o menino de ouro da cidade, em quem elas confiam de olhos fechados. Eu provavelmente poderia comparar a lista de clientes de Ryan com a de convidados do velório do avô dele e ir batendo nome a nome.

Já em Glenview, no Texas, Ryan está à frente de uma empresa de caminhões e transporte que fica num galpão numa área industrial na periferia da cidade. A única sinalização em toda a propriedade é um letreiro de metal branco retangular com as palavras GLENVIEW CAMINHÕES escritas em letra preta. O telefone cai direto num sistema de caixa postal e não há site nem redes sociais da empresa. Ele nunca fala sobre a Glenview Caminhões e acredito que pouquíssimas pessoas sabem que ela existe, se é que alguém sabe.

Assim que cruzo a fronteira com o Texas, que fica na metade do caminho entre Lake Forbing e Glenview, rememoro a página datilografada com as informações que recebi sobre Ryan e seus negócios daqui.

A Glenview Caminhões foi criada em 1985 pelo avô de Ryan, William Sumner. O filho de William, Scott, ingressou nos negócios quando voltou para casa após concluir a faculdade, em 1989. No começo, era uma empresa legítima que atendia à região do leste do Texas e norte de Louisiana.

Ainda opera em sua atividade original, mas, no fim dos anos 1990, o modelo de negócio se expandiu para incluir serviço de corretagem de bens roubados. Acredita-se que atualmente dois de cada três caminhões que chegam ali estão transportando itens a serem vendidos no comércio clandestino. Embora a porção ilegal do negócio seja muito mais rentável, a Glenview Caminhões é uma fachada valiosa que precisa ser mantida.

Ryan assumiu as operações depois que sua avó, Ingrid Sumner, foi diagnosticada com câncer e o avô passou a cuidar dela em tempo integral, mas limitou seu envolvimento presencial no negócio a um dia na semana: quintas-feiras. Ryan tem conseguido o feito impressionante de manter o trabalho no Texas separado da sua vida em Lake Forbing, na Louisiana, do mesmo modo que seu pai e seu avô fizeram antes dele.

*Opinião baseada em pesquisas, mas sem evidência expressiva para comprovar: Ryan parece fazer de tudo para manter o negócio que o avô começou e no qual o pai trabalhou até sua morte em 2004, em Glenview. Acredito que essa empresa seja extremamente importante para ele e que Ryan vá protegê-la a qualquer custo.

Meu último trabalho foi atípico porque eu sabia logo de cara que tinha sido enviada para resgatar uma informação sensível que estava sendo usada para chantagear Victor Connolly. Normalmente há um hiato entre o momento em que sou informada do nome do alvo e quando recebo as primeiras instruções. Uso esse tempo para mergulhar em todos os aspectos da vida do alvo e assim estar preparada quando chegar a hora de entrar em ação. Enquanto aguardo para saber qual é a tarefa, tento adivinhar o que o cliente nos contratou para fazer, embora nunca saiba quem é o cliente.

Então foi isso que fiz quando recebi o nome: Ryan Sumner.

À primeira vista, o negócio de serviços financeiros e sua longa lista de clientes formada por velhinhas com royalties de petróleo parecia ser a resposta óbvia. Mas quanto mais eu descobria sobre essa parte da vida de Ryan, menos provável isso parecia. Não havia ninguém entre aqueles clientes que chamasse minha atenção e pudesse ser o motivo de eu estar aqui.

Há sempre a chance de o alvo ser apenas um meio para me aproximar de um dos seus amigos, mas essa possibilidade também foi descartada depressa. Os amigos de Ryan são do tipo que podem trapacear em jogos de golfe, trair as esposas ou sonegar impostos, mas nada mais grave que isso.

No entanto, quando comecei a investigar a empresa de caminhões em Glenview, entendi que a chave do meu trabalho estava ali. É impressionante o que Ryan conseguiu fazer nos últimos seis anos. Pegou uma operação quase falida e transformou numa empresa muito lucrativa, conhecida por prestar um serviço excelente, com clientes no país inteiro. Embora ainda passe um ou outro caminhão cheio de Xbox e PlayStation roubados por ali, ele aprimorou o negócio e começou a transportar mercadorias mais sofisticadas, a ponto de fornecer itens especiais mediante solicitação. Ele virou o concierge do comércio clandestino.

Basicamente, Ryan é um ladrão, assim como eu.

A primeira leva de instruções confirmou minhas suspeitas quando descobri que o negócio de caminhões tinha se tornado tão rentável a ponto de ser alvo de uma aquisição hostil — não era a primeira vez que eu recebia uma tarefa como essa.

E mesmo que o motivo deste trabalho seja ajudar o cliente a tomar o negócio de Ryan, o *meu* objetivo mudou agora que o sr. Smith colocou uma impostora em cena. As necessidades do cliente desconhecido se tornaram irrelevantes para mim. Vou analisar tudo de novo para descobrir por que o sr. Smith escolheu *Ryan Sumner* e *este* trabalho para me testar.

Pouco antes de chegar ao destino, paro num posto de gasolina antigo e vou até os fundos do estacionamento para me trocar. O carro alugado pode destoar um pouco nesta área industrial, mas meu disfarce está perfeito. Troquei a saia lápis e a blusa folgada por uma calça jeans larga surrada da Levi's, uma camisa de botão cáqui e um colete de segurança. O cabelo está preso debaixo de uma peruca curta e um boné de beisebol, e a prótese de silicone facial feita sob medida deixa minhas feições mais masculinas. Eu poderia ser confundida com um homem a caminho do trabalho.

Paro o carro no estacionamento do imóvel que fica ao lado da Glenview Caminhões, depois vou até a cerca de metal que separa esta propriedade da de Ryan. É apenas a segunda vez que venho aqui, mas assisti a inúmeros vídeos de Ryan trabalhando neste lugar. Os dados que coleto antes de fazer contato são sempre muito meticulosos, então já tinha visto como o sobretudo, a calça social e os sapatos com os quais ele saía de casa eram logo substituídos por jeans velhos, camiseta e botas arranhadas.

Nos vídeos, ele sai do prédio pela porta do escritório que fica no canto do galpão e anda até cada um dos caminhões que entra no recinto. O motorista abaixa o vidro e parece haver uma breve conversa antes de Ryan pegar um controle remoto no bolso e abrir a porta do compartimento.

A estrutura é tão grande que um caminhão carreta dos maiores pode entrar por completo por qualquer uma das três portas na parte da frente da construção de paredes de metal ondulado, ser descarregado com privacidade e depois sair pelos fundos. Meu plano é entrar no imóvel gigante do mesmo jeito que fiz da primeira vez que vim aqui.

Não há muita coisa acontecendo hoje. Pelos relatórios, o carregamento ilegal só chega às quintas-feiras, quando Ryan está aqui para inspecioná-lo pessoalmente. Pelo aumento no volume nos últimos anos, em breve ele vai ter que adicionar um segundo dia na semana para conseguir dar conta da demanda. As operações legítimas têm muito menos tráfego. Ryan tem sido muito bem-sucedido em manter os dois segmentos do negócio separados, e isso inclui os funcionários. Há uma equipe reduzida aqui hoje, e nenhum deles trabalha às quintas-feiras. Devo conseguir entrar sem ninguém perceber, já que a vigilância é muito menos rígida do que a dos caras que trabalham diretamente com Ryan.

Aguardo do outro lado da cerca, perto de onde os empregados estacionam, até que um caminhão entra, e rapidamente faço uma pequena abertura usando um cortador de arame que tenho no cinto. Quando um homem sai do escritório para cumprimentar o motorista, eu me esgueiro pela parede até os fundos do prédio, como qualquer outro funcionário faria. Arrombo a fechadura depressa e abro a porta de metal sem fazer barulho.

Só tem um cara lá dentro, mas ele está no canto direito dos fundos empilhando caixas. Parece bem concentrado na tarefa, então vou caminhando perto da parede do galpão rumo ao escritório que fica no canto esquerdo da frente do prédio. Dou uma olhada pela janelinha da porta para checar se a sala está vazia e entro assim que uma das portas grandes do compartimento se abre para deixar o caminhão entrar.

O escritório está uma bagunça. Há pilhas de papel sobre cada uma das três mesas, ao lado de copos de café e caixas de pizza. Parece que vou usar melhor meu tempo se vasculhar os armários de arquivos, em vez de catar algo no meio desse lixo.

Já passei dados sobre a empresa para o sr. Smith duas vezes até agora. Na primeira, foi o tipo de informação mais geral sobre as atividades diárias e os principais funcionários, que consegui pegar de alguns arquivos.

Embora fossem informações proveitosas, não eram o que eu precisava para concluir o trabalho. E isso não era surpresa, já que muitos dos funcionários usam esse espaço de fato para administrar a porção legítima da Glenview Caminhões nos dias em que Ryan não está aqui. Ele não seria tão descuidado com informações sensíveis. A segunda entrega tinha dados cruciais para tornar possível a aquisição — todos os registros financeiros, incluindo onde está o dinheiro e quem são os clientes. Listas de onde ele compra os produtos e das mercadorias roubadas, assim como dos contatos de agentes da lei que fazem vista grossa. Aquelas informações preciosas foram retiradas do laptop de Ryan. O mesmo que está com ele o tempo inteiro. Esperei pacientemente por semanas pelo momento certo para acessá-lo.

Eu tinha encontrado tudo de que o sr. Smith precisava para tomar o que Ryan passara anos construindo, e fiquei surpresa quando senti uma pontada de arrependimento ao me dar conta da enorme perda que seria para ele. Foi a primeira vez que me senti mal por fazer meu trabalho.

A primeira vez que quis dar ao alvo uma chance de se defender e manter o que era seu.

Mas também tentei não analisar muito a fundo os motivos de me sentir daquela maneira, ainda mais porque sabia o quanto esse trabalho é importante para minha própria sobrevivência.

Então, embora eu tenha voltado para olhar arquivos que já examinei, não tenho uma expectativa real de encontrar algo útil. Quero dar mais uma olhadinha só para o caso de alguma coisa chamar minha atenção, já que agora meu foco mudou.

O barulho do motor do caminhão dentro do galpão é tão alto que não ouço as vozes que se aproximam da porta até que já estejam a poucos segundos de abri-la. O pequeno banheiro é o único lugar onde posso me esconder. Entro na cabine do chuveiro aos tropeços e fecho a cortina branca quando a porta do escritório se abre e dois homens entram.

Eu me abaixo, fico recostada na parte do chuveiro e inclino a cabeça para perto da cortina, o mais perto que me atrevo a chegar.

No espacinho entre a cortina e a parede, há uma fresta na qual dá para ver o escritório pela porta do banheiro, que ficou aberta. A cadeira mais próxima de mim está ocupada, mas só consigo ver sua lateral e parte do ombro do homem.

— Vá chamá-lo.

A voz é como um soco no estômago. É Ryan. Ryan está aqui. Não está numa reunião com clientes na Louisiana, mas sentado a menos de dois metros de mim.

A porta se abre, depois se fecha e então ficamos só nós dois na sala. Eu me afasto da cortina, para o caso de ele entrar para usar o banheiro.

Foi um descuido da minha parte, e eu nunca sou assim tão descuidada, apesar do que o sr. Smith acha sobre o meu desempenho mais recente. Mas se ele me visse agora, eu não o culparia por questionar minha capacidade de concluir este trabalho com sucesso.

O farfalhar dos papéis é a única coisa que me indica que ele ainda está na mesa, já que não consigo mais vê-lo.

Alguns minutos depois, ouço a porta se abrir novamente e dois pares de botas caminhando sobre o chão de concreto.

— E aí, cara, o que está fazendo aqui hoje? — pergunta um homem.

O tom é agudo, como se ele estivesse surpreso, mas há um leve frêmito nervoso que o denuncia. Ele está com medo.

Não há resposta, então o homem continua falando, como se as palavras fossem menos perigosas do que o silêncio que preenche a sala.

— Sei que eu só deveria trabalhar às quintas, mas precisei fazer umas horas extras esta semana. Minha ex está no meu pé pedindo dinheiro de novo. Quer mandar as crianças pra uma merda de acampamento de verão no Arkansas. Eu falei que, porra, eles não precisam ir lá pras montanhas Ozark pra brincar de pique-pega ou sei lá que bobagem eles fazem.

Silêncio.

— Desculpa, Ryan. Sei que eu não deveria estar aqui hoje — continua o sujeito.

A voz dele falha ao dizer o nome de Ryan, e isso me parece mais curioso do que qualquer outra coisa. Ryan ainda não disse uma palavra, mas esse homem está apavorado. Eu só conheço o Ryan doce. O Ryan romântico. O Ryan divertido.

O Ryan assustador é intrigante.

— Qual é, Freddie? Você achou mesmo que ia conseguir tocar um negócio paralelo e trazer meus caminhões quando não estou aqui?

A voz dele fica um pouco mais grave.

— Não. Foi burrice. Uma idiotice. Idiota pra caralho — responde Freddie.

A terceira pessoa na sala ainda não falou nada.

Há um chiado, como se talvez Ryan estivesse se recostando na cadeira, que precisa de um pouco de óleo. Quase posso visualizá-lo. Deve estar com as mãos cruzadas atrás da cabeça. Talvez os pés estejam em cima da mesa. Parece calmo, quase informal, mas a voz revela que não é bem assim.

— Seth, pega aquele alicate de arame na mesa do Benny — diz Ryan, com uma voz serena que engana.

Ouve-se um barulho e Seth diz:

— Pronto.

E então a voz de Ryan ganha uma contundência que eu nunca tinha ouvido.

— Você vai me dizer quem mais está envolvido, senão Seth vai adorar usar esse alicate nos seus dedos. — A cadeira range de novo. — O que acha, Seth, um dedo por minuto que ficarmos esperando?

— Parece bom para mim, chefe. Mas eles são bem grossos, talvez eu precise de mais de um minuto para arrancar.

Seth mal termina a frase e Freddie já está falando. Faz uma lista de nomes, planos e datas com tamanha rapidez que eu espero que Seth tenha largado o alicate para pegar um papel e uma caneta.

— Você não está me contando tudo — diz Ryan. — Você e esses outros idiotas são muito burros pra planejar isso tudo sozinhos. Pode ir falando quem mais está envolvido.

A voz do cara falha quando ele responde:

— Eu falei tudo, juro!

Ouço a cadeira rolar e agora imagino que ele esteja se inclinando para a frente, os cotovelos sobre a mesa e as mãos entrelaçadas diante de si. Ouço o que parece ser uma pilha de papéis caindo no chão.

— Você acha que não sei quando alguém mexe nas minhas coisas?

Ah, merda. O coitado vai ser punido por algo que eu fiz.

— Seth, confisca o telefone e leva ele para ficar bem confortável lá no galpão. E traz os outros caras aqui. Vou avisar ao Robert que já estão prontos pra ele.

— Espera! Espera! Não tem motivo para chamar o Robert! — grita o cara. Ele soa ainda mais apavorado.

Pelas informações que coletei, o "Robert" a quem ele se refere deve ser Robert Davidson, um dos principais clientes de Ryan. E, pela minha pesquisa, Freddie e seus comparsas têm razão em ficar apavorados com o envolvimento dele.

Ryan espera um bom tempo, que chega a ser desconfortável, e enfim responde:

— Você acha que a carga que estava tentando desviar hoje ia simplesmente desaparecer do nada e tudo bem? Acha que Robert não ia descobrir que os produtos dele nunca chegaram ao destino? — Sua voz vai ficando mais alta a cada frase, mais violenta a cada palavra. — Você e esses seus amigos idiotas estragaram toda a minha operação por causa de uns trocados. Não sabem nem o valor da mercadoria que está no caminhão. Estão se achando muito inteligentes por terem encontrado um comprador, mas são uns imbecis porque fizeram acordo com um parceiro meu. Eu já sabia o que estava rolando trinta segundos depois de entrarem em contato com ele.

— Merda, Ryan, desculpa. Eu não queria fazer isso. Os outros caras me convenceram.

— Para de falar antes que eu fique irritado de verdade. — A voz de Ryan é tão alta que chego a me contorcer. — Você não é mais problema meu. Escolheu o caminhão errado, meu amigo. Robert quer dar uma palavrinha com você e seus parceiros. Seth, tire esse cara da porra do meu escritório agora mesmo.

Depois dos últimos minutos, o silêncio é quase chocante. Nunca vi Ryan falar com alguém de um jeito tão brutal. É difícil conectar o homem que conheço a este na sala aqui ao lado.

Ele fica trabalhando à mesa por mais um tempo, então permaneço agachada na cabine do banheiro. Seth volta pouco depois e parece se instalar numa das outras cadeiras. Ouço pequenos trechos da conversa, mas é apenas um papo normal entre dois caras que se conhecem há muito tempo. Falam sobre as chances dos Texas Rangers chegarem às finais, e Ryan dá uma provocada a respeito de uma garota com quem Seth está saindo. Os dois têm uma longa discussão sobre cerveja artesanal que me faria bater com a cabeça na parede, se isso não fosse me entregar.

Enquanto aguardo a oportunidade de escapar, um novo Ryan começa a se delinear na minha cabeça. É preciso ser implacável nos negócios, mais ainda quando se trabalha do lado errado da lei. Eu sabia que Ryan não poderia ser tão bem-sucedido sem sujar um pouquinho as mãos. Mas se não tivesse escutado com meus próprios ouvidos, eu não acreditaria que ele seria capaz de ameaçar arrancar os dedos de alguém. O método pode até ser meio bárbaro, mas pareceu eficiente, já que Freddie entregou os parceiros em questão de segundos. Estou feliz por ter visto esse lado dele. Preciso saber com o que estou lidando quando se trata de Ryan.

Ryan e Seth finalmente saem do escritório, mas espero mais alguns minutos para abrir a cortina devagar. Vejo os dois pela janela em meio a uma conversa com um caminhoneiro que acabou de estacionar, então saio pelo mesmo lugar por onde entrei e refaço os passos até voltar ao meu carro alugado no estacionamento ao lado.

Dou uma olhada no telefone e vejo que há uma mensagem da loja de pneus avisando que o carro está pronto e outra de Ryan, de quinze minutos atrás, dizendo que está quase terminando a reunião e vai pegar a estrada em breve. Eu o observo enquanto respondo que vou comprar algo para o jantar quando estiver voltando para casa. Menos de um minuto depois, ele pega o celular no bolso de trás. Então se afasta um pouco dos caras com quem está conversando e fica de costas para eles, o que significa que está de frente para mim. Eu não tinha visto seu rosto antes, então fico surpresa ao perceber como ele parece cansado. E meio abatido. Move os polegares sobre a tela e, alguns segundos depois, meu celular vibra nas minhas mãos.

Ryan: Hoje foi uma merda. Mal posso esperar pra ver você.

Tento ignorar o que sinto ao ler essas duas frases e lembrar que Ryan vai chegar em casa hoje à noite vestido com o terno que usava ao sair e *mentir* sobre o motivo pelo qual o dia foi uma merda. Então vou mostrar a ele o recibo da loja de pneus e reclamar que cobraram caro demais.

Já estou esperando a mentira dele, mas será que ele espera a minha?

CAPÍTULO 12

Presente

Pego minha xícara de chá e desço os degraus que levam até o jardim dos fundos. É um daqueles dias em que o céu está tão limpo e tão azul que é irresistível ficar do lado de fora. Ryan pega um cortador de grama que parece mais velho do que ele e o vira de cabeça para baixo, como se estivesse prestes a fazer uma cirurgia no equipamento.

— Qual é o prognóstico? — pergunto, enquanto ele analisa o cortador.

Ryan se vira para mim com uma mancha de graxa enorme na lateral do rosto.

— Vou ter que admitir. — Ele olha para o relógio. — Hora da morte: dez e quarenta e cinco da manhã.

Começo a rir, e ele coloca um pano sobre a máquina, como se cobrisse um cadáver.

— Acho que vou lá na Home Depot.

— Quer companhia? — pergunto.

E então ele abre aquele sorriso.

— Sempre. Me dá só uns minutinhos pra eu me limpar.

Ele vai lá para dentro e eu fico sentada observando o céu. Já se passaram alguns dias desde que espionei o galpão, e a caixa postal segue vazia. Ontem à noite, James e aquela mulher apareceram mais uma vez. De acordo com as redes sociais, estavam num bar de cerveja artesanal assistindo ao show de uma banda da região. Já foram a todos os cantos descolados da cidade.

O bebedouro de beija-flores pendurado no galho de uma árvore perto do deque chama minha atenção, e fico observando os pássaros batendo as asinhas à medida que se aproximam para beber e se afastam. Todo dia de manhã, Ryan enche o bebedouro, como sua avó também devia fazer.

Minha mãe ia adorar isto aqui.

Passamos muitas noites sonhando com a casa perfeita que compraríamos um dia. Eu achava que era só porque ela odiava o trailer. Ou tinha vergonha dele. Foi só quando fiquei mais velha que me dei conta de que minha mãe queria algo mais para nós, mais do que apenas um teto maior sobre nossa cabeça. Ela queria um estilo de vida diferente. Uma vida em que não fosse necessário se questionar se haveria dinheiro para fazer as compras. Uma vida em que ela não se preocupasse com o que iria acontecer comigo quando ela partisse.

— Pronta? — pergunta Ryan, da porta do pátio.

— Pronta.

Dou mais uma olhada para os pássaros, me levanto e vou atrás dele pela porta da cozinha que nos leva à garagem.

Caminhamos bem devagar pelos corredores da loja de departamentos. Ryan analisa cada um dos cortadores e confere as resenhas no celular antes de escolher.

— Vou dar uma olhada nas plantas — digo, após ele passar vinte minutos olhando para os mesmos três cortadores.

— Pega um carrinho. Precisamos de alguma coisa pra varanda da frente. — Ele se vira para mim. — Talvez umas samambaias?

— Daquelas que ficam penduradas?

Ele dá de ombros, depois faz um sinal com a cabeça como se dissesse que a decisão é minha porque, na cabeça dele, é minha casa também. Somos o epítome do casal doméstico. Só precisamos de copos da Starbucks e andar de mãos dadas.

A seção de plantas é um oásis em meio a ferramentas, madeira e equipamentos elétricos. Passo sem pressa pelas bandejas de gerânios, petúnias e amores-perfeitos e penso no que colocaria nos canteiros do jardim se fossem mesmo meus. Se fosse ficar aqui para ver tudo florescer. Distraída pelas hortênsias cor-de-rosa mais lindas que já vi, bato com o carrinho em outro que vem na direção oposta.

— Ai, desculpa.

Quase fico paralisada ao ver que são James e a mulher que está se passando por mim.

— Ah, oi! Acho que nos conhecemos na festa do Derby — diz ela.

Espero que o sorriso no meu rosto seja capaz de esconder a revirada de olhos que estou dando por dentro ao ouvir aquelas palavras. Assinto para os dois.

— Sim, claro.

É possível que ela não saiba quem eu sou? E que foi mandada para cá como uma ameaça para me substituir? Porque ela é boa. Muito boa. Não há nenhum indício de reconhecimento ou uma olhada mais longa de alguém que estaria me avaliando como uma óbvia concorrente. Existe a chance de que ela ainda esteja na fase de "aguardar informações" do trabalho, mas será que não acha chocante a semelhança inconfundível entre nós duas? Ainda que meu cabelo esteja mais escuro, é bem marcante.

— Meu pai é quem costuma renovar os canteiros da minha mãe, mas como agora ele está impossibilitado, resolvemos aproveitar esse dia lindo e vir aqui — conta James, apontando com a cabeça para as plantas no carrinho.

— Ah, que ótimo filho — digo, os dentes de trás da boca apertados de nervoso.

— James, e aí, cara! — Ouço Ryan falar atrás de mim. Ele vem e os dois apertam as mãos, então Ryan faz um movimento de cabeça para cumprimentar a mulher. — Lucca.

Ele olha para ela, depois para mim, e então volta para ela.

Ele também repara nas semelhanças.

Ryan pigarreia, se vira para mim e diz:

— Escolhi um deles e estão levando pro caixa. Vim dar uma ajuda com as plantas.

James ri.

— Cara, quando é que ficamos tão velhos a ponto de o programa de um dia como este ser vir comprar planta? Devíamos estar bebendo cerveja no lago.

— É, fato — responde Ryan, mas tenho certeza de que se tivéssemos as duas opções, ainda íamos preferir sair daqui e passar o dia no jardim. O lago e a cerveja podem ficar para depois que o trabalho estiver feito.

— Quem sabe outro dia — diz James.

O papo furado dura mais alguns minutos enquanto eu e ela apenas nos observamos. Os dois começam a se afastar, mas ponho a mão no braço de James.

— Estava aqui pensando... vocês têm planos pra hoje à noite? — Olho rapidamente para Ryan e depois de volta para eles. Ela está circulando fora do meu alcance há tempo demais. — Adoraríamos que fossem jantar lá em casa.

O rosto dela se ilumina com o convite.

— Claro, vamos adorar — responde James pelos dois. — O que nós levamos?

— Nada! Pode deixar com a gente. — Olho para a mulher. — Mal posso esperar!

Codinome: Izzy Williams — Oito anos atrás

Este é o primeiro trabalho em que minha identidade e história falsas têm um respaldo de verdade. Até joguei no Google meu novo nome, Isabelle Williams, apelido Izzy, e descobri que estava registrada como membro da equipe de cross-country de uma escola de ensino médio local que participou de uma competição estadual há alguns anos. A foto que ilustrava a matéria estava meio granulada e eu poderia jurar que eu era a terceira garota à direita, com o cabelo loiro curto, igual à peruca que estou usando neste momento.

Eu me pergunto quantas pessoas trabalham para o sr. Smith. Não apenas as que fazem o tipo de tarefa como a minha, mas também aquelas que atuam nos bastidores, alterando imagens que aparecem em buscas na internet e criando identidades do nada.

A única pessoa com quem interagi foi Matt, mas minha sensação é que, o que quer que seja essa organização, é muito maior do que apenas ele e o sr. Smith.

Precisei fazer muita coisa durante o preparo para este trabalho. Recebi orientações de como prender meu cabelo natural debaixo da peruca de modo que não houvesse nenhuma chance de alguma mecha escapar. Também me disseram para aplicar uma camada fina de curativo líquido na ponta dos dedos, para não deixar impressões digitais. Devo reaplicar a cada duas horas. Esfrego os dedos, ainda tentando me acostumar à falta de sensibilidade. Fiz a maquiagem e coloquei as lentes de contato sozinha. Minha mãe me ensinou como algumas pinceladas de pó podem mudar completamente o formato de um rosto — embora eu saiba que ela só ia querer que eu fizesse isso para realçar meus traços, não para torná-los irreconhecíveis.

É meu primeiro dia de trabalho para o sr. Smith e devo admitir que estou um pouco nervosa. Para Greg e Jenny Kingston, sou a nova babá do filho deles, Miles. Mas a verdade é que Greg guarda algo em casa que meu chefe quer, e é para isso que estou aqui.

Também recebi muitas instruções sobre como lidar com os itens. Assim que puser as mãos no objeto que vim pegar, tenho que deixá-lo num local previamente combinado o mais rápido possível. Se capturarem você, é mais difícil ser pega se não estiver de posse do objeto roubado.

Vou até a varanda e ajeito o short e a camiseta antes de tocar a campainha.

Greg abre a porta de imediato, como se estivesse ali só esperando pela minha chegada. Usa um terno cinza e uma gravata num tom de cinza mais escuro, e seu cabelo parece não ter mudado nada desde que era garoto. Curto e penteado para o lado, sem nenhum fio fora do lugar.

— Isabelle Williams? — pergunta, e então me olha de cima a baixo.

Estou vestida exatamente conforme as orientações. Um short cáqui cinco centímetros acima do joelho e uma camisa polo rosa. Pareço pronta para uma partida de golfe.

Estendo a mão para apertar a dele.

— Sim, sr. Kingston. Pode me chamar de Izzy.

Ele assente e faz um gesto me convidando para entrar. Dá uma olhada no relógio pela segunda vez desde que abriu a porta, depois grita lá para cima, na direção da escada em curva na parede do hall de entrada:

— Jenny! Ela chegou!

Nossos olhares se voltam para o segundo andar, esperando que Jenny apareça.

Ela não aparece.

Greg grita o nome dela de novo e continuamos esperando. Ele está irritado. E levemente envergonhado.

— Com licença, um minutinho — murmura, e então se afasta. Sobe de dois em dois degraus e some em questão de segundos.

— Você é a nova babá?

Eu me viro e Miles está atrás de mim. Diante da porta que dá na sala de jantar, que por sua vez dá na cozinha, de acordo com as plantas que estudei.

Vou na direção dele devagar, paro a alguns centímetros de distância e me abaixo para ficarmos da mesma altura.

— Sou, sim. Meu nome é Izzy. Qual é o seu? — pergunto, embora já saiba o nome dele e basicamente tudo a seu respeito.

Matt me deu um dossiê com todos os detalhes sobre a família quando concordei em trabalhar para o sr. Smith. Miles tem cinco anos, é filho único, e sou a quarta babá que ele tem só este ano.

Ele coloca o dedo de volta na boca logo depois de me dizer o nome, embora pareça já crescido demais para isso.

Aponto para a camiseta dele.

— O Homem de Ferro é o meu favorito.

Ele puxa a camisa para olhar, como se precisasse se lembrar do que está vestindo. É uma camiseta com todos os personagens da Marvel nas poses clássicas de luta.

— Eu gosto do Hulk. Ele esmaga as coisas — diz, e então solta um rugido, fechando os punhos.

Estou prestes a fazer outra pergunta, mas então um movimento na escada chama nossa atenção.

Greg encontrou Jenny e a arrasta pela escada. Ela quase tropeça depois do último degrau, como se não tivesse percebido que a escada terminou.

— Izzy, esta é minha esposa, sra. Kingston. — Ele a segura pelo braço, e aparentemente é isso que a mantém de pé.

Jenny olha para mim e sorri, mas o sorriso não se reflete nos olhos.

Outra coisa que eu sei: Jenny gosta de tomar seu Frontal de manhã, seu Chardonnay à tarde e uma ou três doses de vodca à noite.

Estendo a mão, e ela a segura com as duas dela.

— Izzy, muito prazer em conhecer você!

Ela me segura por tanto tempo que começa a ficar constrangedor, mas felizmente Miles se aproxima e ela volta a atenção para ele.

— Aí está você, meu amor! Tomou café da manhã?

Miles assente, mas não diz nada.

— Beleza, tudo bem, preciso ir pro escritório — diz Greg, e então olha para mim. — Você fica responsável pelo Miles. Os horários e atividades dele estão presos na geladeira; meu telefone está embaixo. Ele pode te mostrar a casa e dizer onde fica tudo. Volto às seis.

Ele bagunça o cabelo do filho e vai em direção à porta. Não se despede de Jenny nem olha para ela.

Nós três ficamos ali parados na entrada meio constrangidos por alguns segundos, até que Jenny se abaixa, dá um beijo em Miles, abre um sorriso para mim e volta para o segundo andar.

— Quer que eu mostre a casa pra você? — pergunta Miles.

— Sim, pode fazer o tour completo — respondo, e vou atrás dele pela mesma porta de onde saiu antes.

Minha mãe dizia que eu reconheceria quando estivesse diante da vida que eu deveria ter. Olho para esta casa e penso como seria se esta identidade fosse real e eu *fosse* Izzy Williams, estudante universitária e babá de Miles Kingston.

Uma coisa é certa: esta não é a vida para mim.

Cinco dias se passaram e ainda não descobri onde está o que vim procurar.

O que descobri *de fato* é que Miles é quem administra esta casa. Sabe quando a empregada chega, onde fica o dinheiro para ela fazer as compras semanais no mercado e quando Jenny vai das pílulas aos goles. Quando o vinho começa a rolar, as lágrimas vêm junto, e então nós saímos de fininho.

Ela é melancólica no trato com Miles, mas comigo Jenny é quase cruel. Fica toda sorridente quando Greg está por perto, mas, assim que ele sai, mostra os dentes. Não me quer na casa dela nem que eu faça companhia para seu filho. Mas está bêbada e drogada demais para mudar qualquer uma dessas coisas.

Eu e Miles brincamos de Lego. Construímos fortes. Cantamos músicas. E eu procuro, procuro e procuro.

Não vou mentir. Este trabalho fica mais difícil a cada dia. Porque assim que pegar o que vim buscar aqui, vou sumir. E quem vai cuidar de Miles?

Só que é perigoso pensar assim. Então, todos os dias, coloco mais um tijolo no muro que vou construindo dentro de mim, que, espero, afaste esse garotinho loiro de olhos azuis tão maduro para a idade.

No oitavo dia, consigo entrar no quarto de Jenny.

Finalmente.

Quase não tenho acesso a este cômodo da casa, já que ela passa a maior parte do tempo dentro dele. Sempre que ela sai, Miles cola em mim e não desgruda. Agora, o menino está dormindo e Jenny está na banheira, a uma porta de distância.

Ela fica lá por horas? É só um banho rápido? Vai saber. Mas não posso perder a oportunidade só porque não sei o que esperar.

Perambulo pelo quarto e vasculho tudo com um olhar crítico. Estou procurando um pendrive, um igualzinho ao que está no meu bolso, e que vou colocar no lugar do que será roubado. Há uma infinidade de locais em que algo tão pequeno pode estar escondido. Já olhei cada gaveta e cada canto do escritório de Greg, e nada. Já olhei até na gaveta de meias, caso ele escondesse seus bens mais valiosos ali.

Começo a achar que, como não havia um cofre na planta da casa, eles podem ter construído um depois de comprá-la. Então agora estou à procura disso, porque não quero falhar logo no primeiro trabalho.

Há diversas joias de Jenny espalhadas em cima de uma delicada mesa antiga. São peças lindíssimas, e mentalmente removo as pedras e calculo o preço que ganharia com cada uma.

Mas não é para isso que estou aqui, então me obrigo a me afastar.

Abro gavetas e examino cada parte do quarto. É tão grande que há uma área para sentar perto da porta que dá no banheiro. Vou devagar até esse espaço e fico bem quietinha enquanto ouço Jenny cantando desafinada na banheira.

A foto emoldurada dos Kingston que está pendurada na parede mostra um trio lindo e perfeito que não reflete a realidade do que é a vida nesta casa. Tenho certeza de que Jenny compartilhou essa foto nas redes sociais para fazer todo mundo pensar que as coisas são tão imaculadas quanto a imagem sugere. Puxo o cantinho da moldura, como já fiz com todas as obras da arte da casa, e quase tenho que conter um grito de comemoração quando um cofre se revela na parede. Puxo a alça, mas está bem trancado.

Olho para o teclado com números e começo a suar. Sei fazer muita coisa, mas arrombar cofres não é uma delas. Pego o celular que Matt me deu para emergências.

Esta é uma emergência.

Felizmente, ele atende ao primeiro toque.

— Qual é o problema?

— Nenhum — sussurro. — Encontrei um cofre. Tem um teclado e não tenho muito tempo. O que eu faço?

— Tire uma foto e mande pra mim.

Faço isso e espero que ele responda.

— É simples. Não parece estar conectado a nenhum sistema. Tenta colocar um número qualquer de quatro dígitos para ver o que acontece.

Digito 2580 porque já li uma vez que é a senha mais comum, já que é a única combinação possível de quatro dígitos na vertical.

— Fez um bipe e acendeu uma luzinha vermelha uma vez.

Matt fica em silêncio por alguns segundos e então diz:

— Tenta o aniversário do garoto.

Li todas as datas importantes no dossiê que eles me deram antes de começar e sei o número exato de cabeça. Aperto 1710, 17 de outubro.

— Um bipe e a luzinha vermelha acendeu duas vezes.

— Merda — diz Matt do outro lado da linha. — Parece ser um daqueles sistemas em que depois de três tentativas erradas não abre mais. Deve reiniciar depois de um tempo. Talvez vinte e quatro horas. Tenta de novo amanhã.

E desliga.

Murcho completamente. Preciso sair desta casa. Ouço um barulho de água vindo do banheiro e fico paralisada, mas então escuto Jenny cantar a mesma música idiota que está cantando há dois dias. A água volta a cair, deve ter ficado lá tanto tempo que já esfriou.

Olho para o teclado e minha mente lista todas as datas importantes e números do arquivo dos Kingston. Então penso em Greg. Dá para ver que ele ama Miles, embora não seja o tipo de pai muito ativo na criação do filho. Manda mensagens durante o dia perguntando como ele está e parece razoavelmente interessado em conversar com o menino quando chega em casa. Mas o código não é o aniversário dele.

Jenny solta uma gargalhada bem alta. Não consigo imaginar o que está rolando ali enquanto ela toma banho sozinha.

Por que Greg ainda não a colocou para fora de casa a esta altura do campeonato? Ele com certeza tem dinheiro suficiente para contratar quem for preciso para ajudá-lo. Só fala com Jenny quando é obrigado, embora às vezes eu o veja olhando para a esposa com uma expressão triste. Uma expressão que revela que ainda existe amor ali, embora ele deteste aquilo em que ela se transformou. Será que a senha é o aniversário dela? A data de casamento dos dois? Greg tenta esconder, mas ele dorme no quarto de hóspedes toda noite, e há apenas uma foto na mesa de cabeceira. Uma foto de Greg e Jenny. Os dois estão jovens e sorridentes, os rostos colados, bochecha com bochecha. Atrás deles, o céu está repleto de fogos de artifício. Há uma boa chance de que aquela foto seja do primeiro encontro dos dois, no piquenique de Quatro de Julho no clube.

Olho para o teclado, prendo a respiração e digito 0407. Nada acontece durante alguns segundos, e então a luz verde pisca, e ouço a tranca abrir.

Solto o ar e quase grito de alegria. Consegui!

Abro a porta e a única coisa lá dentro é o pendrive vermelho com uma tampinha azul, igual à réplica que está no meu bolso e vou deixar no lugar. Ele também vai fazer qualquer computador no qual seja inserido pifar. Greg vai surtar e tentar entender o que deu errado, mas não deve pensar que houve uma troca.

Na hora em que estou trocando os pendrives, ouço a risada de Jenny mais uma vez, só que agora está mais próxima. Ela saiu do banheiro e está olhando para mim.

— Eu tenho visto você bisbilhotar minha casa inteira na última semana.

As palavras saem arrastadas e ela está com os olhos quase fechados. Uma pequena poça se forma no chão de madeira por conta da água que pinga de seu corpo nu, visível pelo roupão aberto.

Isso é ruim. Muito ruim. Ela me pegou no flagra.
— Não é o que você está pensando — digo.
Ela cambaleia e solta uma risada estridente.
— Claro que é. É exatamente o que estou pensando.
Jenny dá uma guinada na minha direção, as mãos estendidas como se fosse me agarrar ou me bater, mas tropeça na faixa do roupão pendurada e cai antes que eu consiga segurá-la. A cabeça bate no chão com um barulho forte e um fio de sangue corre sob o cabelo loiro. Ela apaga.
— Ai, merda — sussurro, me abaixando ao lado dela.
Pressiono seu pescoço com os dedos para conferir a pulsação e ligo para Matt de novo.
— Consegui — digo assim que ele atende. — Mas a esposa me flagrou. Ela está bêbada, tropeçou e caiu. A cabeça está sangrando.
— Ela está morta? — pergunta ele, em voz baixa.
— Não. Mas precisa de ajuda. Devo ligar para emergência?
— Pra ela contar pra polícia que você estava roubando a família dela? — diz Matt, irritado. — Sai daí e traz o pendrive.
— E o Miles?
Embora eu não tenha qualquer afeição por Jenny, aquele garotinho merece coisa melhor.
— Sai daí agora! Você não pode ser pega nessa situação. Kingston não vai ter pista nenhuma se você sumir. — Matt grita tão alto que ecoa pelo cômodo. — Sai dessa casa agora.
E então desliga.
Estou com medo de tocá-la novamente. Devo deixá-la aqui assim? Abandonar Miles? Mas se eu ficar, posso ir para a cadeia. Ela vai contar que eu os estava roubando. Podem até me culpar pela queda. Dizer que fui eu quem a empurrou.
Pego o outro celular no bolso, para o qual Greg liga quando quer notícias de Miles. Aquele que só ligo dentro da casa dos Kingston.
— Alô — atende Greg.

— Aconteceu um problema. Vim aqui em cima dizer à sra. Kingston que tive uma emergência familiar e preciso ir embora imediatamente, mas ela está no chão, inconsciente. Deve ter caído. Miles está dormindo no sofá na sala de brincar. Você precisa vir pra casa. Tenho essa emergência de família e não posso ficar.

— Espere...

Mas já desliguei. Coloco o pendrive falso no cofre, fecho e coloco a foto de volta no lugar. Miles é o único motivo pelo qual estou me arriscando desse jeito.

Greg pode ligar para a emergência. Pode voltar para casa e lidar com isso. Preciso confiar no nome falso e no procedimento que fiz para esconder minha identidade. Desço as escadas correndo e olho para Miles uma última vez. Ele parece estar em um sono profundo e tem na mãozinha o cisne de origami que o ensinei a fazer, assim como minha mãe me ensinou. Ele vai ficar bem. O pai dele vai chegar logo. Não é problema meu.

Saio pela porta dos fundos e me esgueiro pela lateral da casa até chegar à rua e entrar no carro que Matt me deu para este trabalho. Quando estou saindo pelo portão do condomínio, uma ambulância passa por mim com a sirene ligada, seguida de um carro de polícia.

Mantenho a cabeça baixa e dirijo dentro do limite de velocidade. Será que vão pegar as imagens da câmera de segurança do portão? Vão ter uma foto minha neste carro? Quanto tempo vai demorar para os policiais começarem a me procurar?

Levo dez minutos para chegar ao AAA Investigações e Fianças. Eles me disseram para nunca voltar aqui, mas obviamente não se trata de uma situação normal.

Matt está andando de um lado para outro da rua, me esperando. Abre minha porta antes mesmo de eu parar por completo.

— Porra, por que demorou tanto?

Ele me puxa para fora do carro e entramos no prédio. Não paramos até chegar ao escritório dele.

— Vim o mais rápido que consegui — digo, entregando o pendrive e deixando o telefone que usava para falar com Greg em cima da mesa.

Não menciono a última ligação, que apaguei do histórico pouco antes de desligar o aparelho, caso ele confira.

Fico me perguntando se Miles acordou e encontrou a mãe antes de o pai chegar.

Não. Não posso pensar nisso.

Matt está com o pendrive nas mãos e digita algo no celular. Lê a resposta e então tem um sobressalto quando o telefone toca.

— Sim — diz ele ao atender, então me encara, os olhos fixos nos meus, e me passa o telefone.

Hesito por um segundo e pego.

— Alô — sussurro.

— Me conte todos os eventos desta tarde. Não deixe nada de fora.

A distorção de voz do sr. Smith esconde a raiva que a voz verdadeira provavelmente transmitiria.

Conto tudo, inclusive como descobri a senha do cofre. Tudo menos a ligação para Greg.

— Está se sentindo culpada por ter deixado Jenny Kingston sangrando no chão.

Não é uma pergunta, mas respondo mesmo assim.

— Estou.

— Era questão de tempo até isso acontecer. Se não fosse hoje, seria amanhã ou depois. Ela estava caminhando para esse fim há um bom tempo.

Fico em silêncio. Embora aquilo possa até ser verdade, não consigo evitar pensar que não teria acontecido hoje se eu não estivesse bisbilhotando o cofre no quarto. Ela teria saído do banheiro e se jogado na cama, como fazia em todos os outros dias. Então, se ela foi *bem-sucedida* hoje, a culpa é minha.

— Sim, eu sei — respondo.

— Conseguiu concluir o trabalho, mas foi imprudente. Arriscou a senha do cofre. Deixou aquela bêbada pegá-la. Você é melhor do que isso.

E ele está certo. Eu sou melhor do que isso. Deveria ter percebido quando ela parou de cantar. Deveria ter ouvido os passos cambaleantes no banheiro. Deveria ter ouvido a maçaneta girar.

— O que teria feito se ela não tivesse caído sozinha? — pergunta ele.

— Não sei — respondo depressa.

E é a verdade. Até onde eu iria para conseguir fugir? Acho que nunca saberei.

— Vou responder essa para você. Faça o que tiver que fazer para se safar e concluir o trabalho. Porque em hipótese alguma pode esquecer que é um trabalho. Você não é parte daquela família. Aquela não é sua vida. Não é seu mundo. Você é um fantasma vagando ali por pouco tempo. Essas pessoas não dão a mínima para você, então não dê a mínima para elas.

Fico em silêncio enquanto ele continua despejando tudo aquilo em mim. As palavras são como uma faca no meu peito.

— Observei você por um tempo. Chegou aonde chegou sozinha porque é esperta e consegue pensar rápido. Também tem aquela intuição natural que não se ensina. São dons. Dons que você quase desperdiçou hoje. Entendo que tenha sentido a necessidade de ligar para Matt quando encontrou o cofre, mas *ligar é o último recurso*. Se não, pedir ajuda vira uma muleta. Preciso de pessoas que consigam resolver os problemas sem ajuda externa, porque nem sempre isso estará disponível. Aquela mulher a flagrou porque você estava mais preocupada em terminar logo o trabalho e pedir ajuda a Matt. Deveria ter tomado certa distância. Pesquisado sobre o cofre. Compreendido como fazer para usar a senha. E não arriscar sua identidade para fazer a porra de uma ligação quando a merda da esposa estava na banheira no cômodo ao lado.

Os palavrões parecem ainda mais vulgares na voz mecânica. Não é o tipo de conversa motivacional que eu esperava, mas é do que eu precisava. E ele está certíssimo. Eu estava fazendo o trabalho às pressas. Não queria passar mais um dia me apegando a Miles.

Nas próximas vezes, preciso me sair melhor. *Vou* me sair melhor. Foi uma lição dura de aprender.

É arrasador ouvi-lo falar a verdade assim, na lata. Embora eu vá me lembrar de Miles e deste trabalho para o resto da vida, ele com certeza vai se esquecer de mim. Mas o sr. Smith está errado. Não sou um fantasma vagando pela vida dos Kingston.

Sou um fantasma vagando pela minha própria vida.

A única pessoa que se importa comigo sou eu. A única que vai se esforçar pela minha sobrevivência sou eu.

Estou por conta própria.

O sr. Smith conclui:

— O dinheiro vai ser transferido para sua conta como pagamento pelo trabalho. As orientações para o próximo chegarão ainda esta semana. Arrume suas coisas durante os próximos dias porque o trabalho seguinte vai demandar um deslocamento. Não posso arriscar que você esbarre com os Kingston.

— Sim, senhor.

— A ambulância já pegou a sra. Kingston em casa e a polícia está interrogando o sr. Kingston neste exato momento. Da próxima vez que eu pedir para me contar todos os detalhes, não deixe porra nenhuma de fora.

Respiro fundo e prendo o ar até sentir uma queimação de leve no peito e a cabeça meio tonta. Expiro em silêncio e então respondo:

— Vou melhorar. Sem erros.

Em silêncio, acrescento: *E não vou me apegar de novo a ninguém durante um trabalho.*

— Sem erros — repete ele.

CAPÍTULO 13

Presente

Este jantar vai ser bem diferente do que fizemos algumas semanas atrás. Estou usando a mesa do pátio dos fundos e não a que fica na sala de jantar, já que o clima está bom e os mosquitos ainda não começaram a perturbar. Ryan está colocando a cerveja e o vinho que compramos mais cedo para gelar na tina de metal, que tem um *Sumner* gravado na frente. Sara deu essa tina de presente no último aniversário dele; se tem uma coisa que aprendi ao longo dos anos, é que os sulistas acham presentes personalizados os melhores.

James e aquela mulher chegam na hora em que Ryan está acendendo a churrasqueira.

Nós os cumprimentamos, e eles sobem os degraus que dão no deque. Ryan pega um dos engradados de doze latinhas que James está carregando, e ela me entrega uma bandeja coberta com papel-alumínio.

— Sei que você disse pra não trazer nada, mas eu e a mãe de James fizemos brownies demais hoje à tarde.

Puxo a pontinha do papel para olhar.

— Hum, o cheiro está ótimo.

Consigo visualizar a postagem que a sra. Bernard já deve ter feito no Facebook.

— Como está a perna do seu pai? — pergunta Ryan ao apertar a mão de James.

— Melhorando — responde ele. — Ou pelo menos *ele* está ficando melhor em não reclamar.

A mulher dá uma risada e cutuca James com o cotovelo.

— Para com isso. Ele é um paciente muito melhor do que o filho seria. — Ela se vira para mim. — Ele fica num jogo de pôquer sem fim agora que está preso em casa. Está ficando sem amigos dispostos a perder dinheiro. — Apoia a mão com delicadeza no braço de Ryan. — Sei que ele ia adorar se você fosse fazer uma visita. De repente perder uma mão ou duas, só pra ele ficar mais animado?

Ela capturou completamente a atenção dos dois homens em poucos minutos.

— Ryan perde como ninguém no baralho! — exclama James.

Rio o suficiente para soar verdadeiro e faço um gesto para todos se sentarem à mesa, enquanto Ryan coloca dentro da tina a cerveja que James trouxe.

— Só um segundo — digo, e entro para pegar os aperitivos que preparei.

Quando me sento de novo, respiro fundo e absorvo tudo. Está uma noite maravilhosa, com um clima raro na Louisiana — quentinho, com vento e sem umidade. É uma pena desperdiçar uma noite perfeita dessas trabalhando.

A conversa flui fácil, e são os rapazes que mais falam. Ela parece ter a mesma abordagem que eu nestas situações: ouvir e coletar informações.

— Estamos monopolizando a conversa — diz Ryan com uma risada depois de um tempo, e então se vira para a mulher sentada ao lado de James. — Adoraria saber mais sobre a mais nova habitante de Lake Forbing.

— É, não conseguimos conversar muito na festa do Derby... Lucca.

É difícil dizer o nome dela em voz alta. Meu nome. Como imaginei, fica um gosto amargo na boca.

Ela dá de ombros e abre um sorriso fofo para James.

— Não tem muito o que dizer. James e eu nos conhecemos há alguns meses. Estávamos os dois trabalhando em Baton Rouge. Eu sou reguladora de seguros e estava lá analisando pedidos relacionados ao tornado que atingiu a região no último outono.

— É, aquele foi ruim mesmo. Tenho alguns clientes lá. Muitas casas foram destruídas — diz Ryan.

— Foi trágico. — Ela segura a mão de James. — Faz a gente dar valor a tudo que tem.

Preciso de todo o esforço do mundo para manter o sorriso e a expressão interessada.

— Então você vai viajando de desastre em desastre? — pergunto.

Ela faz uma careta.

— É mais ou menos isso. Às vezes é difícil. Mas também tem folgas entre uma coisa e outra, como agora. Não preciso ir a lugar nenhum, então posso cuidar das burocracias onde estiver.

Ela dá mais uma olhada carinhosa em James e aperta sua mão, mas ele está muito ocupado entornando o restante da cerveja com a outra mão para perceber.

Ela é boa. A história é sólida. O jeito de contar é perfeito. Os movimentos faciais combinam com as emoções. Estou impressionada.

James, por outro lado, se beneficiaria de umas dicas, embora eu tenha quase certeza de que é apenas um peão nesse jogo. Ela é refinada, mas ele parece estar por um fio. Não consigo imaginar nenhuma circunstância em que esse fosse um relacionamento genuíno.

Já estive no lugar dela. Forçando uma coisa só pelo trabalho. O fato de que continua olhando para ele como se fosse o último biscoito do pacote me faz respeitá-la mais do que eu gostaria.

Ela se vira para mim.

— James disse que você não mora aqui há muito tempo, Evie. O que te trouxe a Lake Forbing?

— Ah, me mudei de um lugar pra outro por um tempo. Meus pais morreram num acidente de carro alguns anos atrás e precisei de uma mudança de ares.

Mordo o lábio e dou uma olhadinha para Ryan — minha vulnerabilidade aparecendo de leve para logo se esconder de novo. Ele chega mais perto e apoia a mão na minha coxa.

— Acabei aqui e me apaixonei pelo lugar. Tenho um fraco por cidades pequenas e bonitinhas — digo, com uma risada nervosa.

— E por caras que sabem fazer pequenos reparos num carro.

Ryan dá uma risada.

— Pra qualquer coisa além de trocar pneu, eu tenho que chamar reforços.

Ela se inclina para a frente, um sorriso enorme no rosto.

— Falando em cidades pequenas bonitinhas, quem é sua amiga de faculdade de Eden, Evie? Com certeza devo conhecer ela ou a família. Seria difícil não conhecer, numa cidade daquele tamanho.

Que vadia.

Abro um sorriso igual.

— Regina West. Ela tem uma irmã mais nova, Matilda, e um irmão mais velho, Nathan, que talvez você conheça. Ficamos na casa dela quando estivemos lá, mas não sei dizer o nome da rua nem o bairro.

Vamos ver se ela é boa mesmo e quão detalhado foi o dossiê de informações que recebeu a meu respeito. Regina West é uma garota com quem estudei na escola, mas a família dela se mudou quando estávamos no sétimo ano. Fomos melhores amigas na infância, e eu adoraria saber até que ponto o sr. Smith sabe sobre meu passado. Nathan voltou a morar em Eden uns cinco anos atrás depois de terminar a faculdade de medicina e abriu uma clínica lá. Não há muitos clínicos gerais na área, então ele é muito conhecido e respeitado na comunidade.

Ela franze as sobrancelhas como se estivesse se esforçando para lembrar.

— Esse nome me soa familiar...

Ela não completa a frase. Estou ligando os pontos. Ela com certeza não fez a própria pesquisa e confiou só no que o sr. Smith deu a ela. E teria sido avisada sobre Nathan se minha amizade com Regina tivesse sido descoberta, porque éramos inseparáveis antes de ela se mudar. Estou achando que o sr. Smith não sabe nada sobre mim do período anterior ao ensino médio.

— Você ainda tem uma casa em Eden? — pergunta Ryan. — Não imaginaria que sua empresa a mandaria pra tão longe.

— Hoje em dia eu moro em Raleigh. Eden é um lugar ótimo, mas muito pequeno, sabe? — Ela dá de ombros e olha para mim, como se eu fosse concordar. — A empresa tem poucos funcionários, então todo mundo faz um pouco de tudo. Eles me enviam pra onde quer que seja necessário.

— Vocês duas se mudaram bastante — comenta James, rindo alto. — Evie, estou imaginando que agora que veio morar com Ryan você planeja ficar por um tempo. Acabaram as mudanças? Ou é só uma parada temporária?

— James, você está colocando ela contra a parede — diz Ryan, a voz com uma pitada daquela irritação que ouvi dias atrás no escritório em Glenview.

A mulher aperta a mão dele com tanta força que James solta um "Ai!". Em voz baixa, ele diz só para ela:

— Pensei que você queria saber se ela vai ficar.

É, não tem nenhuma chance de ele trabalhar para o sr. Smith também. Ele é muito ruim nisso, e ela precisa melhorar se quiser manter seu peão na linha.

— É uma pergunta justa — digo, ignorando o último comentário. — Eu não teria aceitado o convite de Ryan pra morarmos juntos se estivesse pensando em ir embora.

Ryan esfrega o polegar de leve na minha perna, e sei que ficou feliz com minha resposta.

— Quando ela vir meus projetos pra horta de vegetais e pra estufa, não vai a lugar nenhum. É uma operação que requer duas pessoas, então ela não pode me abandonar.

Eu me viro para ele de repente.

— Você está montando uma horta?

Ele nega de leve com a cabeça e abre um sorriso maior.

— Não. — Há uma pausa mais longa, e ele acrescenta: — *Nós* estamos montando uma horta. Você disse que sempre quis ter uma.

O tom de vermelho das minhas bochechas é genuíno, e eu gostaria de não ter que compartilhar este momento com as duas outras pessoas à mesa.

Ela se inclina para a frente, quebrando o clima entre mim e Ryan, e pergunta:

— Pode me dizer onde fica o lavabo mais próximo, Evie?

Mas Ryan já está se levantando.

— Eu mostro pra você. Vou lá buscar a carne. Tenho que colocar na grelha agora, senão só vamos comer no café da manhã.

Os dois vão lá para dentro, e sei que ela vai aproveitar para bisbilhotar as nossas coisas. É exatamente o que eu faria, mas, ainda mais importante, é o que quero que ela faça. Deixei uma coisinha para ela encontrar e sei que vai relatar ao sr. Smith. É uma jogada perigosa, mas preciso que ele coloque todas as cartas na mesa. Estou cansada de surpresas.

O mais interessante sobre toda esta situação é que realmente não sei se ela sabe que estou aqui a trabalho, igual a ela. Ou será que está agindo como se eu fosse outro alvo inocente qualquer? Será que nas orientações estava escrito que a menção a Eden, na Carolina do Norte, me deixaria tensa?

— James, como você gosta do ponto da carne? — pergunta Ryan, de volta ao deque, com um prato de bifes temperados nas mãos e um avental que diz *Você não precisa me beijar, mas pode pegar uma cerveja.*

— Ao ponto pra malpassado — responde ele, e vai em direção à churrasqueira.

Bebo mais um gole do vinho, dou mais alguns minutos para aquela mulher vasculhar minhas coisas e então me levanto da mesa.

— Acho que você esqueceu os legumes. Vou lá pegar.

Ryan assente e depois se volta para James.

Entro na cozinha, onde espero encontrá-la, mas o cômodo está vazio. Dou uma olhada no relógio. Ela está demorando muito.

Subo as escadas em silêncio. Assim que chego lá em cima, ela sai do banheiro do segundo andar.

— Achei que você tinha se perdido — digo.

Ela dá um gritinho e um pulo de susto, com a mão no peito.

— Nossa, não vi você aí! — A expressão dela então muda para um sorrisinho acolhedor. — Fiquei um tempo aqui admirando essas fotos de família ao longo da escada enquanto subia! Ryan era um garotinho muito fofo!

Olho para as tais imagens e preciso concordar. Ele era uma graça mesmo. E ela ganhou pontos pela explicação. Foi uma boa desculpa.

Ela se aproxima da escada e espera, como se fosse me seguir, mas dou um passo para o lado.

— Encontro você lá embaixo. Só preciso pegar uma coisa no quarto.

Ela hesita por um segundo, então sorri e passa por mim. Vou até nosso quarto no fim do corredor. Só tem uma coisa aqui que ela poderia ter encontrado, e espero que tenha.

Vou até a penteadeira e abro a gaveta. Duas canetas e um lápis estavam posicionados de um jeito bem específico sobre uma pilha de papéis, e ela teria que empurrá-los para o lado para ler o que está escrito ali. E é óbvio que foi exatamente isso que fez. Fecho a gaveta e desço.

Volto para fora com os legumes, entrego a bandeja para Ryan e acendo as velas que espalhei por ali agora que o sol já se pôs.

— Daqui a pouco deve estar tudo pronto — diz Ryan.
Assinto e digo:
— Perfeito. Vou pegar o resto das coisas na cozinha.
Não demora muito para Ryan colocar um bife em cada prato, junto a uma porção de legumes grelhados, e eu deixo o pão de alho e uma salada na mesa.
— Tudo parece delicioso — afirma ela. — Vocês se superaram.
Corto um pequeno pedaço do bife, levo à boca e mastigo devagar.
— Adoramos receber pessoas em casa — digo, olhando para Ryan.
Ele abre um sorrisinho debochado, já que nós dois estamos pensando nas duas semanas que levei para convencê-lo a organizarmos o último jantar.
— Quanto tempo mais você fica na cidade? — pergunta Ryan.
Ela olha para James, como se não soubesse a resposta.
— Talvez mais algumas semanas — responde ele. — Quando meu pai conseguir se virar melhor sozinho, vou me sentir mais tranquilo pra ir embora.
— Que bom que conseguiu se afastar do trabalho por tanto tempo — comenta Ryan, e toma um gole da cerveja.
Isso foi algo que ele falou mais cedo: sua preocupação sobre o verdadeiro motivo de James ter voltado à cidade. Se James tinha tomado jeito e estava mesmo trabalhando, como dissera, ficava a pergunta: como é que tinha conseguido tirar tanto tempo de folga?
— As maravilhas de trabalhar de um computador — diz ele, rindo. — Posso trabalhar de qualquer lugar.
— O que você faz, James? — pergunto.
Ele olha para a mulher, como se ela fosse a única a saber da resposta. Ela o olha de volta com uma expressão que diz que ela espera que James não estrague completamente a resposta.
Enfim, ele se vira para nós.

— Lucca me arranjou um trabalho na empresa dela. Estou trabalhando pra ela.

Poderia ter sido mais consistente se ele não parecesse tão abatido. Em vez de pensarmos que são colegas de trabalho, ficou parecendo que é uma questão de caridade.

Ryan não ficou muito feliz quando os convidei para jantar. Ficou cerca de uma hora andando de um lado para outro da garagem e depois passou o restante da tarde escondendo alguns itens valiosos mais óbvios — e fáceis de carregar, incluindo minhas joias e os remédios mais fortes que tinha no armário. As garotas haviam dito que James roubara de Ryan na última vez que esteve na cidade, mas Ryan não me contou isso. E, pelo modo como estão se comportando agora, não dá para dizer se ficou alguma desavença entre os dois.

A preparação para esta noite foi o momento mais tenso entre nós até hoje.

Mas não importam quais sejam os medos de Ryan ou os motivos de James, minha única preocupação é ela.

O restante do jantar é preenchido com muito papo furado. Ryan bebeu a mesma quantidade de cerveja de James, e agora os dois estão altinhos. Eu e ela retiramos os pratos enquanto James e Ryan jogam uma bola de futebol americano um para o outro no jardim praticamente escuro, os dois errando muito mais do que acertando.

Nós duas entramos em casa, lavamos a louça e guardamos as sobras de comida. O sr. Smith me disse por que ela está aqui, mas ela é boa demais para ser usada apenas como um lembrete. E agora que mexeu nas minhas coisas, sei que tem um papel ativo; não é daquelas que só observam. Decido partir para uma abordagem mais ofensiva.

— Você já recebeu as próximas instruções ou ainda está conferindo a caixa postal todo dia?

Meu tom de voz é bem informal e, pelo modo como o prato escorrega das mãos dela na pia, sei que a peguei desprevenida.

Mas a mulher se recupera rápido. Faz uma expressão confusa quando diz:

— Instruções?

— Não espero que você responda. Mas espero que relate que estou aqui pra fazer meu trabalho e não gosto de interferências. — A linguagem corporal sugere que ela está realmente surpresa com minhas palavras, então imagino que não soubesse que temos o mesmo chefe. Chego um pouco mais perto. — Temos mais em comum do que você pensa.

Seu rosto ainda demonstra perplexidade, mas ela está mais controlada agora.

— Sinto muito, não sei mesmo do que está falando.

— O posto da North Van Buren em Eden... Qual é o nome da rua do lado?

Ela abre a boca de leve, mas não diz nada.

— É a rodovia East Stadium. A mesma que você pegava pra ir à escola. Uma rua que qualquer pessoa de Eden saberia sem pensar muito — digo. — Já mandou pra ele a foto do que encontrou lá em cima ou vai mandar só quando estiver de volta à casa dos Bernard?

Ela estremece com o tom da minha voz.

— Eu não sei...

Chego mais perto.

— Podemos chegar logo na parte em que você responde minha pergunta?

Um minuto tenso se passa e então ela diz:

— Já mandei a foto.

Não tem como ela saber se o que encontrou era inútil, apenas que não pertencia à gaveta da minha penteadeira e que parecia suspeito. Bastava isso para compartilhar com o sr. Smith.

E não resisti à oportunidade de dizer a ele como estava me sentindo a respeito da presença dela aqui. Ele sabe que eu nunca deixaria algo confidencial nesta casa. Então criei uma planilha com o título Arrecadação de Fundos da Associação das Guildas de Ópera e uma lista de nomes e números de cartões de crédito falsos, simbolizando aquela que eu teria conseguido no leilão se não tivesse sido pega naquela noite. Foi o suficiente para chamar a atenção dela, e o sr. Smith vai saber que planejei tudo. Não gosto que ele tenha mandado alguém para invadir meu espaço.

Ela começa a se afastar e depois hesita por um segundo.

— Como você sabia?

— Eu esperava que você vasculhasse minhas coisas e deixei lá pra você encontrar. Mas se eu não estivesse esperando, não saberia.

Não sei muito bem por que me senti impelida a fazer esse pequeno elogio, já que não estamos do mesmo lado.

— É melhor eu ver como James está — diz ela.

Quando estamos quase na porta que dá no deque, digo:

— Um último aviso: a distância entre fazer o trabalho e ser o trabalho não é muito grande.

Queria falar mais, mas já disse muito, e o sr. Smith não vai gostar de termos conversado tão abertamente.

Ela abre a porta e diz, com sua vozinha doce:

— James, meu bem, está pronto?

— Sim, amor. Pronto quando você estiver.

Ryan e eu levamos os dois lá fora e percebo que as coisas não ficaram tensas apenas entre nós duas, mas também entre Ryan e James.

A despedida é breve se comparada com toda a afabilidade do jantar. Ela pega o volante, já que James mal conseguiu andar sozinho até o carro, e trocamos olhares quando ela liga o motor.

Ryan e eu os observamos enquanto os dois se afastam pela rua.

— Aconteceu alguma coisa com James? — pergunto.

Ryan está tenso ao meu lado.

— A mesma merda de sempre.

Assim que eles viram a esquina e os faróis desaparecem, voltamos de mãos dadas para dentro de casa.

CAPÍTULO 14

Presente

Acordo mais cedo que o normal para um domingo. Os acontecimentos da noite passada geraram perguntas infinitas na minha cabeça e me garantiram uma péssima noite de sono. Saio da cama tentando não acordar Ryan e desço para a cozinha. Preciso passar as próximas horas pensando no que vou fazer enquanto aguardo a jogada seguinte do sr. Smith.

Aperto o botão da máquina de café antes mesmo de ligar a pequena TV que fica na bancada. Ouço o ruído de um filme antigo em preto e branco ao fundo enquanto observo o líquido preto pingar devagar.

Olho para trás ao ouvir o estrondo na escada. Ryan entra correndo na cozinha, com o celular na orelha. Estala os dedos e aponta para a TV, depois cobre o microfone do aparelho com a mão e diz:

— Coloca no três.

Ele parece apavorado.

— Te ligo de volta depois — diz, desligando em seguida.

Mudo de canal e a repórter do telejornal local aparece. Está na beira da estrada, o brilho do nascer do sol às suas costas, iluminando a ponte que corta o lago.

— O acidente aconteceu ontem, pouco depois das onze da noite. Segundo autoridades, o carro estava em alta velocidade quando deu uma guinada para fora da estrada, atravessou o gradil da ponte e caiu no lago. Sobre a possibilidade de o motorista estar alterado, a polícia disse que ainda aguarda o resultado dos exames toxicológicos.

A câmera se movimenta e sinto uma náusea percorrer o corpo. O mesmo carro que estacionou na nossa entrada na noite anterior está sendo retirado da água por um caminhão enorme. E então uma foto de James com a mulher na festa do Derby aparece na tela.

— James Bernard e sua companheira, Lucca Marino, moravam em Baton Rouge e estavam de visita na cidade. Os dois foram encontrados mortos e a família de Bernard foi avisada logo em seguida — informa a repórter.

Puta merda.

Eles voltam a imagem para o âncora do telejornal.

— Chrissy, a família do sr. Bernard deve estar passando por um momento terrível.

Chrissy aparece na tela dividida.

— Pois é, Ed. O pai do sr. Bernard está em casa se recuperando de uma queda e o filho tinha vindo para ajudar a mãe com os cuidados. Eles pediram privacidade neste momento difícil. Entramos em contato com nossa afiliada em Eden, na Carolina do Norte, cidade natal de Lucca Marino, e vamos trazer mais informações sobre ela na próxima edição.

Ryan olha para a telinha com a mão na boca. Seu rosto está completamente inexpressivo, como se ainda estivesse processando o que acabou de ver.

Quando o telejornal segue para a próxima matéria, desligo a TV. Ryan se joga na cadeira mais próxima e segura a cabeça. Eu me aproximo e passo a mão no cabelo dele.

— Não acredito. A gente não se despediu muito bem ontem, e agora isso. Ele sempre foi um encrenqueiro, a vida inteira. Se metia em merda, roubou de mim... Mas achei que talvez estivesse melhor. Quando a gente estava jogando bola ontem, ele me pediu dinheiro. Eu estava bêbado e perdi a cabeça. Disse que não queria falar com ele nunca mais.

Não digo nada, apenas continuo acariciando o cabelo de Ryan e pensando como é que aquilo tinha acontecido e o que poderia significar.

— Temos que ir ver os pais de James — diz ele, e então olha para mim. — Ela estava bêbada? Será que a gente deveria ter impedido a Lucca de dirigir?

Nego com a cabeça e demoro um tempinho para encontrar a voz.

— Não. Ela bebeu duas taças a noite inteira. Estava em ótimas condições pra dirigir.

Eu me recuso a deixá-lo se culpar por isso tudo.

A resposta parece deixá-lo um pouco aliviado, mas o efeito não dura muito. Ryan se levanta rapidamente da cadeira.

— Preciso visitar os pais dele. A mãe deve estar arrasada, o pai também. Nossa, a polícia vai querer falar com a gente. — Ele fecha os olhos com força. — Nós fomos os últimos a ver os dois vivos. Vão querer fazer perguntas.

Ele está surtado, e eu preciso ajudá-lo a se concentrar. E, com sorte, dissuadi-lo da ideia de chamar a polícia. A última coisa de que preciso agora é que a polícia saiba algo sobre mim.

— Uma coisa de cada vez. Vamos nos vestir pra ir à casa dos pais de James. Ver se precisam de alguma ajuda pra organizar tudo. Depois pensamos no resto.

Ele assente, andando em círculos no meio da cozinha.

— É, vamos fazer isso. — Então para. — E a Lucca? Será que a gente deveria ligar pros pais dela? Você ainda tem contato com sua amiga que morava lá? Talvez ela os conheça.

Respiro fundo. Seguro um pouco. Solto devagar.

— Vamos começar com os pais de James. Já devem ter ligado pra família dela.

Ele assente de novo e então sobe a escada correndo.

— Fico pronto em dez minutos.

Eu me jogo na cadeira onde Ryan estava sentado.
Corra.
Na minha cabeça, vou dar o fora desta cidade sem olhar para trás.
Respiro.
Preciso pensar com cuidado. Preciso pensar como se fosse o sr. Smith. Ele estaria disposto a gastar o tempo e a energia necessários preparando-a para este trabalho, usar seus contatos para colocá-la aqui e então matá-la logo assim que chegou?
Só consigo imaginar esse cenário se ela tivesse cumprido a tarefa que foi enviada para executar e não tivesse mais utilidade. O que acho impossível.
Aceitei este serviço sabendo que era um teste — não é o primeiro a que ele me submete nesses oito anos —, então já esperava que houvesse algo mais do que me contaram. A única coisa certa é que o aparecimento daquela mulher estava ligado ao descontentamento do meu chefe com relação ao meu último caso, e agora ela está morta.
Por enquanto, vou com Ryan até a casa dos pais de James, onde vamos consolá-los contando sobre como James estava feliz nas suas últimas horas de vida. Vou descobrir tudo que for possível sobre a mulher enviada para interpretar meu papel. Vou segurar a mão de Ryan e ouvi-lo lamentar a perda do amigo. Apesar das palavras duras, sei que preferia que James não tivesse morrido num acidente de carro ontem à noite. A morte acaba suavizando os ressentimentos.
Mas o mais importante: vou terminar o que comecei.

Quando chegamos, há dois carros de polícia estacionados na porta da casa dos pais de James. Eu sabia que essa possibilidade existia, mas estava torcendo para já terem ido embora.
Ryan estaciona duas casas depois, na vaga mais próxima.

A família Bernard mora num bairro mais antigo do outro lado do lago, onde as casas foram construídas durante os anos 1980 em vários tons de marrom-tijolo, com telhados baixos e entradas estreitas para os carros.

Já tem algumas pessoas caminhando na direção da porta, assim como nós.

— Por que tem tanta gente aqui agora? Não era melhor esperar o velório? — sussurro para Ryan ao abrirmos caminho em meio ao grupo na lateral da casa.

Eu sabia que ele e James haviam crescido juntos e que eram muito amigos quando crianças, então não estou surpresa que esteja passando à frente de todo mundo.

— Devem ser só vizinhos e membros da igreja. No velório vai ter o dobro de gente. Muitas dessas mulheres deixam um cozido pronto no freezer só pra esse tipo de ocasião. — Ele olha para mim e revira os olhos. — Além disso, todo mundo está aqui pela fofoca.

Ryan abre a porta lateral, entramos e seguimos pelo corredor dos fundos até a sala. Há gente por toda parte, e o telhado baixo intensifica a sensação de claustrofobia. Um grupo de senhorinhas vestidas com uma roupa que parece um uniforme, com crachás e aventais combinando — se entendi direito, provavelmente se trata do grupo de oração da igreja dos Bernard — circula oferecendo água e café para os visitantes e arrumando a sala.

— Eles não estão aqui — murmura Ryan, e me puxa de volta para o corredor, onde entramos num pequeno escritório.

O corpo magrinho e frágil de Rose Bernard está encolhido no canto em uma cadeira enorme, e Wayne Bernard se encontra numa poltrona ao lado dela, com a perna ruim apoiada num pufe. Um policial uniformizado está sentado num banquinho diante deles, com dois outros colegas de pé.

As atenções dos policiais se voltam para nós dois assim que entramos no cômodo.

Ryan e eu damos um passo para trás.

— Sinto muito, não queríamos interromper...

A sra. Bernard solta um gritinho aflito ao ver Ryan.

— Não vá embora — pede ela. — Como foi que isso aconteceu, Ryan? Ele estava bem na sua casa ontem? Aconteceu alguma coisa?

Ryan atravessa o cômodo e se agacha ao lado dela, segurando suas mãos.

— Não aconteceu nada. Ele estava ótimo! Os dois estavam. Eu não deixaria que fossem embora se não achasse que estavam bem.

Os policiais trocam olhares ao perceber que os falecidos estiveram na nossa casa antes do acidente. Passamos de meros visitantes a possíveis testemunhas de seu estado antes da catástrofe.

A sra. Bernard se inclina um pouco para a frente e abraça Ryan. O sr. Bernard engole em seco e segura a mão da esposa.

Eu não deveria ter vindo. Deveria ter deixado Ryan cuidar disso sozinho. Dizer que era uma questão muito íntima, que não era lugar para uma estranha como eu, mas estava tão desesperada por qualquer fiapo de informação sobre a mulher que ignorei os riscos de vir aqui.

Percebo que cometi um grande erro. O policial que estava sentado no banco nos observa. E como a única coisa que está impedindo a sra. Bernard de desmoronar são os braços de Ryan, ele se aproxima de mim primeiro.

— Olá — diz ele, virando as páginas do caderno. — Sou o xerife Bullock. Estou reunindo o máximo possível de informações. Se importa se eu fizer algumas perguntas?

Estou presa aqui. Não posso dizer que não sei de nada porque é óbvio que os dois estavam na nossa casa ontem. E por mais que quisesse responder nos meus termos, no meu tempo, vai ter que ser agora mesmo.

— Claro que não — respondo, e então aponto com a cabeça para Ryan. — Viemos correndo assim que soubemos o que aconteceu. James e Lucca estavam lá em casa ontem.

Com a caneta sobre a folha de papel, ele pergunta:

— Seu nome é...?

Hesito por um breve segundo antes de responder.

— Evie Porter.

Agora é oficial: eu menti para a polícia.

— Evie é seu nome completo ou é apelido para alguma coisa?

— Evelyn.

— Tudo bem, srta. Porter, como conheceu o sr. Bernard e a srta. Marino?

Ryan se solta da sra. Bernard, com a promessa de que vai voltar logo, e então se posta ao meu lado. Ele me segura pela cintura com o braço direito, e não tenho certeza se é para demonstrar nossa união ou porque precisa de todo o consolo possível.

— Oi, meu nome é Ryan Sumner. James era um velho amigo meu. Eu e Evie recebemos Lucca e ele ontem à noite pra jantar.

O xerife Bullock escreve alguma coisa e nem levanta a cabeça ao fazer a próxima pergunta.

— A srta. Marino bebeu ontem à noite?

Ryan olha para mim antes de responder, e a pausa faz com que o xerife pare de escrever e olhe para nós.

— Ela tomou uma taça de vinho quando chegaram, por volta de seis horas, e mais uma durante o jantar. James bebeu muito mais, por isso ela foi embora dirigindo — respondo.

O xerife Bullock espera mais um segundo e volta às anotações.

— Vocês diriam que ela parecia estar no controle das próprias faculdades mentais quando saiu de sua casa?

— Sim — responde Ryan.

— É possível que ela tenha bebido mais do que vocês viram? Talvez tenha virado uma taça ou outra que não perceberam?

— É possível, mas acho improvável. Ela ficou com a gente a noite inteira, a não ser no momento em que foi ao banheiro.

Dirigir embriagado é a principal causa de acidentes desse tipo. A questão do consumo de álcool vai acabar sendo respondida quando os resultados da autópsia chegarem, mas eu sei que ela não bebeu mais do que duas taças.

— O sr. Bernard contestou o fato de não poder dirigir?

A sra. Bernard leva a mão ao peito ao ouvir essa pergunta. Ao perceber que ela está abalada, Ryan nos conduz para o corredor.

— Não, nem um pouco. Ele foi pro banco do passageiro sem nenhum problema — responde quando saímos do cômodo.

O xerife assente. Escreve mais do que estamos dizendo, mas pelo ângulo do caderno não é possível ver as anotações.

— Como estavam as coisas entre o sr. Bernard e a srta. Marino ontem à noite? Alguma discussão? Briga?

— Não, nada parecido — respondo.

— Aconteceu alguma coisa que pudesse ter deixado a srta. Marino distraída? Abalada? — O policial olha para Ryan, que dá de ombros, e continua: — Algum papo sobre antigas namoradas? Sei como é quando encontramos velhos amigos. De repente ela ficou ouvindo sobre a época de ouro do sr. Bernard e não gostou?

— Não, não teve nada disso — diz Ryan, soando meio irritado. — Nenhum de nós ia querer deixar Lucca ou Evie desconfortáveis.

O policial levanta a mão.

— Tudo bem, entendo, mas tenho que perguntar. Só estou tentando entender o que se passava na cabeça dela ao dirigir ontem à noite.

Eu sei o que se passava na cabeça dela. Eu não apenas havia revelado que sabia de seu disfarce, como ainda tinha avisado que o sr. Smith se viraria contra ela rapidamente, como fez comigo. E Ryan tinha dito a James que não queria falar com o amigo nunca mais depois que ele pediu dinheiro. Nenhum dos dois estava bem.

— Que horas eles saíram da casa de vocês?

— Um pouco antes das onze — digo.

Respondemos todas as perguntas e contamos a história inteira, começando pelo convite para o jantar na manhã do dia anterior na Home Depot e seguindo pelo restante do dia, até virmos os faróis de trás desaparecerem na rua silenciosa. O xerife Bullock só tira os olhos do caderno quando Ryan se embaralha numa resposta, mas a confusão dele com os detalhes deve vir do fato de ter bebido tanto quanto James. Tenho certeza de que a noite está meio borrada na memória dele.

— Quando foi a última vez que esteve em contato com o sr. Bernard antes de ele voltar pra cidade?

Ryan olha para o nada, perdido em pensamentos. Enfim responde:

— Provavelmente há mais ou menos um ano. Ele precisava de dinheiro. Eu emprestei pra ele.

Ryan mantém a resposta curta e não menciona o novo pedido de ajuda financeira de James.

O xerife olha para mim.

— E quando foi a última vez que você interagiu com o sr. Bernard antes do retorno?

Balanço a cabeça.

— Eu o conheci na semana passada.

Antes que eu possa impedi-lo, Ryan acrescenta:

— Evie se mudou pra cá de Brookwood, no Alabama, há alguns meses. Não conhecia James.

Ai, merda. Observo enquanto ele anota aquela informação fornecida por Ryan, torcendo para que o histórico de Evelyn Porter seja sólido.

O xerife enfim coloca o caderno e a caneta no bolso.

— Vamos entrar em contato se tivermos mais perguntas.

Assinto, mas Ryan para o policial antes que ele vá embora.

— Vocês já notificaram a família de Lucca? — Ele me puxa para mais perto, o braço ainda na minha cintura. — Imaginei que talvez queiram falar com a gente, já que fomos os últimos a vê-la.

— Ligamos pra delegacia de Eden e estamos esperando a resposta. Estão tentando encontrar os parentes dela lá.

Não há parentes de Lucca Marino em Eden, na Carolina do Norte, mas ele vai descobrir isso logo, logo.

— Bom, se tiverem alguma pergunta ou só quiserem conversar, pode passar meu telefone? — pede Ryan.

O xerife Bullock assente.

— Claro.

Ajudamos os Bernard a voltar para a sala depois que a polícia vai embora. Ainda que haja uma fila de pessoas esperando para prestar suas condolências, a sra. Bernard gruda em Ryan novamente. Ele fica sentado a seu lado no sofá enquanto ela conversa com cada pessoa que chega. Pelo jeito, vamos ficar presos aqui por um tempo. Decido ajudar na cozinha, para onde migrou a maioria das mulheres da igreja. Ninguém faz mais fofoca do que mulheres tementes a Deus carregando travessas de cozido, então me sento ao lado do bule de café e me ofereço para encher todas as canecas que se aproximam, na esperança de ouvir algo interessante e em algum momento encontrar uma brecha para bisbilhotar o quarto onde James e a mulher estavam hospedadas.

Há três mulheres na cozinha comigo. Francie parece ser a cozinheira do grupo. Reuniu todos os mais variados tipos de comida que trouxeram e dividiu em pequenas porções para deixar na geladeira e os Bernard terem o que comer depois. A outra metade da comida foi colocada na mesa de jantar, em esquema de bufê, para os visitantes se servirem. Toni é o que minha mãe chamaria de "sabonete": é muito boa em parecer ocupada mesmo sem fazer nada. E Jane é a mestra das listas. Há pessoas para quem é necessário ligar. Uma lista do que é preciso comprar. Uma lista dos pratos trazidos. Uma lista de pessoas que vieram. E uma lista das pessoas que vão escrever os bilhetes de agradecimento para quem trouxe um prato ou veio visitar.

A morte requer muita organização.

Francie desaparece por alguns minutos na pequena lavanderia ao lado da cozinha e depois ressurge com uma cesta cheia de roupas dobradas.

— Vou levar pro quarto de James — diz.

Obviamente a cesta está muito pesada para ela, então aproveito a oportunidade.

— Por favor, me deixe ajudar. Posso levar se me disser onde é — ofereço, com as mãos já na cesta.

Francie parece aliviada.

— É muita gentileza sua, querida. São as coisas de James e Lucca. Não queria que Rose já tivesse que lidar com isso. O quarto dele é a segunda porta à direita — explica, apontando para o corredor que sai da cozinha.

Eu sigo as instruções dela. É chocante ver o quarto do jeito que os dois deixaram ontem à noite, pensando que iam voltar. Depois de depositar a cesta de roupas em cima da cama desfeita, dou uma olhada nos papéis que estão sobre a mesa, mas não há nada importante ali.

Há duas malas abertas lado a lado no chão, perto da cama, cheias de roupas. Produtos de higiene e maquiagem entulham a bancada do banheiro. Vasculho primeiro a mala dela, onde só há roupas e sapatos. Estou surpresa por nunca terem desfeito as malas e colocado as roupas no armário e na cômoda, considerando há quanto tempo estão aqui. Passo os dedos pela parte de dentro da mala e paro ao sentir uma protuberância. Olho o interior do forro, chego até uma abertura de velcro e, assim que abro, vejo um envelope de papel pardo tamanho 10x15 bastante familiar.

O mesmo tipo de envelope em que chegam minhas instruções.

Abro e sinto o coração acelerar ao ver uma única folha de papel ainda lá dentro.

Assunto: Evie Porter
Agora que o contato inicial foi feito, prepare-se para interagir com o alvo novamente. Se surgir a oportunidade de entrar na residência do alvo, use-a para vasculhar seus pertences. Concentre-se no espaço pessoal e bens. Relate sobre qualquer coisa que pareça importante o bastante para estar escondida, independentemente do que seja. Se tiver dúvida, documente o item e envie para mim. Tenha muito cuidado ao manejar as coisas dela e não deixe rastros.

Olho a parte de fora do envelope e vejo o endereço de uma agência de correios. O número da caixa postal é 2870.

Se ele a enviou para vasculhar minhas coisas, é porque está desesperado. Sabe que eu nunca deixaria nada de valor na casa de Ryan.

Por fim, coloco as instruções de volta no envelope, dobro e enfio no bolso de trás da calça jeans.

— Tudo bem por aqui? — pergunta Francie da porta e me dá um susto.

Olho para trás ainda segurando um punhado de roupas que tinha tirado da mala.

— Pensei em poupar a sra. Bernard de ter que arrumar a mala de Lucca, já que ela deve ter que enviar tudo de volta pra família dela. Não queria que ela precisasse fazer isso.

Francie abre um enorme sorriso.

— Ah, maravilhoso. Vou ajudar você a terminar isso. Estou me escondendo de Jane. Ela vai me fazer lavar a louça.

Francie e eu passamos os trinta minutos seguintes colocando todos os pertences de volta nas duas malas. Continuo minha busca pelas orientações anteriores e pela minha descrição detalhada como alvo que ela deve ter recebido, mas não encontro nada.

Vou até a sala e procuro Ryan. Preciso sair daqui e ir falar com a única pessoa que pode me ajudar a decidir o que fazer agora.

Codinome: Mia Bianchi — Seis anos atrás

Há muitas pessoas tentando ser as mais espertas e as mais prestativas para Andrew Marshall. Bajulador e puxa-saco são os principais adjetivos que se pode usar para descrever todos os funcionários e voluntários. Decido ir pelo caminho inverso. É um risco, claro, mas não importa quão inflado seja seu ego, falar as coisas na lata sempre vale mais do que bajulação pura. E se Andrew foi esperto a ponto de chegar tão longe, sabe disso.

Estou alocada na campanha política de Andrew Marshall para concorrer ao governo do Tennessee. Quando recebi a primeira leva de instruções para este trabalho, que incluía minha nova identidade como Mia Bianchi e o endereço do meu novo apartamento em Knoxville, no Tennessee, havia também um recado escrito à mão na parte de baixo da página: Você está subindo de nível, então não faça merda.

Embora eu trabalhe para o sr. Smith há pouco mais de dois anos, nunca o encontrei pessoalmente nem falei mais com ele ao telefone desde o caso dos Kingston, então imagino que o recadinho seja de Matt.

Tudo passa por Matt.

O segundo pacote de instruções chegou uma semana depois de eu me instalar em Knoxville. Dizia que Andrew Marshall era o alvo e informava que Mia Bianchi começaria a trabalhar na campanha dele na semana seguinte. Cabelo, maquiagem e roupas tinham que ser impecáveis. Era para eu ser a pessoa mais inteligente da sala. Tornar-me indispensável. Eu tinha sete dias para mergulhar na vida do alvo e de todas as pessoas associadas a ele, inclusive seus adversários, e estar pronta para o primeiro dia de trabalho. Tudo que eu queria era subir de nível, então não havia nenhuma chance de não estar preparada.

Evoluí muito desde aquele primeiro trabalho. Eu tinha sido mesmo imprudente, como o sr. Smith disse. Foi uma confusão. E a sorte ficou do meu lado. Jenny passou uma semana em coma induzido. O golpe na cabeça mais a bebida e os remédios foram uma combinação ruim. Quando ela acordou, não tinha nenhuma memória das vinte e quatro horas antes da queda. Eu me livrei. Ou melhor, Izzy Williams se livrou.

Dei uma conferida na vida de Miles algumas vezes nos últimos dois anos. Os Kingston estão divorciados agora, e parece que Miles mora com o sr. Kingston e a atual sra. Kingston. Da última vez que xeretei o Facebook da nova esposa, ela havia compartilhado a postagem de uma empresa de decoração de interiores que contratara para remover todos os rastros de Jenny. A publicação tinha fotos internas da casa renovada, incluindo uma do quarto de Miles. Quando dei zoom na estante de livros, vi um cisne de origami em uma das prateleiras. Nunca vou saber se é o mesmo que fiz com ele naquele dia ou se o menino aprendeu a fazer sozinho, mas ver aquele cisne ali, destacado num lugar de importância, é a prova de que eu existi, mesmo que por um breve período.

Talvez eu não seja bem o fantasma que pensei.

O trabalho envolvendo Andrew Marshall é o primeiro para o qual tive que me instalar num lugar, porque me disseram que levaria alguns meses até que eu recebesse as próximas instruções. Também é o primeiro que veio junto com um pacote gordo de dinheiro para despesas como aluguel e contas, além de outros eventuais gastos para me tornar Mia Bianchi. Subir de nível é bem agradável.

Demorei três meses para conseguir isso, mas agora Andrew Marshall pede minha opinião sobre tudo, desde qual gravata usar até a necessidade de comparecer a determinados eventos. Um aceno ou leve balançar de cabeça é tudo que preciso fazer para destruir os planos cuidadosos que outra pessoa possa ter para ele.

Andrew Marshall é a única pessoa que está de boa com isso.

Não preciso ter olhos na nuca para ver o enorme alvo que colocaram em mim. A equipe dele mergulhou fundo no meu histórico para tentar encontrar algo que me destronasse, mas não conseguiram nada.

Eu sou Mia Bianchi. Embora tenha 22 anos, os documentos de contratação mostram que tenho 27. As roupas e a maquiagem certas são o segredo. Eu me formei pela Universidade Clemson — *Pra cima deles, Tigers!* —, era excelente nas aulas de políticas públicas e arrasava na equipe de debate. Não consigo nem imaginar como alguém conseguiu colocar minha imagem na foto de um debate contra a UNC há alguns anos, mas estava lá. Pixelada para que fosse possível me encontrar, mas não tão nítida a ponto de despertar desconfiança dos alunos que realmente estavam presentes.

Depois de dois anos trabalhando com Matt, sei que ele não tem a capacidade nem os recursos necessários para me inserir assim numa vida toda construída, e fico cada vez mais curiosa para saber sobre o time por trás do sr. Smith. Me pergunto quantas pessoas fazem esse tipo de tarefa para ele.

Mas essas são reflexões para outra ocasião.

O tópico do dia para Andrew Marshall é um evento da Associação Americana de Advogados num hotel chique em Hilton Head, na Carolina do Sul. É uma conferência de fim de semana na qual profissionais — incluindo aqueles que, como Andrew, não exercem mais a carreira em direito, mas mantêm a licença em dia — vão para garantir os créditos de educação continuada entre uma partida de golfe de manhã e um happy hour à tarde. Serve tanto para fazer social e networking quanto para assistir a cursos intensivos de meia hora sobre, por exemplo, as últimas tecnologias para pequenos escritórios. E como meu terceiro dossiê de instruções enfim chegou e deixou bem claro que Andrew definitivamente precisa estar lá, é nisso que estou insistindo.

Mas há outra oportunidade para ele em Memphis, no mesmo horário, que é melhor para a campanha. E, já que ele está concorrendo ao governo do Tennessee e não da Carolina do Sul, é uma batalha bastante difícil.

A mulher de Andrew, Marie, não gosta de mim. Nunca dei nenhum motivo para ela achar que dou em cima do marido dela, mas as mulheres são engraçadas. Ela não precisa de motivos para pensar que é uma possibilidade.

A coisa mais surpreendente a respeito de Andrew Marshall é que ele é um cara bacana. Vasculhei cada arquivo e registro pessoal a seu respeito que consegui encontrar. E, como ele não suspeita de mim, tive acesso a tudo. Não há qualquer sinal de roubo ou lavagem de dinheiro, nada de acordos escusos nem promessas que ele não admitiria publicamente, Andrew parece tão apaixonado pela mulher quanto no dia em que a conheceu e é legal com os funcionários. Até seus cachorros são adotados.

Todos os meus trabalhos anteriores tinham a ver com pegar algo que o sr. Smith queria ou precisava — fossem arquivos de computador, documentos ou qualquer outro item material. Mas, desde o começo, este trabalho é diferente.

Agora sei por que estou aqui. Andrew Marshall *vai ser* o próximo governador do Tennessee, e o sr. Smith quer tê-lo nas mãos desde o primeiro dia.

Como não há possibilidades de chantagem, vou ter que inventar uma.

O chefe de gabinete acabou de listar uma série de ótimos motivos para escolher Memphis em vez de Hilton Head. Os meus bons motivos para escolher a convenção já foram listados.

O evento de Hilton Head é regional, não apenas para a Carolina do Sul, e haverá gente importante participando, já que o principal palestrante acabou de anunciar que vai concorrer à presidência, então a cobertura de imprensa vai ser nacional. O networking e a possibilidade de conseguir novos doadores para a campanha é bem maior. E, com as redes sociais moldando uma nova concepção de campanhas políticas, é preciso pensar além do Tennessee para ser governador do Tennessee.

A sala está em silêncio, todo mundo aguardando a resposta de Andrew sobre o convite para o evento em Memphis.

Andrew sabe qual é minha opção. Olha para mim e tenho alguns poucos segundos para decidir se vou ajudar a arruinar a vida de um homem decente.

Com um leve menear de cabeça, decido o destino dele.

Andrew acha que fui para Hilton Head um dia antes dele e do resto da equipe para organizar tudo a fim de conseguirmos aproveitar ao máximo o tempo dele lá. Mas o motivo para a minha viagem antecipada não foi esse. Além disso, meu destino foi a Geórgia, e não a Carolina do Sul. Na sexta-feira de manhã, estou em Savannah, a uma hora de Hilton Head, esperando o primeiro passeio do dia do ônibus turístico em formato de bondinho no centro histórico.

Na hora de embarcar, vou direto para o fundo, escolho o assento do corredor da última fila, no lado do motorista, e espero que ninguém passe por mim para se sentar na janela.

A empresa de turismo é eficiente, então saímos em poucos minutos. Um homem mais velho e muito animado está com o microfone; sua voz potente é tão alta que não apenas o grupo de turistas do ônibus, mas todo mundo na rua, ouve as informações sobre Savannah.

Quando terminamos a primeira volta, sou a única passageira restante do grupo inicial, já que os outros desembarcaram em diferentes pontos ao longo da rota.

No segundo ponto da terceira volta no ônibus, um homem negro alto e magro entra no veículo e se aproxima pelo corredor até parar na minha frente.

Usa camiseta e boné do time Atlanta Braves, além de óculos escuros.

— Este assento está ocupado? — pergunta ele, apontando para a janela ao meu lado.

Encolho as pernas e faço um gesto para ele se sentar.

O homem passa por mim, senta e coloca a mochila no colo.

— Devon, imagino — digo. — Curto a coisa toda do mistério, mas tenho muito o que fazer, e desperdiçar duas horas andando em círculos não estava nos meus planos.

Ele acena para o alto-falante no teto do ônibus e pela primeira vez percebo uma luzinha vermelha escondida atrás da tela metálica.

— Dá pra saber muito sobre uma pessoa quando observamos como se comporta ao ser deixada esperando por muito tempo.

Volto minha atenção para ele.

— Acho que passei, então.

Ele abre um sorrisinho por apenas um segundo.

— Com louvor, sra. Smith.

Pode ser meio idiota, mas não pude resistir à chance de usar o mesmo nome falso do meu chefe. Encontrei Devon na internet há um ano quando estava à procura de um certo tipo de tecnologia que precisava para um trabalho e não achei sozinha. Esta é a primeira vez que nos encontramos pessoalmente, e é por isso que ele me deixou mofando aqui antes de mostrar a cara.

Mas valorizo esse nível de paranoia.

— Do que é que precisa, sra. Smith?

Aqui é que a coisa fica complicada.

— Ainda não sei exatamente. Tenho um trabalho pra fazer em Hilton Head, mas só vou receber as instruções completas quando chegar lá, então não sei ainda do que vou precisar. Quando souber, vai ter que ser rápido, por isso estou pedindo que esteja disponível pra fornecer material e ajuda.

Ele olha pela janela e não falamos nada. É um pedido ousado, e é por isso que quis fazer cara a cara e não por meio dos nossos canais habituais de comunicação on-line.

Desde a noite em que quase fui presa naquele clube, compreendi a importância de ter pessoas bem posicionadas para garantir que alguém vá me proteger se tudo der errado. Qualquer ajuda que o sr. Smith mandar vai cuidar de mim só até o ponto em que ele não se prejudique. Preciso ter alguém para proteger a mim e *só a mim*. É hora de começar a montar minha própria equipe.

Devon enfim se vira de volta na minha direção.

— E se você precisar de alguma coisa que eu não consiga arranjar tão rápido assim?

— Então espero que possa discutir a questão comigo e oferecer outra solução.

Ele olha pela janela de novo enquanto o ônibus para e alguns passageiros sobem e outros descem.

— Parece que você está esperando problemas.

Assinto, embora ele não esteja olhando para mim.

— Estou. Pode chamar de instinto. Este trabalho está sendo orquestrado por alguém que não conhece os envolvidos tão bem quanto eu. Estou tentando me antecipar ao momento em que, ao receber as instruções, eu avaliar que o plano não vai funcionar.

— Não é assim que costumo trabalhar.

— Eu compreendo. Vou fazer valer a pena. Além disso, se precisar da minha ajuda a qualquer momento, vou estar disponível.

Ele entende o que estou pedindo — uma parceria. Nós construímos uma relação profissional sólida ao longo do último ano; ele sabe que pago bem e eu sei que ele entrega o que promete.

— Estamos em fase de testes, sra. Smith. Ao primeiro sinal de problema, eu sumo.

Assinto, tiro da bolsa um papel com todas as informações pertinentes para o fim de semana e passo para ele.

— Eu não esperaria nada diferente de você.

O ônibus para e faço uma última pergunta antes de descer:

— Como foi que passei com louvor no teste?

— Você ficou sentada aqui como se tivesse todo o tempo do mundo, e eu sabia que não tinha. Isso me disse tudo que eu precisava saber.

Andrew Marshall e o restante da equipe chegaram a Hilton Head. Depois de instalar Andrew em sua suíte, vou para o meu quarto, muito menor, quatro andares abaixo. Acabei de tirar os sapatos e abrir o zíper da mala quando ouço uma batida na porta.

Ao abrir, um homem com o uniforme do hotel sorri para mim. Olho para baixo e vejo um prato tampado no carrinho diante de mim.

— Quarto errado. Não pedi comida — digo, já começando a fechar a porta.

O cara empurra o carrinho só um pouco para impedir a porta de fechar.

— Matt mandou com seus cumprimentos.

Sua voz é grave, profunda.

Fico paralisada. Nunca tinha conhecido nenhuma outra pessoa que trabalhasse para Matt. Dou uma avaliada rápida no cara. Parece ter uns trinta e poucos anos. Tem o cabelo curto, com alguns fios brancos despontando nas têmporas, e é poucos centímetros mais alto do que eu. No crachá do uniforme está escrito George. Seu corpo e rosto são normais, o que o torna facilmente esquecível. A não ser pelo modo como não tira os olhos de mim.

Abro a porta e faço menção para que entre. Ele estaciona o carrinho no meio do quarto e sai sem dizer mais nenhuma palavra. Levanto a tampa arredondada e lá estão um pedaço de bolo de cenoura e um envelope como os que costumo pegar na caixa postal.

É meio bizarro eles saberem que bolo de cenoura é meu favorito.

Levo tanto o bolo quanto o envelope até a mesa para comer enquanto vejo qual é a estratégia para o fim de semana.

Mas depois de ler as instruções, tenho certeza que as chances de este plano dar certo são mínimas. É um plano fraco. Superfraco.

Exatamente como eu temia.

Matt tinha se gabado de que seria o responsável por este trabalho, o que me levou a acreditar que o sr. Smith queria ver do que ele era capaz. Acho que eu não era a única sendo promovida. Mas depois de lidar com Matt durante os últimos dois anos, não tinha tanta certeza se ele estaria pronto para correr solto assim, por isso recorri a Devon.

Outra batida na porta, mas dessa vez eu sei o que esperar. Um mensageiro, e não o George, empurra um carrinho de bagagem para dentro do quarto e então descarrega três caixas grandes. Dou uma gorjeta, e ele vai embora. Monto os monitores, conecto ao laptop e entro no site indicado nos papéis que recebi antes. A tela se enche de pequenos quadradinhos que mostram cada ângulo do quarto e da varanda de Andrew.

Matt conseguiu dar um jeito para que a esposa de Andrew, Marie, fosse convidada para um evento disputadíssimo em Nashville, a fim de garantir que ela não esteja por perto quando uma mulher se aproximar dele durante o coquetel de boas-vindas hoje à noite e seduzi-lo até Andrew chamá-la para o próprio quarto. Meu trabalho é garantir que tudo seja gravado pelas câmeras.

Fico quase ofendida com a tamanha burrice que é esse plano. Porque o que Matt não entende é que, mesmo se tiver oportunidade, Andrew não vai trair a esposa. Não importa *quantas* mulheres lindas e seminuas se joguem em cima dele. Não importa que ele tenha um quarto só para si. Não importa quantos drinques lhe derem. Ele não é do tipo que trai.

Matt claramente não fez o dever de casa.

Mas não posso sair de mãos vazias deste fim de semana. É óbvio que estou apostando muito mais alto agora, com muito mais riscos. Já passei da fase dos pequenos furtos.

O alívio por já ter acionado Devon é a única coisa que me impede de entrar em pânico. Ligo para ele e, em meia hora, temos um novo plano. Um bem melhor.

Devon se vira para arranjar o que precisamos, e pego o celular e ligo para Andrew. Ele atende no segundo toque.

— Oi! — diz ele. — Tudo certo aí?

O quarto de Andrew é uma das maiores suítes do hotel. Tem uma área enorme com sofá e uma sala de jantar, além do quarto. E há câmeras cobrindo cada centímetro, o que me permite observá-lo andar de um lado para outro com o celular na orelha.

— Sim. Tudo certo. E você?

Ele se joga numa das poltronas compridas perto da janela.

— Sim. Tudo certo por aqui. Querendo muito um tempinho de descanso já que só preciso estar na conferência amanhã de manhã. Acho que vou pular o coquetel hoje à noite e vejo todo mundo no café da manhã. Vou ter muito tempo pra fazer social na conferência e no jantar de amanhã. Vou pedir comida no quarto e, com sorte, ter uma boa noite de sono.

Esse é Andrew Marshall. Totalmente bonzinho e até meio sem graça.

— Você sabe que meu trabalho é encher cada minuto seu aqui com atividades que vão ajudar na campanha — digo, dando uma risada. — Ainda mais depois que irritamos todo mundo vindo pra cá e não pra Memphis.

Eu o vejo baixar a cabeça.

— Mia, preciso de uma noite de folga.

Sinto a culpa quase vindo à tona, mas então me lembro do caso dos Kingston. *Este não é meu mundo. Sou apenas um fantasma vagando por aqui.* É o suficiente para reprimir aqueles sentimentos, trancafiá-los bem lá no fundo e continuar insistindo.

— E se a gente fizer assim: olhei a lista de convidados e tem figurões bem importantes aqui. Por que não escolho alguns deles e fazemos um coquetel breve e particular na sua suíte? Bem discreto. Interaja com eles durante uma hora e aí eu mando todo mundo embora e você tem o resto da noite pra descansar.

Agora ele está apoiando a cabeça no encosto da poltrona, a mão esfregando o rosto.

— Uma hora.

— Combinado! Vou pedir pro serviço de quarto montar um barzinho aí e levar algumas comidas.

Desligo e coloco em prática o restante do meu plano.

Todos os homens que convidei para o coquetel particular de Andrew ficaram animadíssimos com a ideia. Fui bem específica ao montar a lista e escolhi gente de todos os cantos do Sul, já que esta é uma conferência regional e não apenas da Carolina do Sul. E como todos os meus trabalhos nos últimos dois anos foram pela área, estou familiarizada com o clima político em cada estado, incluindo as qualidades e defeitos de todos os figurões da região.

Assim como Andrew, vários dos advogados que participam do evento têm cargos políticos, desde parlamentares locais até senadores. Mas só convidei os pilantras dispostos a entrar no jogo. Aqueles mesmos que vão citar a Bíblia e seu grande amor pela família, fé e Deus na próxima eleição.

Já que estou aqui, é melhor dar todas as vantagens políticas possíveis para ele.

Durante o coquetel, Andrew passeia pelo quarto de olho no relógio, contando os minutos para acabar. A bebida circula livremente, graças às garotas que contratei para servir, e entrego uma cerveja a Andrew, que agradece com um gesto. Ele quase nunca bebe, mas, quando o faz, é sempre uma Miller Lite. Só uma.

Ele dá um gole e diz em voz baixa:

— Não sei se eu teria convidado o senador Nelson e o deputado Burke.

Não estou surpresa com o comentário. Ambos são uns babacas egoístas, mas todos os homens que convidei hoje são assim.

— Eu sei, mas faz parte do jogo. Goste ou não, esses são os caras que têm influência.

Aceno para uma das garotas e a música fica um pouco mais alta. Gravatas são afrouxadas. As mãos ficam bobas.

Andrew sente a mudança na festa e olha para mim, confuso. Está suando um pouco. Os olhos parecem meio vidrados.

Ele chega mais perto.

— Acho que devemos terminar por aqui. Não estou me sentindo bem.

Olho para ele com uma expressão solidária.

— Não parece bem mesmo. Vamos tomar um ar.

Eu o levo até a varanda e então o ajudo a se deitar na poltrona comprida. Ele apaga assim que apoia a cabeça no encosto. A cerveja na sua mão cai no chão. O líquido adulterado se espalha sobre o azulejo.

— Desculpe, Andrew — sussurro, e então volto para a festa.

É hora de as garotas fazerem a parte delas.

CAPÍTULO 15

Presente

Assim que termino de arrumar as coisas da mulher, conseguimos sair da casa dos Bernard depois de prometermos voltar no dia seguinte para ajudar a planejar o velório de James. Essa é uma visita que ficarei feliz em deixar Ryan fazer sozinho, já que peguei todas as informações disponíveis neste lugar sobre Lucca.

Ryan dirige enquanto fico no Instagram. Paro na última postagem da revista *Southern Living*, que exibe a foto de uma linda varanda com um balanço branco e samambaias penduradas. É uma ótima imagem. Clico no botão de comentários e digito: *Que lugar perfeito para um encontrinho com uma taça de vinho! Já são cinco da tarde em algum lugar!*

Depois que meu comentário aparece, continuo rolando a página até terminar tudo que tenho que fazer, então coloco o telefone dentro da bolsa.

Assim que chegamos à casa de Ryan, ele se joga no sofá, com o rosto para baixo. Quando me sento ao seu lado, ele levanta a cabeça só um pouquinho, o suficiente para eu chegar perto e ele se deitar no meu colo. Ryan fecha os olhos, e eu passo os dedos com cuidado no seu cabelo. Nenhum de nós sente necessidade de falar.

Eu o observo e, agora que o choque inicial com as mortes diminuiu, penso no último acontecimento.

Só existem duas opções possíveis.

A primeira é que a batida foi um terrível acidente que tirou a vida de duas pessoas.

A segunda é que matá-los tenha sido uma jogada deliberada do meu chefe.

Meu instinto diz que é a segunda opção, embora meu cérebro ainda esteja tentando imaginar quais seriam seus motivos para dar esse passo. Não parecia que ela já tinha terminado o trabalho. Seu treinamento para absorver a identidade — minha identidade — fora extenso, e parece prematuro eliminá-la agora. E por que matá-los em vez de apenas tirá-los da tarefa? Não consigo entender o timing.

O que ele ganha matando os dois? Lucca Marino, de Eden, na Carolina do Norte, está morta.

Nunca escondi que queria proteger minha verdadeira identidade com unhas e dentes. Naquele primeiro ano, Matt sempre começava com papo furado quando ligava para falar sobre o próximo trabalho, e eu era idiota de acreditar que éramos amigos. Meus planos de retomar minha identidade e voltar a viver como Lucca Marino eram um dos principais assuntos. Até contei para ele sobre a casa que ia construir e a horta que ia cultivar.

Mas a morte dela não me impede de recuperar a identidade de Lucca Marino. Pode até dificultar, mas não é impossível. Matá-la tinha sido uma medida extrema que nem eu nem Devon estávamos esperando. O sr. Smith disse que era para a mulher ser um lembrete, mas eu não precisava de um lembrete do quão perigoso aquilo tudo era.

O que me leva de volta à possibilidade — e à esperança — de ter sido de fato um acidente.

E ainda tem Ryan.

Caso não tenha sido um acidente, o que isso significa para o trabalho?

A mão dele fica mais solta e ouço um ronco baixo. O dia foi bem pesado para ele.

Devagar, desvencilho o braço de Ryan da minha cintura e saio de baixo da cabeça dele, deixando uma almofada no lugar. Após a ressaca com que ele com certeza estava de manhã e o estresse do restante do dia, ele nem se mexe.

Olho para o relógio no fogão — está na hora de ir. Espero que Devon esteja me esperando para discutirmos tudo o que aconteceu nas últimas vinte e quatro horas.

Depois de seis anos trabalhando juntos, Devon e eu já passamos por muita coisa. Ele sabe exatamente quem eu sou e de onde vim, e eu estou na lista curtíssima de pessoas a quem ele confiou sua verdadeira identidade e detalhes do seu passado. Na verdade, acho que só há três pessoas nessa lista.

Pego o telefone e abro o Instagram. Não há nenhuma postagem, e tenho poucos seguidores, que, em sua maioria, são robôs, mas sigo a conta falsa de Devon, além de outras quarenta e sete, noventa por cento delas de estabelecimentos comerciais ou pessoas famosas que publicam alguma coisa todo dia. Dos quarenta e sete perfis que minha conta falsa segue, trinta e dois também são seguidos pela conta de Devon. E, embora eu tenha comentado na postagem da *Southern Living* avisando a ele que precisava encontrá-lo às cinco, ele vai responder com um comentário em outra conta diferente, para que ninguém consiga detectar nossa comunicação.

A paranoia dele não tem limites.

Não posso reclamar de nada porque nem tem como saber quantas vezes os protocolos dele nos salvaram em casos anteriores.

Vou rolando a tela até parar na conta do New Orleans Saints, onde vejo o usuário skate_Life831043. O comentário de Devon é o único visível, já que seguimos um ao outro e também seguimos mutuamente esta conta, então não preciso passar por centenas de comentários até encontrá-lo.

A mensagem diz o seguinte: *Caramba! Olha aí meu 3º jogador favorito! #NaHoraCerta*

A primeira coisa que Devon faz quando recebo os detalhes de um novo trabalho é descobrir cinco lugares onde ele se sente confortável para nos encontrarmos. O terceiro da lista que ele me deu quanto chegamos a Lake Forbing é uma cafeteria na rua principal. As hashtags sempre me dizem se o horário funciona para ele ou então me sugerem uma alternativa. Tenho trinta minutos para estar lá, já que ele vai chegar #NaHoraCerta.

Pego uma folha do bloquinho perto da geladeira e deixo um bilhete para Ryan dizendo que saí para comprar comida, depois vou embora.

Cheguei cinco minutos antes, mas Devon apareceu primeiro. Levou dois anos para ele compartilhar algo da sua vida pessoal. Estávamos examinando as plantas de um prédio empresarial onde eu precisava entrar depois do horário de funcionamento e ele reconheceu um dos nomes na lista de pessoas que possuíam escritórios no mesmo andar que eu precisava acessar.

— É um cara de tecnologia. Deu palestra no MIT quando eu estava lá— dissera ele.

Eu não queria parecer intrometida, mas também queria saber mais sobre Devon, então tentei fazer uma piada para ver se arrancava mais alguma coisa dele.

— E você resolveu as equações complicadas que ele deixou no quadro-branco no corredor?

Ele me deu uma olhada que me fez pensar que tinha usado a abordagem errada, mas depois riu. Uma risada de verdade. E aquilo quebrou o gelo entre nós. Ele foi me falando tudo aos poucos, mas agora já tenho uma imagem completa de quem ele é de verdade.

Devon está sentado no balcão que se estende por toda a parede dos fundos. Normalmente, esses lugares são ocupados por clientes sozinhos ou casais, já que a estrutura não permite conversas com nenhuma outra pessoa além da que está sentada ao lado. Ele está jogando num daqueles livrinhos de somas cruzadas que adora e usando um fone de ouvido gigante do tipo que cobre as orelhas; mexe a cabeça e os ombros como se ouvisse uma batida, embora eu saiba que não há música nenhuma saindo daqueles fones.

Ele tem um QI muito acima da média. Se está acordado, precisa manter o cérebro ocupado, e é para isso que serve o livrinho nas mãos dele. Começou no MIT aos dezessete anos, mas disse que sabia que não ia durar muito tempo lá; não que ele não tenha aguentado a carga de trabalho, era mais porque ficou *loucamente entediado*. Palavras dele. A gota d'água foi quando recebeu a tarefa de construir um sistema de rede para uma empresa imaginária de publicidade on-line e acabou descobrindo que a empresa era verdadeira e que o professor estava colocando os alunos para trabalhar nos seus projetos paralelos.

Como o livre mercado é o que é, Devon contatou o cliente do professor e ofereceu vender o sistema diretamente para eles a um preço um pouco mais baixo, depois deu a dica para todos os outros alunos da turma, que seguiram o exemplo.

E foi assim que ele começou seus negócios. Não demorou muito a descobrir que os trabalhos mais rentáveis nem sempre funcionavam dentro da lei. Seu maior sucesso era conseguir informações que as pessoas nem sabiam de que precisavam e então oferecer a elas por um preço atrativo. Ele adora circular pelos lugares sombrios. Seus olhos brilham quando Devon consegue entrar em sistemas pensados para mantê-lo do lado de fora. E se você provar que é leal a ele, ele vai ser leal a você para sempre.

Peço um cappuccino e vou na direção de Devon. Escolho um banco que deixa um espaço vazio entre nós. Ele não olha na minha direção quando diz:

— Já entrei na rede do escritório do legista, então vou conseguir uma cópia da arcada dentária dela assim que subirem no sistema. Acho que não vou encontrar nada compatível, mas quem sabe?

Assinto, sem olhar para ele também. Não vai encontrar nada compatível mesmo. O sr. Smith não seria tão descuidado. Odeio o fato de que provavelmente nunca vamos saber quem ela era.

— E temos certeza de que é ela? Foi ela mesmo quem morreu no acidente?

Isso é algo que ele já deve ter verificado, mas tenho que perguntar mesmo assim.

Ele assente, o que é suficiente para eu saber que Devon tem certeza de que o corpo no necrotério é dela.

— Encontrei o último dossiê de instruções que ele deu a ela — conto.

Devon vira a página do livro.

— E o que dizia?

Pego o envelope no bolso, enfio dentro de uma revista velha e coloco no espaço vazio entre nós. Ele só vai pegar quando eu sair.

— Pode ver você mesmo, mas basicamente falou pra ela fazer contato e vasculhar meu quarto se conseguisse. Bem vago. Ela fez exatamente o que ele mandou. Eu tinha deixado uma coisinha pra ela encontrar.

— Não gosto nada disso. Nem um pouco — diz ele, em voz baixa.

— Não acha que foi um acidente?

Ele balança a cabeça de leve, só o suficiente para mostrar que não acha.

— Mas por quê? Acha que ela tinha terminado o trabalho e a gente não sabe?

— Ou fez merda e ele a tirou de cena.

— Na sua opinião, qual era o papel de James nisso tudo?

— Peão — responde Devon sem nem pensar. — Problemas sérios com drogas e apostas. Precisava desesperadamente de dinheiro. Muito fácil de manipular. Não me surpreenderia se Smith tivesse algo a ver com a perna quebrada do pai pra atraí-lo.

Jesus. Eu não tinha pensado nessa possibilidade.

— E achamos que Ryan está envolvido nisso para além de ser um alvo?

Tivemos uma conversa antes de eu ser enviada para cá, quando ainda não sabia quem era o alvo. Também discutimos a possibilidade de este trabalho como um todo ser apenas uma armação. Quando descobrimos que o alvo era Ryan, Devon investigou tudo o que conseguiu a respeito dele. Os relatórios que o sr. Smith manda sobre um trabalho nem se comparam com o tipo de dossiê que Devon me passa. Descobrimos sobre o negócio dele e quão bem-sucedido tinha se tornado. Fazia sentido que alguém quisesse passar a perna nele. O sr. Smith tinha usado o serviço de transporte de Ryan alguns anos atrás para transferir coisas em alguns trabalhos dos quais fiz parte, então é fácil entender por que Ryan estava no radar.

Devon balança os ombros algumas vezes, como se ele estivesse tentando decidir qual é sua opinião sobre o assunto.

— Primeiro, a gente sabe que tudo é possível, correto?

— Correto.

— Então, mesmo sabendo que tudo é possível, ainda acho que tem poucas chances, na minha opinião. Por mais que Ryan tenha seus negócios escusos, está muito enraizado nessa comunidade, o que vai totalmente contra tudo o que o sr. Smith procura quando vai recrutar alguém pra trabalhar com ele.

Eu era uma ninguém, sem família nem nenhuma outra conexão. Ninguém suspeitaria se eu desaparecesse. Ninguém lutaria por justiça se as coisas dessem errado comigo. Não é o caso de Ryan. Ele mora numa casa onde os vizinhos literalmente o viram crescer.

— Nós lidamos com fatos, e não tem nada que nos aponte para esse caminho — conclui ele.

Ficamos em silêncio por um minuto, os dois pensando a respeito desse último acontecimento. Por fim, digo:

— Eu a encurralei na cozinha. Disse que sabia pra quem ela trabalhava. E que ela podia facilmente estar no meu lugar em breve.

O lápis na mão dele para de se mover pela primeira vez desde que me sentei.

— Por quê, L?

"L" é o mais perto que ele já chegou de dizer Lucca, já que é um nome muito incomum, e qualquer pessoa que ouvir vai achar que meu nome é Elle. Mas, ainda com toda essa precaução, é muito raro que Devon se dirija a mim assim diretamente, então sinto o peso da pergunta.

— Precisava descobrir se ela achava que eu era um alvo comum ou se sabia que eu trabalhava pra ele também. Ela não sabia, aliás. A surpresa no rosto dela era real. E não foi nem como se eu tivesse revelado um grande segredo, já que ele mesmo tinha admitido que a mandou.

O lápis de Devon volta a se mexer e ele balança a cabeça no ritmo da suposta música.

— O maior feito do Smith é não dar aos subordinados informação alguma sobre qualquer coisa ou pessoa relacionada à organização dele. É assim que mantém todo mundo na linha. Ninguém sabe quem ele é e ninguém sabe a própria posição na cadeia.

O sr. Smith é o quebra-cabeça que Devon tenta desvendar há anos.

— E a polícia já está de posse do nome Evie Porter de Brookwood, no Alabama — digo, quase num sussurro, como se estivesse confessando meus pecados.

Essa confissão o faz virar o rosto para mim.

— Detalhes?

Conto sobre a visita à casa dos Bernard e a conversa com a polícia enquanto Devon segue rabiscando a página diante de si.

Quando termino, ele diz:

— Não estou gostando disso. Não gosto porque não consigo ver aonde vai dar. Acho que devemos fugir.

Isso me deixa na dúvida. Já estivemos em muitas situações cujo resultado positivo era duvidoso e ele nunca falou em fugir antes.

— E depois fazemos o quê? Quando viemos pra cá, já sabíamos que ele estava puto porque não consegui as informações da chantagem ao Connolly. Também sabíamos que ele tentaria descobrir se na verdade eu *tinha* conseguido mas guardei a informação. Se o sr. Smith me quiser fora da jogada, fugir não vai adiantar, mas vai limitar muito os caminhos que posso seguir, sobretudo agora que Lucca Marino não existe mais.

— Ainda assim, não estou gostando. Você vai estar completamente vulnerável enquanto não receber as próximas instruções. E se não receber nunca?

— Minha única escolha é seguir em frente. — Ficamos os dois sentados por pouco mais de um minuto, cada um perdido nos próprios pensamentos. Então pergunto: — E como está Heather?

Ele vira a cabeça e acho que vai me ignorar, mas depois de um tempo responde:

— Bem. Ela está bem.

— Vamos seguir o fluxo, Devon. É o único caminho.

Ele hesita por um momento e então diz:

— Peguei os detalhes do próximo carregamento grande que vai chegar a Glenview na quinta. Está na revista *People* na sua frente.

— Boa. Acho que Smith vai ficar confuso quando vir que ainda estou trabalhando no caso, mesmo depois da morte da mulher.

Em algum momento entre a primeira e a segunda rodada de informações sobre os negócios de Ryan que mandei para o sr. Smith, comecei a me arrepender do papel que estava desempenhando. Talvez fossem aquelas fantasias de que a casa de Ryan realmente poderia ser minha ou os desejos de que esta identidade fosse real, mas num momento de fraqueza alterei alguns dados essenciais sobre as finanças e os nomes dos clientes antes de entregá-los. Não é o suficiente para o sr. Smith perceber, mas vai dar a Ryan alguma chance de manter sua empresa.

Meu plano é fazer modificações similares no conjunto de informações mais recente antes de passá-lo à frente.

Devon não sabe que fiz isso e me sinto mal por não ter contado. Mas ele acharia que estou correndo um risco desnecessário.

— Vou deixar na caixa postal a caminho de casa.

A cabeça dele se vira bem de leve na minha direção.

— Aquela não é sua casa, L.

Estremeço ao ouvir aquelas palavras, depois pego a revista e coloco dentro da bolsa. Pego meu copo e me levanto do banco.

— Entro em contato em breve.

Assim que me viro para ir embora, ele diz baixinho:

— Por favor, tome cuidado.

CAPÍTULO 16

Presente

Depois que voltei do encontro com Devon, eu e Ryan passamos a noite nos empanturrando de comida de um restaurante, maratonando séries na Netflix e tentando esquecer o quão horrível foi o dia. As mensagens e ligações dos amigos de Ryan foram tão incessantes que ele acabou desligando o celular, algo que quase nunca faz. Nenhum de nós conseguiu dormir muito bem, então nesta manhã de segunda-feira está especialmente difícil sair da cama.

Embora Ryan tenha tirado algumas folgas no trabalho, vai ter um dia cheio, já que se ofereceu para ajudar a planejar o velório de James. Eu também podia ter tirado uma folga, mas não quero estar disponível para ir à casa dos Bernard de novo nem ser obrigada a inventar alguma desculpa no horário de almoço para ir encontrar Devon novamente.

Estou na cozinha servindo café para nós dois quando Ryan desce as escadas.

— Estou indo lá na casa dos Bernard com alguns dos outros caras — diz. — A sra. Bernard quer ajuda pra entrar em contato com o pessoal do trabalho dele pra avisar o que houve. Depois vamos na funerária.

— É, não invejo você hoje. — Entrego a caneca e começo a arrumar a bolsa para sair. — Droga, deixei meu celular carregando lá em cima.

Quando desço as escadas de volta, Ryan já está esperando na porta com a bolsa no ombro, a caneca de café numa mão e as chaves na outra.

— Não devo chegar muito tarde — diz.

Pego minhas coisas na cadeira.

— Eu também não. Me liga quando estiver vindo pra casa e dou um jeito de sair mais cedo — digo, e vamos juntos para a garagem.

Pouco antes de chegar à porta do meu 4Runner, Ryan me puxa para perto e me dá um beijo suave.

— Estou apavorado com o dia de hoje — diz ele, em voz baixa. — É horrível eu não querer ir lá?

Passo a mão no seu rosto, depois o abraço pelo pescoço e o puxo para bem perto. Ele enterra o rosto na lateral do meu pescoço.

— Eu sinto muito mesmo — sussurro no ouvido dele.

Percebo o celular vibrando na bolsa, mas não solto Ryan até que ele esteja pronto.

Não sei quanto tempo ficamos ali de pé, abraçados, mas a certa altura ele se solta, me dá um último beijo e se afasta.

Entro no meu carro e ele no dele. A porta da garagem abre, e ele faz sinal para eu sair primeiro. Começo a manobrar com cuidado para fora da garagem, porque o espaço é apertado, e verifico o retrovisor do passageiro para me certificar de que não vou arranhar o carro dele.

Assim que saio, pego o celular para dar uma olhada rápida, já que raramente recebo qualquer notificação. É uma mensagem de um número desconhecido, e meu coração começa a acelerar. Tenho certeza de que Ryan está se perguntando por que parei no meio do caminho.

Abro a mensagem.

Número desconhecido: 911

Merda. É um aviso de Devon para dar o fora daqui. Levanto a cabeça e Ryan está saindo do carro, olhando para a rua atrás de mim.

Olho para o retrovisor, com medo do que estará lá.

Três viaturas da polícia estacionaram atrás de mim, bloqueando os dois carros.

Levo só alguns segundos para perceber que não vou conseguir passar por eles. Também penso que teria visto a mensagem de Devon assim que a recebi se não tivesse ficado abraçada a Ryan na garagem. Aqueles poucos minutos podem ter me custado uma fuga.

Ryan vem até minha porta e tenta abri-la, mas o carro ainda está trancado, já que estou com a ré engatada. Faço um inventário mental rápido do que há neste carro que talvez possa me complicar, mas sei que não há nada.

Ele bate na janela.

— Evie, abre.

Os olhos dele se voltam para os policiais que se aproximam.

Com movimentos lentos e deliberados, estaciono o carro e desligo o motor. Assim que Ryan ouve a tranca destravar, abre a porta e me puxa para fora.

Seu rosto não tem qualquer expressão. Embora eu não o tenha visto durante aquela conversa com o funcionário trambiqueiro, imagino que seu rosto estivesse desse mesmo jeito.

Será que acha que estão aqui para pegá-lo porque descobriram suas atividades em East Texas? Até agradeço a gentileza quando ele se coloca entre mim e os policiais, mas pela mensagem de Devon sei que estão aqui por minha causa e ele não vai poder me salvar do que está prestes a acontecer.

— Não se preocupe — sussurra ele. — Vou cuidar disso.

Ryan acha mesmo que estão aqui por causa dele.

O mesmo policial da casa dos Bernard, xerife Bullock, vem caminhando à frente, os olhos provavelmente brilhando por trás dos óculos espelhados.

— Srta. Porter — diz ele, as mãos apoiadas no cinto da arma na cintura. — Vou precisar que venha até a delegacia comigo para responder algumas perguntas.

Ryan está com as mãos nos quadris, o corpo bloqueando o acesso da polícia a mim.

— Do que se trata?

O xerife Bullock olha para mim.

— Há um mandado de testemunha essencial pra você com a polícia de Atlanta, com relação à morte de Amy Holder.

Vejo os outros dois policiais se aproximarem e não quero que isso fique pior do que já está. Os Rogers, vizinhos de porta de Ryan, acabaram de voltar da caminhada deles e observam tudo, além de várias outras pessoas do outro lado da rua. Alguns carros pararam ao longo do quarteirão. Esta ruazinha silenciosa e cheia de árvores nunca foi palco de tamanha agitação.

Coloco a mão no ombro de Ryan, que se vira para mim. Não falo nada, mas faço um movimento de cabeça deixando claro que está tudo bem. Ele me olha por um ou dois segundos, tentando decifrar minha expressão e entender o que está acontecendo. Os policiais são gentis ao me conduzir até a viatura mais próxima. Felizmente, ninguém se aproxima do meu carro, então tenho esperanças de que ainda estará aqui quando eu voltar.

Amy Holder era o alvo do meu último trabalho, aquele que não terminei a contento do sr. Smith. Mas meu codinome para *este* trabalho, Evelyn Porter, deveria ter uma identidade limpa e não estar de forma alguma conectada a Amy Holder ou sua morte. O fato de me levarem para ser interrogada sobre a morte dela é um indicativo de que fui exposta, e isso de alguma forma tem a ver com o próximo passo do que quer que seja que o sr. Smith está planejando para mim.

É preciso mais foco do que se imagina para ficar sentada, completamente imóvel. Não bati com os pés no chão, não fiquei me mexendo na cadeira nem olhei para nenhum outro lugar que não fosse a parede cinza bem diante de mim. Minha respiração permanece regular, inspirando pelo nariz e expirando pelos lábios ligeiramente abertos. Os olhos piscam num ritmo normal, nem muito rápidos, nem muito lentos.

Sei que estão me observando pela parede de espelho do lado esquerdo, mas me recuso a dar a eles o mínimo movimento que seja do dedo mindinho, porque nunca me esqueço do que Devon disse na primeira vez que o encontrei na vida real: "Dá pra saber muito sobre uma pessoa quando observamos como seu comportamento ao ser deixada esperando por muito tempo."

Houve uma grande produção para me trazer até esta sala de interrogatório e me colocar sentada diante desta mesa. Policiais uniformizados e detetives à paisana entraram e saíram, todos querendo desempenhar um papel. Eles me ofereceram algo para beber e perguntaram se eu precisava usar o banheiro. Fizeram pergunta atrás de pergunta e fui respondendo tudo com o menor número possível de palavras. A última pergunta quem fez fui eu. Perguntei se podia trazer um advogado.

Solicitei que chamassem Rachel Murray, embora tenha certeza de que Ryan mesmo já ligou para ela.

Pouco depois, Rachel chega e se senta diante de mim. Fico em silêncio enquanto ela me examina sem disfarçar. Não tinha muita certeza do que esperar dela — deleite ao me ver detida, medo de se sentar diante de alguém que talvez estivesse envolvida em um assassinato ou dúvida do motivo que me levou a chamá-la —, mas não vejo nada disso. O rosto dela é tão inexpressivo quanto o meu, e fico satisfeita com o caminho que decidi seguir.

Ela vai me obrigar a falar primeiro, o que eu respeito.

— Você aceita me representar? — pergunto.

Eu me recuso fortemente a dizer qualquer coisa a ela que não seja protegida pela confidencialidade entre advogado e cliente.

— Aceito — responde, e então pega um documento dentro da pasta apoiada ao lado dos pés. — Imaginei que não falaria comigo sem isso.

É um acordo-padrão estabelecendo nossa relação profissional, na qual Rachel agora é minha advogada. Assino na parte de baixo e a observo rabiscar o nome abaixo do meu.

— Imagino que esteja de acordo com a conta que vou mandar pra você — afirma ela.

Assinto.

— Claro.

Ela coloca o documento de volta na pasta e vai até a porta. Abre um pouco e diz:

— Eu sou a advogada da srta. Porter, então por favor desativem os microfones e vídeos da sala.

A porta se fecha, ela vai até a janela e abaixa a persiana.

Agora preciso confiar neste sistema e acreditar que ninguém vai ouvir o que estou prestes a contar para ela. Esta nesga de privacidade me incentiva a me mexer sobre o assento e deixar o sangue voltar a correr para as áreas que estavam precisando dele.

Ela semicerra o olho esquerdo ao me observar.

— Ryan me ligou assim que eles saíram com você. Quando você me solicitou como advogada, eu já estava aqui. Fiquei surpresa, pra dizer o mínimo.

— Sabe o que eles têm contra mim? Por que acham que eu sou uma testemunha essencial? — pergunto, por fim.

— O xerife Bullock procurou pelo seu nome e por Brookwood, Alabama, no sistema depois que saiu da casa dos Bernard. O mandado apareceu. Ele ligou e conversou com o policial que está investigando o caso de Amy Holder hoje de manhã. Eles acreditam que você estava no local quando ela morreu, tem conhecimento do que aconteceu nos momentos que antecederam a morte dela ou contribuiu de alguma forma para a morte. Pediram que você fosse trazida, então os agentes locais foram lá te pegar na casa de Ryan.

Evie Porter e Brookwood, Alabama, não deviam ter *nenhuma* ligação com Amy Holder, *de jeito nenhum*.

— Que prova eles têm de que eu estava lá?

— Disseram que existe uma foto de você no local. A polícia disse que a delegacia de Atlanta não compartilhou a imagem com eles, por isso não podiam me mostrar. Não sei se isso é verdade. De qualquer forma, requisitei uma cópia e me disseram que vão enviar.

Assinto enquanto assimilo a informação.

— Como sabem que a pessoa na imagem é Evie Porter especificamente?

Rachel inclina a cabeça para o lado.

— Não sei se entendi o que está perguntando.

E tenho certeza de que ela está imaginando por que me referi a mim mesma na terceira pessoa.

— Existe uma ficha completa sobre Evie Porter? Tem algo mais além da presença dela no lugar onde Amy Holder morreu? — pergunto, a voz frustrada.

Ainda não estou pronta para contar tudo a ela, mas preciso saber tudo que Rachel sabe. Não estou numa situação em que posso recuperar a identidade Lucca Marino, então preciso protegê-la um pouquinho mais até ter certeza do que está acontecendo. Por enquanto, Lucca Marino está morta e eu estou empacada sendo Evie Porter.

Rachel se inclina para a frente e coloca os braços em cima da mesa.

— Quer me contar o que está acontecendo? Não posso ajudar se você esconder informações de mim.

— Eu conhecia Amy Holder. — Ela não demonstra qualquer surpresa com aquela confissão. — Mas quando a conheci, meu nome não era Evie Porter.

Ela inclina a cabeça para o lado.

— E qual era?

— Regina Hale.

— Regina Hale — repete ela.

Assinto, e ela me encara.

— Você é Regina Hale? — pergunta.

Nego com a cabeça.

— Regina Hale é uma pessoa real que você fingiu ser? — pergunta ela, depois de um tempo.

— Não.

— Está sendo vaga de propósito? Porque se for mais importante manter seus segredos do que confiar em mim, eu vou embora.

Meu Deus, ela é durona. E é exatamente do que preciso.

— Regina Hale era o nome que eu usava quando morava perto de Atlanta. O que eu sei é que a morte de Amy foi considerada um acidente.

Rachel se recosta na cadeira, os braços cruzados como se estivesse me estudando sem nenhuma cerimônia.

— Seu nome verdadeiro é Evie Porter?

Hesito por um tempo tão longo que ela já sabe a resposta, mas ainda assim espera que eu diga.

— Não.

— Qual é seu nome verdadeiro?

— Não é Evie Porter.

Não estou pronta para dizer tudo. Ainda não.

Observamos uma à outra, ambas tentando determinar quem vai ceder primeiro. Por fim, Rachel pega mais alguns papéis na mala.

— Esta é minha pesquisa pessoal. Posso descobrir se a polícia tem algo mais além disso.

Embora eu soubesse que ela faria a própria pesquisa sobre mim, não estou preparada para o primeiro item que coloca na minha frente. É a cópia de uma carteirinha de estudante da

Universidade do Alabama com o nome Evelyn Porter e uma foto minha de sete anos atrás.

— O que é isso? — pergunto.

Reconheço a foto. É do primeiro trabalho que fiz. O caso dos Kingston, com o nome Izzy Williams, mas aqui ela está numa carteira de estudante de Evelyn Porter.

Rachel não diz nada, mas me entrega outro papel. É a cópia de uma carteira de motorista de seis anos atrás. Mais uma vez, uma foto minha, mas o nome no documento é Evelyn Porter. A imagem é uma que usei para o caso de Andrew Marshall sob o nome Mia Bianchi.

Mais um papel em cima da mesa. O passaporte de Evelyn Porter, com data de quatro anos atrás. Mais uma foto minha que tinha sido usada num trabalho na Flórida, sob o nome Wendy Wallace.

Mais três folhas. Uma conta de luz, uma multa por alta velocidade e um atestado médico. Mais três provas de que eu sou Evelyn Porter.

Passei oito anos escondendo minha real identidade enquanto o sr. Smith passou oito anos criando uma nova para mim.

Devon e eu somos muito detalhistas nas nossas pesquisas a respeito das cidades e dos alvos, mas não mergulhar fundo no nome designado para mim foi um erro.

Rachel espera alguma reação minha. Quando percebe que não vou lhe dar nada, se recosta na cadeira e solta o ar pesadamente.

— Ainda quer me dizer que não é Evelyn Porter?

Volto a ficar imóvel. Calma. Serena. Meu cérebro pode estar fritando com um milhão de possibilidades diferentes, mas me recuso a deixar alguém perceber isso.

— Se você não é Evelyn Porter e se recusa a me dizer quem é de verdade, como posso te ajudar?

— Preciso sair daqui. E de alguns dias pra resolver tudo isso.

Ela já está balançando a cabeça.

— Posso tentar, mas não tenha muita esperança. Estão te procurando há um tempinho e não querem correr o risco de você desaparecer. O que eles têm agora é um pedido formal pra te interrogar como uma potencial testemunha essencial, não como suspeita da morte, o que é bom, mas não imagino que vão deixar você sair daqui hoje. Talvez consiga te tirar em um ou dois dias, mas com a condição de que você vá pra Atlanta imediatamente pra ser interrogada.

Tempo é do que mais preciso neste momento. Espero alguns segundos, considero as opções, depois pego o caderno e a caneta de Rachel. Escrevo um nome e devolvo para ela. Não quero dizer em voz alta, caso ainda estejam ouvindo.

— Ligue pra esse homem. Diga que sua cliente estava em Hilton Head em junho de 2017. Diga pra ele me tirar daqui. Hoje.

Rachel se inclina para a frente, o rosto um pouquinho mais pálido do que antes.

— Você quer que eu ligue pra *ele*, mencione Hilton Head, junho de 2017 e então... que ele mexa os pauzinhos pra te tirar daqui?

Aquilo não é bem uma pergunta, então nem me dou ao trabalho de responder.

Ela assente e sai da sala. Estou surpresa por não ter reclamado do pedido misterioso, mas estou descobrindo que não dei crédito suficiente a Rachel.

Nunca quis estar sentada aqui, lidando com o que estou lidando, mas estava preparada para isso. É hora de cobrar o favor.

A porta se abre devagar, mas ainda não deu tempo de Rachel voltar. Relaxo na cadeira, pronta para jogar o jogo com os detetives. Mas é a cabeça de Ryan que aparece olhando para dentro, como se ele não tivesse muita certeza se aquela era a sala certa.

Quando pensou que a polícia estava lá atrás dele, ficou preocupado em me proteger. Agora, olha para mim com certa apreensão.

— Rachel convenceu os policiais a me deixarem falar um minutinho com você. Acho que ficaram todos muito assustados pra dizer não a ela. Mas ela disse que as câmeras e os microfones devem estar ligados de novo.

Provavelmente querem que Ryan fale comigo, na esperança de que eu diga algo que possa ser usado contra mim.

Ele hesita por um momento, depois vem para o meu lado e me dá um abraço. A onda de emoções que me invade me surpreende. É um alívio vê-lo. Ele me abraça, aperta com força e murmura em voz baixa:

— Caramba, Evie.

Eu deveria me afastar. Interromper o contato.

Mas não consigo soltá-lo.

Não quero soltá-lo. A culpa por eu estar com a guarda tão baixa é deste dia longo... dos últimos dias longos.

— Você está bem? — pergunta ele.

— Estou. Melhor agora que você está aqui.

Ele se afasta um pouco para me olhar.

— Rachel disse que está tentando tirar você daqui.

— Que bom. Isso é bom.

Ele parece cansado. As últimas vinte e quatro horas não foram fáceis para ele. Primeiro, perde o amigo de infância, depois a namorada é levada pela polícia.

Ryan entrelaça os dedos aos meus.

— O que está acontecendo, Evie? Aquele policial disse que você era procurada pra ser interrogada como testemunha essencial da morte de uma mulher em Atlanta. Acham que você estava lá quando aconteceu.

— É, foi o que me disseram também. Fiquei tão surpresa quanto você de quererem falar comigo. Não tinha a menor ideia de que havia um mandado por aí com meu nome — digo, certificando-me de não falar nada que não falaria diante dos policiais, já que provavelmente estão ouvindo.

— Mas isso significa que acham que tem algo suspeito na morte dela? Quer dizer, por que outro motivo precisariam de um mandado pra falar com você?

Respiro fundo e solto o ar.

— Não tenho a menor ideia de por que acham que eu sei de alguma coisa.

Ele assente enquanto falo, como se estivesse considerando se acredita ou não nas minhas palavras.

Antes que eu diga mais alguma coisa, Rachel abre a porta e entra na sala. Seu olhar se reveza entre nós dois, o julgamento muito claro. Estou mentindo para o amigo dela.

— Evie — diz ela, com ênfase no meu nome. — Fiz a ligação. Parece que foi bem-sucedida. Vamos ter certeza logo, logo.

Assinto porque sabia que seria.

Ela olha para Ryan.

— Pode nos dar uns minutinhos? Preciso bater algumas coisas com Evie.

Ele olha para nós duas, com certeza se perguntando o que vamos falar de tão confidencial que ele não pode ouvir.

Não falo que ele pode ficar, então Ryan diz:

— Claro. Vou esperar lá fora.

E sai.

Ela faz um gesto com a mão ao redor da sala.

— Microfones e câmeras estão desligados de novo.

Assinto e aguardo o que ela quer dizer que ninguém mais pode escutar.

— Vai contar a ele quem você é de verdade?

— Contratei você pra resolver os aspectos legais da minha vida, não os pessoais.

Ela não se abala.

— Ele é meu amigo.

Não respondo, e ficamos nos encarando por alguns segundos até que ela diz:

— Volto assim que a liberação sair. Se sair.

— Vai sair.

Ela dá uma olhada para mim ao deixar a sala.

Eu me recosto na cadeira e tento clarear a mente para começar a me planejar.

Lucca Marino — Seis anos atrás

Dirijo sem pressa de Hilton Head até Raleigh, na Carolina do Norte, com as últimas doze horas martelando na minha cabeça. Não deveria me importar com o que Andrew Marshall acha de mim agora, mas me importo. Estou fora de alcance. Matt ligou para meu celular um milhão de vezes e mandou diversas mensagens com ameaças, mas não me abalo.

Estaciono na porta do AAA Investigações e Fianças na metade da manhã de segunda-feira, quase quarenta e oito horas depois de deixar Andrew naquele resort na Carolina do Sul, ainda que tenha sido orientada a nunca mais colocar os pés ali.

Matt não está me esperando.

Na última vez que estive aqui, estava apavorada. Tinha acabado de sair correndo da casa dos Kingston, onde havia deixado Jenny Kingston sangrando no chão, talvez à beira da morte, e Miles dormindo no sofá.

Hoje é diferente.

Hoje entro no escritório dele como se fosse a chefe.

Há poucas pessoas na sala de espera e a mesma garota na recepção. Ela abre um sorrisinho quando me aproximo, mas sua expressão muda depressa quando passo por sua mesa e sigo para o corredor.

— Espera! Precisa dar seu nome primeiro! — grita ela, correndo atrás de mim.

Abro a porta do escritório de Matt e ela para antes de esbarrar em mim.

— Onde é que você estava, porra?! — grita Matt assim que me vê, e então olha para a recepcionista atrás de mim. — E você, volta lá pra frente, cacete!

Ela vai embora, e eu fecho a porta do escritório.

Eu me sento diante da mesa, na mesma cadeira na qual me sentei dois anos atrás.

Ele parece não ter dormido desde sexta-feira. Desde a última vez em que nos falamos. Desde a última vez em que assistiu aos vídeos das câmeras que havia montado. Logo antes de eu cortar o sinal.

— Minha garota procurou Andrew o fim de semana inteiro! Foi até lá bater na porta dele! E onde você foi? Virou a porra do Houdini nesse trabalho!

Seu rosto está vermelho e os perdigotos voam da sua boca.

— Seu plano era idiota. Eu fiz melhor — respondo, sem urgência.

Ele aperta os dentes e me encara com um olhar frenético.

— Como assim? — pergunta, enfim.

— Liga pro sr. Smith — digo.

E agora parece que ele quer me matar.

Matt dá a volta na mesa e para na minha frente. Ele se abaixa e coloca as mãos nos braços da cadeira para me encurralar.

— Você responde a mim.

— Não. Não respondo mais. — Levanto o braço e olho para o relógio. — Você tem cinco minutos, senão vou embora. E você não quer que eu vá embora.

Estou jogando um jogo perigoso, mas preciso seguir meu instinto. Ele nunca me decepciona.

Ficamos nos encarando por um longo e tenso minuto.

Algo aconteceu quando tomei as rédeas desse trabalho e fiz tudo por mim mesma. E não vou voltar ao que era antes.

— Quatro minutos.

Ele empurra minha cadeira com tanta força que ela quase vira. Levanto os pés para recobrar o equilíbrio. Matt pega o telefone, vira de costas para mim e fala em voz baixa com o sr. Smith.

Alguns segundos depois, ele coloca o telefone no viva-voz.

— Fala — diz Matt.

Silêncio do outro lado da linha, mas não deixo que isso me intimide.

— Andrew Marshall é um pateta. Jamais trairia a mulher. Ele é muito bonzinho. E se a gente forçasse alguma coisa, a vergonha iria fazê-lo abandonar a eleição. Não iria adiantar nada ter material contra alguém que não tem poder. Era só passar dez minutos com aquele cara pra perceber isso.

Matt quase me fura com os olhos enquanto deixo o silêncio do sr. Smith preencher a sala.

— Mas consegui algo melhor. O senador Nelson. Ele já tem mandato há dezoito anos. Está em todos os bons comitês. Ama Deus, sua esposa, seu país. E ama levar tapa na bunda com uma mordaça na boca. É todo seu. É só me dizer pra onde envio o pendrive.

É muito claro que estou passando por cima de Matt ao não entregar tudo para ele. O que não digo é que Andrew Marshall agora é meu. Ele vai ser governador em breve e tem noção de que esteve prestes a cair numa armadilha, além de compreender quem foi que o salvou.

Olho para Matt, que olha para o telefone. Há uma gota de suor escorrendo da testa dele.

A conversa com Andrew foi difícil. Quando ele acordou no dia seguinte, ainda na varanda, tinha muitas perguntas. E eu respondi a todas.

Alerta. É assim que ele precisa ficar daqui para a frente. Nada de confiar cegamente em ninguém, mesmo que a pessoa se prove confiável. É uma lição difícil de aprender. Ele me agradeceu e me ofereceu a ajuda que eu quisesse para sair dessa vida. Para ter uma vida honrada, longe do crime. Porque Andrew Marshall é assim.

Eu o abracei, agradeci e prontamente fui embora.

E também sei que, se algum dia precisar dele — precisar mesmo —, ele vai estar lá para me ajudar.

Quando parece que o sr. Smith não vai falar nada, eu continuo:

— Você pode não gostar de eu ter alterado o plano, e talvez os resultados não sejam o que queria, mas o plano de Matt teria dado errado. E o senador Nelson é melhor do que um plano fracassado e recursos desperdiçados. Se quiser continuar utilizando meus serviços, só vou lidar diretamente com você. Não com Matt. Eu sou boa no que faço. Melhor do que ele. E você sabe disso.

Silêncio.

Matt está furioso. A vermelhidão sobe rapidamente pelo pescoço, e seu maxilar está tenso.

Por fim, o sr. Smith fala:

— Matt, dê seu telefone pra Lucca e vá esperar no corredor. Lucca, quando ele tiver saído, feche a porta e me tire do viva-voz.

Os olhos de Matt parecem que vão pular para fora. Ele sai do escritório e bate a porta. Pego o celular e aperto o botão para tornar a ligação privada.

— Pronto — digo.

— Fiquei sabendo que o evento na suíte de Andrew Marshall na sexta à noite foi um acontecimento.

Não hesito.

— Foi. Convidei todos os figurões pra um coquetel particular quando me dei conta de qual era o plano de Matt. Sabia que não conseguiria arrancar nada do Andrew, então era melhor conseguir de alguém tão ou mais importante que ele.

Silêncio.

E então mais perguntas:

— E onde Andrew Marshall estava durante essa festa? Se você tem as imagens que diz ter, ele foi testemunha do comportamento do senador?

— Eu apaguei Andrew e o deixei dormindo na varanda. O senador Nelson levou uma das garotas para o quarto dele, e foi lá que tudo aconteceu.

Silêncio novamente. A espera entre minhas respostas e as novas perguntas é intimidante, o que com certeza é proposital.

— As orientações de Matt foram entregues a você às quatro e meia da tarde, e você enviou os convites para o coquetel privado no quarto de Marshall às cinco e quarenta e cinco. Como é que conseguiu tecnologia e pessoas para organizar tudo isso em tão pouco tempo? Ou já estava planejando mudar tudo antes de receber as orientações?

Seria ingênuo acreditar que ele simplesmente aceitaria o que eu estava falando.

— Como você mesmo já disse, eu me viro e resolvo problemas com rapidez. Este é mais um exemplo. Não fui para o fim de semana achando que teria que mudar o plano, mas teria sido pouco profissional não estar preparada para qualquer eventualidade. Quando recebi as instruções, ficou claro que Matt estava à frente desse trabalho. Foi descuidado e amador.

— E devo acreditar que terminou o fim de semana sem ter nada contra Marshall? Que ao longo de todo esse tempo não descobriu nem uma coisinha que possa ser usada como vantagem contra ele?

— Essa é a verdade. Ele é mesmo totalmente limpo.

Dá para ver que ele não acredita em mim. Depois de um minuto de silêncio, dou uma olhada no telefone para checar se ele ainda está na linha.

— O senador Nelson vai ser útil, embora não seja o alvo para o qual a enviamos, mas reconheço e aprecio o fato de ter salvado um caso — diz ele. — Daqui para a frente, vai responder diretamente a mim. Vamos ver como isso vai funcionar.

Por enquanto. Você é mesmo uma surpresa. A ver se é uma surpresa boa ou ruim.

Ignoro o tom sinistro da última parte.

— Meu pagamento vai estar de acordo com minha nova posição, correto?

Não estava esperando a risada.

— Você não tem medo de me pressionar, não é?

— Você me respeitaria se eu tivesse?

Ele ignora a pergunta.

— Vamos ver se você é tão boa quanto pensa. Tem uma situação na Flórida em que você pode ajudar. Uma cidadezinha universitária pacata cheia de dinheiro. Preciso que vá até lá.

— Sem problemas — respondo, sem hesitar.

Embora não saiba qual é o trabalho, sei que é minha única chance de provar que mereço subir de nível.

— Vá para o Holiday Inn Express perto do aeroporto. Faça o check-in com seu codinome atual e aguarde as próximas orientações.

Então ele desliga.

— Terminei de falar com ele — grito para a porta fechada, e Matt entra em segundos, arrancando o celular da minha mão.

— Você vai se arrepender disso — diz ele.

Dou de ombros, depois tiro um cisne de origami bem pequeno do bolso e o deixo no canto da mesa.

— Que porra é essa?

— Pra você se lembrar de mim — respondo, saindo do escritório em seguida.

No momento em que deixo o prédio, há pequenas caixas brancas sendo entregues em diversos locais diferentes. Em cada uma, há um origami parecido com o que acabei de dar a Matt. Ao abrir o cisne, cada destinatário dá de cara com uma foto própria numa posição bastante comprometedora e as palavras "Hilton Head 2017" escritas embaixo com canetinha vermelha. É isso.

Acabei de tornar minha equipe um pouquinho maior, ainda que seus membros não estejam nela por escolha. Um favor foi cobrado naquela noite na qual quase fui presa em Raleigh, e foi o necessário para me tirar de uma enrascada.

Vai haver um momento em que vou precisar desses caras, e eles vão vir correndo. Agora tenho um bom grupo de políticos respeitáveis e tementes a Deus na palma da mão. Um senador, alguns deputados, diversos prefeitos e parlamentares locais. E o pobre juiz McIntyre, da Louisiana, que foi de penetra no coquetel com um amigo.

CAPÍTULO 17

Presente

O juiz McIntyre desempenhou seu papel com louvor. Como eu sabia que faria. Estou no carro com Ryan, voltando para casa, e Rachel nos segue no próprio veículo. Concordou em ser a responsável pelas minhas ações, então acho que não vou me livrar dela tão cedo.

Para poder sair da delegacia hoje, tive que concordar em ir para Atlanta na sexta de manhã encontrar os detetives que vão me interrogar sobre as circunstâncias da morte de Amy Holder. Se eu me recusasse, ficaria detida no departamento de polícia de Lake Forbing até que fosse enviada uma escolta pelo departamento de polícia de Atlanta para me levar lá. Se eu não estiver presente na sexta de manhã, haverá um novo mandado expedido no meu nome, dessa vez de prisão, por não comparecer ao interrogatório.

Até ontem, o plano do sr. Smith não estava muito claro, mas agora está. Embora eu acreditasse que, a qualquer momento, poderia voltar a ser Lucca Marino, depois de hoje percebi que vai ser quase impossível abandonar a identidade Evie Porter. Como condição para ser liberada, fui fotografada e tive minhas impressões digitais recolhidas, então não apenas entrei *no sistema* pela primeira vez... entrei como Evelyn Porter.

Tomei tanto cuidado para manter Lucca Marino segura e fora do radar — uma tela em branco a ser preenchida quando eu estivesse pronta — que não tenho nada para provar que sou mesmo ela. Já Evie Porter tem todo um histórico que inclui fotos, impressões digitais recém-recolhidas e um mandado para testemunhar a respeito da morte de Amy Holder.

Há oito anos, o sr. Smith me salvou de uma possível prisão. Agora, estruturou tudo para me colocar em outra.

É segunda-feira e metade do dia já se passou, então tenho apenas três dias inteiros para resolver isso.

Está muito silencioso no carro.

De todas as perguntas que rondam minha cabeça neste momento, a que mais me atormenta é: *Por que o sr. Smith dobraria a aposta* neste *trabalho*? Posso até estar presa nesta cidade e nesta identidade por enquanto, mas meu trabalho aqui está feito. Era mesmo um serviço de verdade ou apenas um pretexto para me prender num lugar?

— Pode me perguntar o que quiser — digo, enfim, quando não aguento mais.

— Como ela morreu? A mulher desse interrogatório.

— Num incêndio.

Ele estremece de leve, os olhos ainda focados na estrada.

— Como a conheceu?

— No trabalho — respondo. O que é verdade. Ela foi o meu último alvo.

Estamos a poucos minutos da casa dele e Ryan não me perguntou mais nada, então insisto:

— Não vai me perguntar se eu estava lá? Se sei o que aconteceu com ela? Se tive alguma participação?

— Não. E não é porque não queira respostas. — Ele se vira e me olha por um segundo, então se volta para a estrada. — É porque sei que você ainda não está pronta pra me contar a verdade e prefiro que não minta pra mim.

— Não está com medo de estar transando com uma criminosa? — pergunto, sem nenhum traço de humor no tom de voz. — Não tem medo de eu colocar fogo na sua linda casa?

Pressão, pressão, pressão.

A risada triste dele preenche o interior do carro.

— A rua inteira viu minha namorada ser levada pela polícia. Passei o dia todo na delegacia fazendo de tudo pra soltarem ela. E agora ela está querendo brigar na volta pra casa porque me recuso a ficar de joguinho. — Ryan me olha de novo. — Estou feliz com isso que está acontecendo? Não. Estou aqui pra te apoiar no que for preciso? Sim. Estou com medo de você? Não. Sou paciente e posso esperar até que você esteja pronta pra falar comigo a respeito disso. Mas não vou ter conversas hipotéticas sobre esse assunto.

As palavras dele me atingem de um jeito que eu não esperava.

Ryan estende a mão para segurar a minha, o que suaviza a tensão.

— Nós vamos pra Atlanta, você vai dizer pra eles que não sabe de nada, responder às perguntas e então podemos voltar ao normal.

Ele diz isso de um jeito tão decidido que quase acredito ser uma possibilidade para mim.

Não tenho nem ideia de como seria o "normal".

Paramos na garagem, mas Ryan não desliga o motor.

— Preciso ir ao escritório pegar umas coisas, já que não consegui ir lá mais cedo — diz ele, olhando pelo retrovisor.

Saio do carro antes de dizer algo de que me arrependa. O discurso dele estava me dando vontade de contar sobre tudo que não devo, e agora Ryan está fugindo de mim. Já estou quase dentro de casa quando ouço Rachel fechar a porta do carro, os saltos batendo no concreto atrás de mim.

— Evie, precisamos ter uma conversinha — diz ela, entrando comigo pela porta dos fundos.

Assinto, mas não me viro para ela.

— Preciso de um banho primeiro. E de um tempo. Me dá uma hora.

Subo as escadas antes que ela diga alguma coisa.

Paro diante da porta fechada do quarto. Nunca fechamos essa porta quando o cômodo está vazio. Penso na manhã de hoje, quando estávamos nos arrumando para sair, os dois se movimentando em ritmo lento, ainda meio grogues do fim de semana. Eu desci primeiro, Ryan foi pouco depois, mas então subi de volta para pegar o telefone que havia deixado carregando ao lado da cama.

A porta estava aberta quando saí do quarto.

Giro a maçaneta devagar e então abro.

A cama está feita, outra coisa que raramente acontece e com certeza não seria o caso de hoje, dada a situação em que estávamos. Vasculho o quarto e tenho um sobressalto quando vejo o que me aguarda na mesa de cabeceira do meu lado da cama.

Um cisne de origami.

Está escondido atrás do abajur e é pequeno, para não chamar a atenção de ninguém além de mim.

Eu o encaro por mais tempo do que deveria, dando-lhe um poder que não merece.

Enfim pego o cisne e abro as dobras. Dentro dele, encontro outro papel. Há duas fotos impressas em um dos lados. É isso o que os policiais em Atlanta têm contra mim, cortesia do sr. Smith, com certeza. E ele o entregou para mim do mesmo jeito que fiz com o juiz McIntyre ao avisá-lo do que tinha contra ele.

Na imagem de cima, estou parada do lado de fora de um hotel no centro de Atlanta, e Amy Holder está a poucos metros de distância; o rosto dela está transtornado e ela tem as mãos levantadas, me dando o dedo do meio. Na segunda imagem, estou entrando no hotel atrás de Amy. O mesmo onde, apenas alguns minutos depois, todos os celulares na rua filmaram as nuvens pretas de fumaça que saíam da janela dela. Fica claro que havia um problema entre nós e que eu a segui para dentro do hotel.

Eu me lembro perfeitamente desse momento. As coisas que ela falou, irritada. Os olhares de todo mundo que estava perto. E então, depois, o som das sirenes do caminhão de bombeiros, as pessoas gritando e o cheiro cáustico de fumaça.

É a prova perfeita, que, além de me colocar na cena do crime, mostra um momento de confronto com a mulher morta. Se eu conheço bem o sr. Smith, há outras fotos de diferentes ângulos tão desfavoráveis quanto estas e que podem ser enviadas para a polícia de Atlanta quando ele quiser. Isso é apenas uma provinha para aguçar o apetite deles.

No verso do papel está o que ele quer de mim.

É uma foto minha tirada no mesmo dia, mas em outro lugar. Estou saindo de um banco a alguns quarteirões do hotel onde tudo aconteceu.

No canto inferior do papel há um número de telefone. Pego o celular na bolsa e ligo na mesma hora.

— Não esperava sua ligação tão cedo. Não achei que conseguiria sair de lá tão rápido — diz o sr. Smith, a voz robótica um pouquinho mais aguda que o habitual.

— Você sempre me subestimou.

Faço um enorme esforço para manter um tom descontraído.

— Você vai me entregar o que pegou com Amy Holder em Atlanta, senão as coisas não vão acabar bem pra você.

Semicerro os olhos e respiro fundo em silêncio.

— Já expliquei o que aconteceu lá. Não consegui pegar. Ficou pra trás. Queimou no fogo.

— E o que é que tem naquele cofre no banco?

Olho de novo para a foto em que estou diante do banco.

— Por favor, não vá me dizer que armou pra cima de mim com a polícia só por causa dessa foto.

— Agora é você quem está me subestimando — debocha ele. — Tenho o vídeo das câmeras de segurança de dentro da filial do Wells Fargo da rua Peachtree. Você alugou o cofre antes de os bombeiros terminarem de apagar as chamas do corpo de Amy Holder. Nunca leva nada de importante com você, e esse seria o lugar mais seguro e mais rápido pra deixar o que pegou. O único motivo de estarmos tendo esta conversa é porque não sei o número do cofre nem detalhes da assinatura.

— Não é o que está pensando. Não tem nada a ver com Amy nem com a morte dela.

O resmungo mecânico me faz estremecer.

— Não é hora de se fingir de idiota comigo. Você vai pra Atlanta, mas quero você lá na quarta. Tem um quarto reservado no seu nome no Hotel Candler, no centro da cidade. Na quinta, às dez da manhã, um dos meus representantes vai encontrá-la no lobby e vai junto com você ao banco pra abrir o cofre. Ele mesmo vai pegar o conteúdo. Se estiver falando a verdade e não tiver nada a ver com o caso Amy Holder, vamos deixar isso pra trás e seguir em frente. Depois, vai notar que os detetives em Atlanta vão perder o interesse em você.

— E devo acreditar que você vai recuar se eu mostrar o que tem no cofre? E o trabalho de agora? Vou simplesmente abandonar? Você odeia fracassos, por que com este trabalho está tudo bem?

— De toda a merda que está envolvida comigo, é isso que quer saber? A única coisa que importa é recuperar o que Amy Holder pegou. *Tudo.* — Ele fica em silêncio por um momento, depois acrescenta: — E pensar que você já foi meu maior trunfo... Olha só onde foi parar.

— Ainda sou seu maior trunfo, e nós dois sabemos disso.

A risada alta me assusta.

— Você simplesmente entrou e falou com a polícia. Tem um arquivo no sistema com seu nome agora. Pelo menos tentou argumentar quando pediram suas digitais? Tem um vídeo seu na sala de interrogatório. Sua compostura merece elogios. — As palavras dele são como balas e atingem todos os alvos certos. — Quantos juízes McIntyres você tem escondidos na cartola?

Solto uma risada que, espero, não pareça forçada.

— O suficiente pra continuar desviando das ciladas que você está armando pra mim.

— Infelizmente, Lucca, você fez sua escolha, então estou fazendo a minha.

— Não aja como se não estivesse armando pra mim desde o começo. Durante todos esses anos. Sempre fui uma das melhores e ainda assim você só ficou esperando o momento de se virar contra mim.

Ele solta um "tsc".

— É claro que fiquei. Acha que eu não teria um plano de contingência pronto no caso de um dos meus sair do controle? Não vá levar para o lado sentimental agora. São negócios.

— E a mulher que estava fingindo ser eu sabia o que aconteceria com ela ao aceitar o trabalho? Você contou que era uma sentença de morte?

— Aquela mulher foi uma baixa infeliz. Ela tinha potencial. Mas estou sempre pronto pra tomar decisões difíceis. O caso Holder é mais importante.

E aí está. A confirmação de que as mortes não foram um acidente.

— Ela terminou o trabalho que você a mandou fazer? Ou o decepcionou?

— Ela foi enviada pra irritar você. E conseguiu. Foi enviada pra firmar a identidade de Lucca Marino. E conseguiu. Foi enviada pro jantar naquela noite e garantir que *você* fosse a última pessoa a estar com *ela* viva e obrigar a polícia a te interrogar. Achei que ia ter que me meter pra garantir que descobrissem sobre o mandado, mas você facilitou tudo. Ela bisbilhotar as suas coisas foi só um jeito de te irritar porque sei o quanto odeia isso. Mas a planilha que você deixou na gaveta me fez dar uma risadinha, admito. Boa jogada.

Sinto uma vontade louca de gritar e jogar o celular longe para quebrá-lo em mil pedaços, mas não posso deixar minhas emoções transparecerem.

— Que garantia eu tenho de que não vou terminar como ela? A mulher veio fazer um trabalho e o que recebeu em troca? Um mergulho em queda livre da ponte.

— O que posso garantir é que você *vai* terminar como ela se não me entregar o que quero pela segunda vez. — O tom de voz dele fica mais suave. — Sei que você vai fazer o que for necessário pra conseguir o final feliz de contos de fada que sempre quis. A casa grande com horta que planejou junto com a mamãe tanto tempo atrás enquanto ela definhava naquela cama de solteiro. Ainda pode ter tudo isso. Posso fazer Evie Porter desaparecer e trazer Lucca Marino de volta dos mortos se me der o que eu quero.

Ele acha mesmo que vou acreditar nessa possibilidade?

— Não sei quantas vezes vou ter que dizer pra você. Atlanta não deu certo. Seja lá o que queria de Amy Holder, ela levou para o túmulo. O que está no cofre não é o que você pensa.

Ele espera um segundo e fala:

— Esse número vai ser desativado assim que esta ligação terminar. Sabe como funciona. Se não encontrar meu associado no lobby do hotel no horário marcado, vou ser obrigado a entregar tudo o que tenho para a polícia de Atlanta. Essas fotos são só uma prévia da atração principal. Você pode até continuar fugindo, mas não passa de um fantasma. — Então ele acrescenta mais uma coisinha antes de desligar: — E os policiais não vão ser os únicos a caçá-la.

A ligação termina. Não tento ligar de volta porque ele não faz ameaças vazias.

Levo o papel até o banheiro, jogo dentro da pia e depois pego o isqueiro que deixo ali para acender as velas da banheira. Em poucos minutos, tudo vira cinzas. Lavo todos os rastros antes que a fumaça dispare algum alarme.

Ligo o chuveiro com a água mais quente que aguento, tiro a roupa e entro, na tentativa desesperada de me limpar de tudo o que aconteceu nas últimas horas.

Há muitas perguntas que precisam de respostas.

Há muitas emoções com as quais preciso lidar. A raiva pelo homem para quem trabalhei todos esses anos ter se virado contra mim de um jeito que nunca imaginei. A decepção que me invadiu ao saber que ele construiu uma identidade para mim desde o começo com a única intenção de me destruir. A amargura ao descobrir que ele já planejava minha dispensa desde o primeiro trabalho. Tudo isso é muito mais difícil do que eu imaginava. Muito mais difícil do que eu estava preparada para encarar.

Mas a parte que mais me perturba é a morte da mulher. Ela veio até aqui e fez seu trabalho. É minha culpa que ela e James tenham morrido. Se eu não estivesse neste jogo com o sr. Smith, ela ainda estaria viva.

Esfrego cada centímetro do corpo. Passo xampu no cabelo. Lavo o rosto. Qualquer coisa para me sentir mais limpa.

Sinto o peso da morte dela nos meus ombros, preenchendo meus pulmões, deixando minha visão turva.

A porta do banheiro range ao abrir e levo um susto, embora já estivesse esperando que Ryan viesse ver como estou ao voltar do escritório.

O vapor embaçou o vidro, então só consigo enxergá-lo direito depois que ele abre a porta. Vejo uma linha no meio de sua testa enquanto ele me encara. Sua expressão é insondável. E bem quando acho que ele vai virar as costas para sair, Ryan tira a roupa em silêncio e entra no chuveiro comigo. Tira a esponja da minha mão e me vira de frente para a parede. Com uma das mãos, segura meu quadril e, com a outra, passa a esponja com movimentos longos e suaves nas minhas costas e nos meus ombros.

Eu me viro, enfio o rosto no seu peito e sinto a água cair sobre nós. E choro. Quando começo, não consigo parar. São soluços intensos que acabam comigo.

Ryan sussurra no meu ouvido. Coisas sem sentido. Palavras doces. Promessas.

Sua voz suave encontra as frestas da minha armadura.

Dez minutos para desabar. Dez minutos para assimilar todo o conforto que ele me oferece, eu merecendo ou não. Vou me dar dez minutos e depois me recompor.

A água começa a esfriar, e então Ryan desliga o chuveiro, depois consegue, de alguma forma, pegar a toalha sem me soltar. Fico parada enquanto ele me seca.

— Quer ir pra cama? Ou prefere comer primeiro? — pergunta, enquanto visto uma calça legging e uma camiseta larga.

— Rachel ainda está aqui?

Ele faz que sim ao se secar.

— Sim, está se sentindo pessoalmente responsável. Deve ficar por perto até irmos pra Atlanta.

Respiro fundo. Mais uma vez.

— Não precisa ir comigo pra Atlanta.

Ryan dá de ombros.

— É claro que preciso. Mas não vamos falar disso agora. Vamos planejar tudo amanhã.

Minha mente já está navegando em meio a diferentes possibilidades agora que sei com o que estou lidando. Vou para Atlanta, mas preciso fazer algumas paradas antes.

— Em que está pensando tanto? — pergunta ele.

Não gosto que Ryan consiga me ler tão bem. Isso só mostra como baixei a guarda em relação a ele.

— Só pensando no que vão me perguntar. E no que vão fazer se eu não souber as respostas.

Ryan me puxa para perto.

— Vou estar lá com você o tempo todo. Rachel também. Estamos do seu lado. Se for pra ter certeza de uma coisa, tenha disso.

Seguro as mãos dele, levo até a boca e beijo cada um dos nós dos dedos.

— Estou com fome. Mas preciso de um minutinho pra me recompor.

Ele sorri e aperta minhas mãos.

— Vou comprar alguma coisa pra gente comer. Desça quando estiver pronta.

Ryan sai do quarto e eu caio na cama.

Já tive meu momento de chorar, agora é hora de trabalhar.

CAPÍTULO 18

Presente

O sr. Smith quer que eu esteja em Atlanta depois de amanhã, e a última coisa de que preciso é Rachel lá comigo.

Desço as escadas e vejo que ela montou um miniescritório na sala de jantar. Há um laptop numa ponta e caixas de documentos espalhadas na mesa inteira.

— Cadê o Ryan? — pergunto, em vez de cumprimentá-la.

Ela nem olha para cima e continua organizando uma pilha de arquivos ao lado do computador.

— Saiu pra comprar comida.

Eu a observo por bastante tempo, o suficiente para irritá-la. Ela para o que está fazendo e enfim volta a atenção para mim ao se recostar na cadeira na ponta da mesa.

— Temos que estar em Atlanta às nove da manhã de sexta, então precisamos sair daqui na quinta — diz. — Dei uma olhada nos voos e tem um direto às quatro e meia da tarde. Podemos reservar dois quartos num daqueles hotéis perto do aeroporto. Hoje e amanhã vamos revisar tudo pra chegar lá preparadas.

Eu me sento na cadeira ao lado dela e empurro os papéis para poder me apoiar na mesa.

— Eu encontro você em Atlanta às oito e meia da manhã de sexta-feira, mas preciso fazer algumas coisas antes. Sozinha.

Antes de eu terminar, ela já está balançando a cabeça.

— Eu sou responsável por você. Se não aparecer, é o meu que está na reta. Tenho certeza de que você pode e vai ficar feliz em desaparecer tranquilamente, mas eu moro aqui. Minha vida é aqui.

— Eu não faria isso com Ryan — respondo, em voz baixa.

Ela revira os olhos.

— Ele não sabe nem o seu nome de verdade.

Rachel está querendo me provocar para eu estourar, e está bem perto de conseguir.

— A questão não está aberta a discussão. Eu poderia te despistar a qualquer momento e você nem ia perceber. Mas estou sendo legal e avisando que vou encontrar você em Atlanta na sexta. É só me dizer onde.

Encaramos uma à outra, esperando para ver quem vai ceder primeiro. O barulho da porta dos fundos abrindo avisa que Ryan chegou com a comida, e preciso resolver isso antes que ele apareça.

— Sei que isso não significa nada pra você, mas dou minha palavra. Vou estar lá. Quando dou minha palavra, não minto. Nunca.

Ela solta um suspiro.

— Você não acha que precisamos revisar o caso?

Preciso me preparar, sim, mas tem que ser com Devon, e não com Rachel.

— Não.

Ryan enfia a cabeça para dentro da sala de jantar. Olha para mim, para Rachel, depois para mim de novo.

— Tudo bem por aqui? — pergunta ele.

— Tudo bem — responde Rachel.

— Claro — digo.

— Venham comer — chama ele, e vamos para a cozinha.

Pego os pratos e os talheres, e Ryan coloca a comida em cima da bancada em esquema de bufê.

— Peguei várias coisas diferentes porque não sabia o que cada uma queria.

Durante toda a movimentação de preparar os pratos para comer, Rachel nos observa com atenção. Observa como nos movemos pelo cômodo, sempre conscientes de onde está o outro. Está de saco cheio de mim, e sei que é difícil para ela presenciar tudo sabendo o que sabe.

Estou servindo uma porção enorme de frango à parmegiana quando enfim lembro que Ryan deveria ter ido à casa dos Bernard hoje.

— A sra. Bernard ficou chateada por você não ter ido hoje?

Ele toma um longo gole da cerveja e responde:

— Liguei pra ela pra dizer que tive um imprevisto e que não ia conseguir ir.

Eu me sento ao lado dele na mesa da cozinha.

— O velório vai ser esta semana, então acho que você deveria ficar aqui em vez de ir pra Atlanta.

— Já falei com os Bernard que não vou estar lá por causa de uma emergência fora da cidade.

Balanço a cabeça.

— Você tem que ir. Rachel e eu podemos cuidar de tudo em Atlanta.

Ele larga o garfo no prato e o som ecoa pela cozinha.

— Acho que eu mesmo posso decidir onde tenho que estar.

Estamos abrindo demais nossa intimidade para Rachel, então decido deixar esta conversa para quando estivermos na privacidade do quarto. Ela já sabe que pretendo sair de casa sozinha. Olho para ela e pergunto:

— Imagino que você também não se importe de perder o velório.

— Zero — diz ela, com ênfase na primeira sílaba. — A última vez que falei com James foi há uns dois anos, quando ele ligou implorando por dinheiro. Emprestei com a condição de que ele fosse procurar ajuda. Até consegui uma vaga pra ele numa clínica de reabilitação. Mas ele sumiu assim que pegou a grana. Fui uma das poucas do nosso grupo que não encontrou com ele dessa última vez que ele nos visitou.

Ryan resmunga.

— Pois é, tenho umas dez histórias iguais a essa com ele.

O resto da refeição transcorre em meio a muita conversinha sem importância, e eu e Ryan logo nos recolhemos para o quarto. Rachel fica no de hóspedes no andar de baixo.

No meio do quarto, solto um longo suspiro. E me concentro.

— Preciso resolver algumas coisas sozinha — digo para Ryan, que puxa os lençóis da cama sem notar que tinha sido arrumada por alguém. Ele faz uma careta, mas eu insisto. — Vou encontrar Rachel em Atlanta. Você pode me encontrar lá também.

Ryan fica me olhando ao tirar a roupa e se deitar na cama.

— Não quero mais falar hoje.

Ele segura a coberta e me chama para me deitar ao seu lado.

Eu deveria pressioná-lo um pouco mais, mas também estou cansada de falar, então apago as luzes e me deito com ele.

Estou à mesa da cozinha diante do laptop quando Rachel entra. Pego as duas folhas nas quais estava escrevendo, dobro e enfio no bolso de trás da calça jeans, depois coloco o computador na mochila e vou até a cafeteira para encher a caneca térmica.

— Onde ficam as canecas? — pergunta Rachel.

Faço sinal com a cabeça para o armário acima do bule. Ela se inclina e pega uma delas, sem pressa.

— Vai sair agora de manhã?

Olho para o relógio.

— Daqui a pouco.

Rolo a linha do tempo do Instagram no celular e paro ao ver a última postagem do canal Food Network, que mostra Bobby Flay diante de uma grelha com seu conhecido sorrisinho debochado. Escrevo um comentário: *Beat Bobby Flay é meu programa favorito #1! É impossível ganhar dele em 45 min! #TodaBoaReceitaSeGuardaPorEscrito*

Normalmente eu daria mais do que quarenta e cinco minutos para Devon me encontrar no primeiro lugar da nossa lista, mas depois de ontem tenho certeza de que ele está atualizando a linha do tempo do Instagram toda hora, assim como eu. E a hashtag não vai fazer sentido para ninguém a não ser Devon, mas preciso que ele saiba que vou lhe entregar algo por escrito e me diga onde deixar.

Rachel coloca um pacotinho de açúcar e um pouco de creme em seu café, depois se vira para mim ao mexer o líquido com a colher.

— Ryan sabe?

— Sabe — digo, enquanto sigo atualizando o feed do Instagram.

Ele leva apenas alguns minutos para publicar um comentário na postagem mais recente do Spotify: Aquela música do Coldplay que diz *"Te vejo em breve" é subestimada. #BolinhosTwinkiesTambémSão.*

Acho que vou ter que procurar os bolinhos quando chegar ao ponto de encontro.

Fecho o aplicativo e subo correndo as escadas para arrumar a mala. Coloco algumas roupas numa bolsa e vou ao banheiro pegar itens de higiene. Quando volto para o quarto, Ryan está com a própria mala em cima da cama, aberta e meio cheia.

— Acha que vou precisar de um terno? — pergunta.

Enfio tudo que está nas minhas mãos dentro da mala e vou até o closet buscar os sapatos.

— Preciso fazer isso sozinha.

Não consigo olhar para ele.

— Entendo que ache que precisa fazer isso sozinha, mas você não está mais sozinha. — O olhar dele encontra o meu do outro lado da cama. — Eu vou com você.

Eu o encaro de volta.

— Mas você perderia o trabalho na *quinta-feira* e sei muito bem como os seus compromissos de *quinta-feira* são importantes.

Estou pressionando para ver se ele recua.

Ryan inclina a cabeça para o lado e semicerra os olhos.

— Estou disposto a contar meus segredos pra você se estiver disposta a me contar os seus. — A voz dele é grave e meio desconcertante. — Você primeiro.

Há um vislumbre do cara que comanda o galpão de caminhões.

Cruzo os braços e olho para ele.

Ryan joga as mãos para o alto quando recuso a oferta.

— Não estou fazendo nenhuma pergunta. Não me assusto fácil. E realmente não quero que faça sei lá o que acha que precisa fazer sozinha. — Continuamos nos encarando até que ele enfim diz: — Além do mais, minhas habilidades podem ser úteis.

E então ele abre aquele sorriso. Aquele absurdamente charmoso.

E por mais que eu achasse que seria impossível sorrir neste momento, abro um sorriso também.

— E que habilidades são essas?

Ele dá de ombros e continua arrumando a mala.

— Me leva junto e você vai ver.

Estou dividida em relação ao que fazer com Ryan. O sr. Smith decidiu me colocar *neste* trabalho enquanto jogamos este joguinho macabro, e preciso saber por quê.

Ele vai esperar que eu esteja sozinha. Até esse ponto, eu queria ser 100% previsível, mas agora preciso ser exatamente o oposto. Além do mais, Ryan está fazendo muita questão de ir, ainda que vá perder o velório de James e quase uma semana de trabalho. Muito curioso.

Simulo um suspiro longo e faço uma cena para ceder.

— Eu tomo todas as decisões. Se eu precisar sair pra resolver alguma coisa sozinha, você não vai dizer nada. Nem uma palavra.

Ele assente.

— Nem pense em tentar me despistar no meio do caminho — diz ele, com um sorrisinho. — Está escrito na sua testa.

Nós dois sabemos que essa sempre vai ser uma opção.

Rachel está puta porque Ryan vai comigo e ela não.

Coloco nossas bolsas na mala do 4Runner, e Ryan tem uma conversa acalorada com a amiga mais perto da casa. Fecho a mala e me viro para a rua, tentando gravá-la na memória. Vou sentir mais saudades do que gostaria de admitir.

Eu me acomodo no banco do motorista e espero por Ryan. Quando ele ouve o ronco do motor, olha para mim por cima do ombro. Rachel vai até ele quando Ryan começa a caminhar até o carro. Ela sabe coisas sobre mim que ele não sabe, e não pode contar ao amigo, pois estou protegida pelo sigilo entre advogada e cliente, mas ela está determinada a impedi-lo de vir comigo.

Ele não se convence.

Ryan se senta no banco do passageiro e abaixa o vidro da janela à medida que Rachel se aproxima. Ele queria que fôssemos no Tahoe, mas é dos meus negócios que estamos falando, então se eu decidir abandoná-lo em algum lugar no meio do caminho, vou precisar do meu próprio carro.

Rachel me olha de um jeito que não me agrada muito, depois se vira para ele.

— Não estou brincando, Ryan. Estejam em Atlanta às oito e meia de sexta. Estou negociando com os detetives pra nos encontrarem num lugar que não seja a delegacia. Assim que souber, aviso a vocês onde vai ser.

— Você já disse isso várias vezes — responde ele.

Ryan recosta a cabeça no apoio do banco, o olhar fixo no para-brisa. Ela segura com força a janela aberta, como se estivesse tentando fisicamente nos impedir de ir embora.

Eu me mexo, inquieta no assento, pronta para ir. Não sou de despedidas. Não mesmo.

Ryan deve ter sentido meu desconforto, porque acena para mim e eu dou a ré no carro, soltando o freio o suficiente para que Rachel seja obrigada a largar a janela e dar um passo para trás.

— Eu te ligo — diz ele, quando o carro começa a se mover.
— E não se surpreenda se tiver que ir me buscar quando ela me abandonar em algum lugar.

Rachel obviamente não vê graça na piada.

Depois que fecha a janela e já estamos na rua na frente de casa, Ryan pergunta:

— Precisa que eu reserve um hotel em Atlanta? Quer dizer, imagino que estamos indo pra lá.

— Já resolvi isso.

Saio da vizinhança, entro numa das ruas movimentadas que corta a cidade inteira e paro num posto de gasolina.

— Pode encher o tanque enquanto pego uns lanches pra gente comer na estrada?

Ele já está saindo do carro antes mesmo de eu terminar a pergunta.

— Pega uma Coca e uma batata pra mim. Sabor churrasco — diz ele, pouco antes de eu entrar na loja.

Vou até o corredor de lanches, pego diferentes pacotes de salgadinho e um M&M de amendoim, e então vejo Devon enchendo um copo na máquina de refrigerante. Pego o papel dobrado no bolso e coloco debaixo dos bolinhos. Enquanto pago as compras no caixa, ele já foi até lá pegar a carta escrita à mão que vai atualizá-lo de tudo o que aconteceu ontem e dar detalhes do plano que fiz. Não é a melhor forma de comunicação, mas é antiquada o suficiente para não ser hackeada. Se tudo correr como o pretendido, vou encontrá-lo pessoalmente em breve.

Quando volto ao carro, me acomodo no banco do passageiro. Ryan olha para mim pelo vidro aberto do lado do motorista, ainda colocando gasolina.

— Quer que eu dirija agora?

— Quero, por favor — respondo, e bebo um gole de Dr. Pepper Diet.

— Vai ter que me dizer aonde vamos, então — diz ele, ao voltar para o carro.

— Pega a interestadual na direção leste.

Avançamos por um tempo sem trocar uma palavra. O carro está em silêncio. Não há música nem conversa. Só orientações quando necessário.

O caminho fica plano ao seguirmos em direção ao delta do Mississippi, onde não há nada além de fileiras de plantações por muitos e muitos quilômetros. Estamos fora da estrada interestadual principal, seguindo aos solavancos pelas estradinhas alternativas onde pequenas cidades aparecem mais ou menos de hora em hora. São cidades do tipo em que o limite de velocidade cai de oitenta para sessenta quilômetros sem muito aviso, então são exatamente os motoristas despreparados para a pegadinha do radar que geram os recursos para sustentá-lo.

Paramos para colocar gasolina de novo e Ryan insiste em pagar. Peço que ele pague com dinheiro. Ele tira uma carteira gorda do bolso, cheia de notas de vinte, como se estivesse mais preparado para esta viagem do que eu imaginava, e lembro que ele é tão esquivo quanto eu.

— Sinto muito por você perder o velório de James — digo, quando voltamos à estrada.

Ele solta um suspiro profundo.

— Eu também.

Quando penso que ele não vai dizer mais nada, Ryan acrescenta:

— Passei anos ajudando James... salvando James. Dei dinheiro, roupas, um lugar pra ficar. Eu o levei pra reabilitação mais de uma vez. Era uma muleta pra ele. Ele sabia que eu estaria lá. Sabia que eu iria salvá-lo. Então por que ele resolveria as próprias merdas se sabia que teria sempre alguém pra salvá-lo?

Após alguns minutos, digo:

— Eu não preciso ser salva.

Ele se vira para mim, observando-me por um tempo enquanto olho para a frente, depois volta a se concentrar na estrada.

— Eu sei disso. Tem várias coisas que talvez você precise, mas ser salva não é uma delas.

Isso me dá vontade de fazer perguntas. Muitas perguntas. Mas ele deixou bem claro — para me contar os segredos dele, preciso contar os meus primeiro. Então, em vez de fazer perguntas, eu digo:

— Daqui a três quilômetros, vira à esquerda.

Codinome: Wendy Wallace — Seis anos atrás

Adoro esta cidadezinha. Em outra vida, teria me formado no ensino médio e vindo direto para cá fazer faculdade. Teria ido a todos os eventos esportivos, peças de teatro e exposições de arte. Passaria todos os intervalos no pátio, onde reclamaria com meus colegas do quão injusta tinha sido a nota que o professor me deu na última prova.

Mas não estou vivendo essa vida.

Estava naquele hotel do aeroporto em Raleigh ainda ontem, quando ouvi uma batida na porta. Abri, e lá estava um cara com uniforme dos correios do lado de fora. Mas, ao olhar com um pouco mais de cuidado, percebi que era o mesmo cara que tinha entregado o último pacote de orientações de Matt.

— Você é o George.

Ele pareceu confuso.

— Desculpe, quem? — perguntou.

Apontei para o espaço na minha camisa onde estaria o crachá, se houvesse um.

— George. Era o nome no seu uniforme no hotel em Hilton Head. — Ele pareceu surpreso que eu me lembrasse. — Mas imagino que não seja seu nome de verdade.

Ele me entregou um pacote marrom sem qualquer endereço ou etiqueta de envio e disse:

— Não, não é.

Ele com certeza não deveria estar falando comigo, apenas entregando coisas.

— Vai me dizer seu nome de verdade ou devo continuar te chamando de George?

Ele deu de ombros.

— Acho que pode ser George mesmo.

— Ok, então é George.

Ele fez menção de se afastar, mas parou quando perguntei:

— Você vai pra Flórida comigo? Ou tem outras entregas pra fazer?

Mais um dar de ombros.

— Vai ter que esperar pra ver.

E foi embora.

Ao abrir o pacote, encontrei uma carteira de motorista emitida na Flórida em nome de Wendy Wallace, além de um papel com o endereço de uma agência de entregas e o número da caixa postal, o nome de um condomínio e o apartamento. Havia também duas chaves presas a um chaveiro, uma muito maior do que a outra. Por fim, a foto de um homem na casa dos trinta e muitos anos. No verso da foto estava seu nome, Mitch Cameron, e a frase "Aprenda tudo sobre ele" escrita embaixo.

Encontrei Mitch Cameron de imediato. Todo mundo conhece Mitch Cameron, já que ele é o treinador principal de futebol americano numa faculdade na Flórida Central. É tão amado quanto odiado.

Mitch tem trinta e sete anos e é casado com Mindy há dez. Mitch e Mindy. Que fofo. Mitch também é pai de duas crianças pequenas, um garoto chamado Mitch Jr. e uma garota chamada Matilda.

Essa família é um oferecimento da letra *M*.

Levei apenas quatro dias para aprender tudo sobre Mitch e seu cotidiano, embora não tivesse a menor ideia de por que um treinador de futebol americano seria o alvo. Nunca me dizem quem é o cliente, mas estou ansiosa para descobrir o que está rolando com Mitch a ponto de precisarem contratar o sr. Smith.

Durante toda esta semana vim de bicicleta até o campo de treino para vê-lo em ação no trabalho. Hoje, trouxe um cobertor que estendi na grama, além de diversos livros, igualzinho aos outros estudantes que estão lendo por aqui nesta tarde de outono, o sol da Flórida deixando minha pele lindamente bronzeada. Nunca passei tanto tempo ao ar livre.

Os jogadores parecem gostar de Mitch. Ele é durão, mas também sabe incentivar e não se furta a elogiar quando o time se esforça. Como acontece todos os dias, quando o treino termina e Mitch manda os jogadores para o chuveiro, arrumo minhas coisas e vou até a agência de entregas dar uma olhada na caixa postal. Estava vazia em todas as vezes que olhei até agora, mas algo me diz que hoje isso vai mudar.

Sinto um pequeno tremor de empolgação ao ver o envelope lá dentro. Finalmente! Enfio o papel no cós do short e puxo a camisa por cima, depois saio o mais rápido possível da agência.

Só o abro ao chegar no meu apartamento.

Há uma única folha de papel lá dentro com uma lista de cinco nomes, além de uma data e um horário ao lado de cada um.

Basta jogar dois nomes no Google para identificar o padrão. Todas as pessoas da lista estão no último ano da escola, moram num raio de cem quilômetros da universidade e tiveram uma ótima carreira no futebol americano até agora. E existe alguma especulação sobre onde eles vão jogar na próxima temporada.

A princípio, parece ridículo. Estou aqui para quê? Monitorar um treinador e garotos de dezoito anos?

Mas mergulho fundo na relação entre o futebol americano no ensino médio e na faculdade. E me dou conta dos milhões e milhões de dólares que as universidades ganham à custa desses jogadores antes que eles se tornem profissionais. Isso quando eles têm a sorte de virar profissionais.

É um negócio de peixe grande.

Há muitos boatos sobre jogadores que recebem uma grana por fora para escolher uma faculdade ou outra — histórias de homens que deixam malas de dinheiro em algum lugar tarde da noite, comunicando-se por celulares descartáveis, e mais espantosos ainda são os benfeitores das faculdades, também conhecidos como pessoas velhas que gastam uma grana enorme na esperança de ver sua alma mater ganhar um campeonato. Despejam dinheiro nos programas, com expectativas de resultados. Se estes não vierem, a fonte seca. Há uma dúvida real sobre quem administra esses programas: o diretor de esportes da universidade ou esse grupinho que preenche os cheques. Basta jogar no Google "T. Boone Pickens" e "Universidade Estadual do Oklahoma" para se ter uma ideia.

Há uma pressão para mudar as regras e permitir que atletas universitários possam lucrar com seu nome e sua imagem. Na verdade, muita gente na indústria acredita que a Associação Nacional de Atletas Universitários vai permitir que os estudantes aceitem patrocínios já em 2020 ou 2021, mas por enquanto é terminantemente proibido. Se for flagrada pagando os alunos, a faculdade recebe uma multa altíssima e pode até perder oportunidades de ir aos jogos do fim da temporada, o que prejudica muito o recrutamento. Mas são os atletas que levam a pior. Perdem o direito de jogar. Em qualquer lugar.

Nos últimos trabalhos, usei o meio-tempo entre receber as informações e ter as orientações exatas do que fazer para tentar adivinhar por que o cliente nos contratara.

Já que me deram nomes de jogadores que estão sendo prospectados, imagino que eles têm algum papel nisso. Será que Mitch recruta por baixo dos panos? O cliente é uma faculdade rival que quer colocar o programa de Mitch em maus lençóis?

Tento me concentrar nas datas e nos nomes. Mapeio onde cada jogador mora, leio as estatísticas, vasculho as redes sociais.

Cinco nomes. Cinco datas. A primeira é daqui a uma semana. Vou precisar de alguns apetrechos tecnológicos e de ajuda para instalá-los, então sigo as pistas da localização de Devon e peço que venha até a Flórida.

Eu estava preparada para ver Mitch Cameron cortejar esses jogadores, mas não esperava ver treinadores de outras faculdades indo visitá-los também. Esses caras são os melhores dos melhores da região, e todo mundo quer contar com eles. A universidade onde Mitch trabalha é boa, mas há outras maiores e melhores não tão longe daqui, então a competição é acirrada.

Quando Devon chegou com o equipamento de que precisávamos, entrar na casa dos jogadores foi mais fácil do que imaginei. Todos moram em vizinhanças pobres com pouca ou nenhuma segurança. É difícil ignorar a quantidade de dinheiro absurda em jogo para as faculdades que vão bem na temporada, ao passo que esses garotos não podem ter nem um jantar pago por alguém associado à instituição. Não parece justo.

Depois de uma semana espionando os caras, encontro um novo recado na caixa postal.

> Todas as gravações, vídeos e imagens dos alvos da lista anterior que contiverem encontros, conversas e discussões (mesmo entre membros da família) relacionados a qualquer programa de futebol americano devem ser entregues. Um mensageiro irá ao seu apartamento toda noite, às 22h, para recolher. Não deixe na caixa postal.

Eu sabia que o sr. Smith ia ficar de olho em mim, mas não imaginei que seria tão de perto. Isso também é um indicativo forte de que o cliente é uma faculdade rival. O sr. Smith não quer apenas as conversas que envolvem Mitch, mas todos os outros treinadores. Só que os treinadores não são os únicos que têm ido conversar com esses meninos.

Logo fica óbvio quem é o jogador mais cobiçado: Tyron Nichols. Tyron mora numa das vizinhanças negras mais pobres da cidade onde fica a universidade. Sua casa tem três quartos pequenos e um microbanheiro, mas abriga Tyron, seus pais, uma avó e cinco irmãos mais novos. Os pais trabalham muito, por horas e horas, enquanto a avó cuida das crianças que ainda não estão na escola. É evidente que os pais não têm a menor ideia do que fazer com toda a atenção que Tyron vem recebendo.

Mas o rapaz é inteligente. Embora já tenha recebido ofertas de dinheiro, não aceitou nada. Porque, no fim das contas, é ele quem tem mais a perder. Se perder o direito de jogar, não joga. E as chances de chegar à NFL, onde finalmente receberia a compensação financeira compatível com seu talento, ficam muito reduzidas se ele antes não tiver uma carreira bem-sucedida no futebol americano universitário.

Assisto pela telinha quando alguns homens de camisa social batem na porta de Tyron. Presto atenção em como ele se comporta e escuto a conversa que tem com o irmão, que é apenas um ano mais novo, a respeito do que ofereceram.

Na segunda semana, já estou exausta. Por mais que Devon e eu estejamos dividindo o trabalho para ir mais rápido, ainda demoramos o dia inteiro para analisar as gravações dos cinco locais e editar as partes relevantes antes que George bata na porta com seu uniforme dos correios.

A única coisa boa é que George parece estar se afeiçoando a mim. As primeiras coletas foram estritamente profissionais, mas agora ele fica na minha porta conversando um pouquinho. Até dei a ele alguns pedaços de pizza da última vez, já que parecia tão exausto quanto eu. Eu me pergunto o quão longe ele vai durante o dia, já que tem que voltar aqui toda noite.

Embora a gente já tenha material escuso contra alguns dos outros treinadores, Mitch Cameron ainda não passou dos limites em nenhum dos encontros com os potenciais jogadores. Fala logo de cara sobre seu desejo de tê-los no seu time, é educado com a família dos garotos e elogia todas as comidas e bebidas que lhe oferecem. É o convidado perfeito.

Estou tendo flashbacks do meu período ao lado de Andrew Marshall, e sinto um embrulho no estômago a respeito do que vão me pedir para fazer.

Estou pronta para saber em que, exatamente, o trabalho consiste.

Depois de mais um longo dia analisando vídeos, coloco o pendrive dentro de um envelope e olho para o relógio. George vai chegar a qualquer momento.

Quando Devon viu a última leva de instruções, decidiu não vir mais a este apartamento porque não gostou da ideia de ter George por perto. Então preciso ir buscar o que ele grava. Nossos pontos de encontro mudam diariamente.

Duas batidinhas na porta e sei que ele chegou.

— Oi, George — digo, entregando o pacote.

Ele franze a testa.

— Você está com uma cara péssima.

— Sempre um galanteador. — Reviro os olhos. — Vou pôr você pra passar o dia vendo vídeos, e aí você vê se sua cara vai ficar boa.

Ele me entrega um envelope de papel pardo.

— Trouxe uma coisinha hoje. Achei que podia te poupar uma ida à caixa postal já que ia vir aqui mesmo. Só não me dedura.

Meu alívio é evidente.

— Finalmente. E não se preocupe, sei guardar segredo. — Estou prestes a rasgar o envelope, mas George ainda está parado à minha porta. — Tem mais alguma coisa?

Ele assente uma vez, depois diz, quase num sussurro:

— Como este é seu primeiro trabalho lidando diretamente com *ele*, se alguma coisa parecer um teste, é porque é.

Eu o encaro com os olhos arregalados, implorando em silêncio para que me conte mais. Mas, com aquelas palavras misteriosas, ele vai embora.

Abro o envelope na hora.

> Cameron precisa ser retirado de sua posição sem consequências negativas financeiras ou públicas para ele, a universidade, o programa ou qualquer outro futuro potencial jogador. Nada de escândalos.

Eu tinha muitas teorias a respeito do que iam me pedir para fazer, mas essa não estava nem entre as dez primeiras. E ainda que o resultado e as circunstâncias estejam bem claros, as instruções são muito vagas.

Se parecer um teste, é porque é.

Bem, vamos lá.

Levei alguns dias para analisar as opções e ponderar o potencial de sucesso contra os riscos de quebrar uma das regras que o sr. Smith determinou.

Não posso colocar pornografia infantil no computador de Mitch e chantageá-lo para pedir demissão porque, em primeiro lugar, não há garantias de que não vá acabar se transformando num escândalo e, em segundo, se ele pedir demissão, perde o que resta de seu contrato — seis milhões de dólares —, o que seria ruim financeiramente.

Chantagear a esposa dele levaria aos mesmos resultados, e chantagear qualquer membro da faculdade dá margem para um escândalo, o que também seria ruim financeiramente, já que teriam que pagar pelo restante do contrato.

Sinto que estou de mão atadas.

Sinto que não vou passar no teste.

A única coisa a fazer é voltar para o início. Ele não me daria um problema que fosse impossível de resolver, então devo estar deixando alguma coisa passar. Ele quer que eu prove meu valor, então existe algum jeito de concluir esse trabalho — só preciso descobrir qual é.

A concessionária da Ford é novinha e brilhante; o salão principal é um espaço amplo cromado e cheio de vidro. Vendedores rondam a porta de entrada como se fossem tubarões, mas passo por eles sem hesitar nem fazer contato visual.

Há uma jovem loira na mesa da recepção que me olha de cima a baixo bem rápido e depois abre um enorme sorriso.

— Bem-vinda à Ford Sudoeste! Como posso ajudar?

— Preciso falar com Phil Robinson.

— Não sei se ele está disponível...

— Entregue isso a ele.

Coloco um envelope branco diante dela no balcão. Phil é dono de cinco concessionárias da Ford espalhadas pela região central da Flórida, mas seu escritório principal fica nesta filial.

Pouco depois, a recepcionista volta para me levar até ele. Phil nos encontra na porta. Seus olhos rastreiam desde a ponta dos meus dedos até o topo da cabeça. Estou fornecendo os detalhes dos quais quero que ele se lembre. Minhas roupas são sofisticadas, mas nem tanto. A jaqueta parece ter sido feita sob medida para mim, mas a saia é obviamente de uma loja de departamentos. As joias são poucas, mas de bom gosto. O cabelo está preso e a maquiagem, um pouco mais pesada do que costumo usar. Devo aparentar uns trinta anos, fácil.

Estendo a mão ao me aproximar, e ele hesita por um ou dois segundos, mas cede.

— Sr. Robinson, obrigada por me receber — digo, ao apertar sua mão.

Ele faz um gesto para que eu entre no escritório, e rapidamente examino a sala. Ele é um grande torcedor e um dos maiores benfeitores da faculdade. Há camisetas e bolas de jogos emolduradas. Fotos com jogadores e treinadores, inclusive Mitch Cameron. Phil se senta na cadeira atrás da mesa e aponta para a outra diante dele, onde me sento.

— O que significa isto? — pergunta.

Ele abriu o envelope, onde havia a foto de algumas pilhas de dinheiro na caçamba de uma caminhonete Ford, com o adesivo de sua concessionária na janela de trás. Não temos tempo para papo furado.

— Estou aqui para falar de Roger McBain.

A expressão no rosto de Phil é de confusão, mas dá para ver um rubor subindo por seu colarinho branco engomado.

— Não conheço ninguém com esse nome.

Franzo a testa como se de fato acreditasse nas palavras dele e tivesse ficado confusa, então pego mais fotos. Fotos que mostram Phil e Roger juntos.

— Hum, vocês parecem bem íntimos aqui — digo.

Coloco o iPad em cima da mesa, virado para ele. Dou play no vídeo que está pausado na tela. É a gravação de um jantar com Phil, Roger e alguns outros megadoadores. A discussão fica mais intensa quando começam a falar que atletas do ensino médio eles querem que Roger aborde e quanto dinheiro vai ser oferecido a cada um. Phil inclusive se oferece para doar alguns carros se for necessário: "Qualquer coisa pra eles não irem pra Estadual da Flórida."

Eles também se gabam do quão bem-sucedidos foram no ano anterior ao garantir alguns dos melhores candidatos. Pauso o vídeo depois que Phil diz: "Aqueles doze touchdowns valeram o F-250 que eu dei."

Phil olha para a tela, e dá para ver a cor sumindo do seu rosto.

O único grupo que não havia sido mencionado naquela folha de papel do sr. Smith fora o dos benfeitores. O alvo: protegido. A faculdade: protegida. O programa: protegido. Os potenciais jogadores: protegidos.

Mas nem uma palavra sobre aqueles benfeitores ricos e envolvidos até o pescoço.

O sr. Smith sabia que eu não ia ver apenas os jogadores conversando com os treinadores — ia acabar flagrando também homens como Roger McBain se aproximando deles em nome de benfeitores como Phil Robinson.

— Roger trabalha pra você. Você diz a ele os jogadores que quer trazer pra sua alma mater e fornece os recursos pra incentivá-los.

Eu vim com provas, e ele sabe disso. Está em silêncio, brincando com uma caneta preta esferográfica nas mãos.

— Tenho muitas fotos suas com o diretor esportivo, o presidente da universidade e metade da equipe técnica, então não seria estranho supor que a instituição sabe o que você anda fazendo, e inclusive incentiva. Acha que a Associação vai bani-los por umas três ou quatro temporadas?

Esse é meu único blefe, porque realmente não tenho material para implicar a universidade na história, mas Phil não sabe disso. Só preciso que ele fique assustado a ponto de ligar a universidade às suas atividades. A última coisa que ele quer é ser o responsável por destruir o programa de esporte.

Por fim, ele abre a boca.

— O que você quer?

Embora eu soubesse que não havia nenhuma chance de Phil deixar o time sair prejudicado por algo que é culpa dele, estou aliviada por ter caído na ameaça.

— Queremos Mitch Cameron fora. Você e seus amiguinhos vão insistir pra que ele seja mandado embora, mas de um jeito legal. Digam que não concordam com a visão dele. Ou que é hora de uma renovação. E aí você paga a multa do contrato dele. Não tem motivo pra faculdade desembolsar seis milhões de dólares se a culpa é toda sua.

Ele pressiona os lábios um no outro, como se quisesse rosnar para mim.

— Você está achando que tenho mais poder do que eu tenho de verdade.

— Não. Acredito em você, Phil — digo, animada. — Acredito que vai conseguir.

— Por quê? — pergunta ele. — Por que Cameron?

— Assim como você, queremos o que é melhor pra faculdade. Estamos todos no mesmo time, Phil.

Ele não gosta da minha resposta, mas não pergunta mais nada. Recolho minhas coisas e guardo tudo dentro da mochila, sem pressa.

— Aguardo um pronunciamento oficial até segunda de manhã.

E vou embora.

Três dias depois, estou no meu apartamento, com um olho na ESPN e o outro nas gravações das casas dos candidatos a jogadores. Não houve mais recados na caixa postal nem coletas noturnas de George. Estou aguardando para ver se minha aposta deu certo. Não é algo tão incomum que benfeitores peçam a cabeça de treinadores e paguem a multa necessária para demiti-los. Mas isso costuma acontecer no fim de temporadas em que o time foi mal e o treinador fez um péssimo trabalho.

O alerta de notícias importantes da ESPN chama minha atenção e tiro os olhos da imagem granulada da câmera para me concentrar na frase que aparece na parte de baixo da tela.

TREINADOR MITCH CAMERON ESTÁ FORA NA FLÓRIDA

E presto atenção nos detalhes. A universidade encerrou o contrato com ele, e o dinheiro oferecido pelos benfeitores vai cobrir a multa. O motivo alegado foi que o treinador Cameron e o diretor de esporte tinham visões diferentes para o futuro do programa.

É isso.

Menos de um minuto depois, ouço uma batida na porta e quase dou um pulo de susto. Ajeito o cabelo e respiro fundo algumas vezes antes de abrir. Ali está o rosto familiar com o uniforme marrom dos correios, um pacote na mão estendida.

— Oi, George! — Pego o pacote e digo: — Acho que passei no teste.

— Acho que passou. — Ele sorri e se recosta no batente da porta. — Qual é a sensação?

— Muito boa.

Ele fica por mais alguns segundos e se afasta.

— Vejo você em breve.

E vai embora.

Abro o pacote assim que a porta se fecha. Há uma página de papel datilografada, um recibo e um celular com flip.

No papel está escrito:

Sua remuneração foi depositada. Os detalhes estão aí. Mantenha o celular carregado, e você será avisada sobre o próximo trabalho.

É isso. Confiro o recibo do pagamento e leio o recado mais uma vez. Olho o montante no recibo de novo. É muito dinheiro. E é meu.

Levo alguns minutos para arrumar as malas com tudo que vou precisar levar deste apartamento, mas não vou voltar para a Carolina do Norte. Preciso achar um lugar onde não seja encontrada, um lugar seguro para me instalar entre um trabalho e outro. Andei prestando atenção ao longo dos últimos anos e sei como é importante se preparar para uma emergência. Talvez eu possa me enfiar numa outra cidadezinha universitária como esta. Onde eu passe batida no meio de um mar de estudantes.

Imagino a cena. Consigo me visualizar numa cidadezinha como esta. Uma casinha pequena numa rua silenciosa. Um lugar seguro.

Agora só preciso colocar em prática.

Tem mais uma coisa que preciso fazer antes de ir. Estaciono meu Honda "novo para mim" diante de uma casa pequena, tranco a porta do carro e sigo pelo breve percurso do jardinzinho.

Tyron atende a porta alguns minutos depois que eu bato.

— Ei, pode vir aqui fora um segundo?

Percebo que está confuso, mas faz o que peço. Volto para o carro e me recosto no porta-malas, enquanto ele segue na calçada perto de mim. Aqui temos mais privacidade do que na casa dele.

— Você não me conhece, mas quero te dar um conselho. Você tem um futuro brilhante pela frente e é muito inteligente, mas precisa ser mais. Sempre considere que pode ter alguém te ouvindo. A todo momento. Leve sempre em conta que alguém pode te dedurar. Sei que gosta de conversar com seu irmão mais novo sobre todas as ofertas... e incentivos extras... mas precisa parar de fazer isso. Guarde pra você.

Os olhos dele estão arregalados. Tipo, arregalados como alguém que está surtando.

— E vá atrás do que quer. Conquiste tudo o que puder. Não faça nenhuma promessa e assine com o time que você preferir, não importa o que os outros ofereçam. Mas seja inteligente nisso também.

Falo por mais alguns minutos, e ele parece absorver tudo que digo. Tyron faz perguntas, e eu respondo as que posso. Dou dicas sobre onde investir o dinheiro para que renda. Como se manter fora do radar. Como nunca confiar na tecnologia. Quando estou prestes a ir embora, ele pergunta:

— Quem é você?

Abro um sorriso e digo:

— Alguém que teve que crescer rápido, assim como você. — Já estou saindo, mas faço uma última pergunta: — Já sabe onde quer jogar?

Ele dá de ombros.

— Ainda não tenho certeza. Provavelmente no próximo time que o treinador Cameron pegar.

Eu assinto.

— É, ouvi dizer que ele está procurando uma nova faculdade.

— É, ele disse que isso ia acontecer, mas pra eu não me preocupar.

Alguma coisa naquela frase me deixa tensa.

— Quando ele falou isso?

Assisti a toda a interação entre Tyron e Mitch naquela casa e nunca o ouvi dizer isso.

— Esbarrei com ele há uma semana, mais ou menos. Ele foi meio misterioso, mas entendi o que estava dizendo. Queria que eu soubesse que estava interessado em mim mesmo se não estivesse mais na Flórida.

Esbarrou nele.

Uma semana atrás.

Mitch Cameron foi demitido hoje de manhã. Ele não deveria saber que isso aconteceria há uma semana.

Muito interessante.

CAPÍTULO 19

Presente

É fim de tarde quando chegamos a Oxford, no Mississippi.
Oxford é uma cidadezinha universitária pitoresca onde tudo parece possível. Oriento Ryan para que dirija até um hotel bem perto da praça e que faz muito sucesso entre os estudantes. Eles estudam no lobby durante o dia e pegam o elevador para beber alguma coisa no terraço quando o sol se põe.

— De todos os lugares onde pensei que iria me trazer, este não estava na lista — diz Ryan, quando entramos no estacionamento.

É nesta cidade universitária que fica o Ole Miss, um dos times rivais da alma mater de Ryan.

— Já tinha vindo aqui? — pergunto, só para mantê-lo distraído.

Foi uma viagem longa e silenciosa, e não quero mesmo ter que conversar sobre por que estamos na cidade.

— Já, viemos uma vez quando a LSU jogou aqui. — Ele estaciona o carro e olha para mim. — Vamos passar a noite aqui?

Nego com a cabeça.

— Não. Preciso que você fique no bar do terraço. Coma alguma coisa, beba uma cerveja. Pague com dinheiro. Encontro você de volta no carro daqui a uma hora.

Abro a porta e saio do carro. Ele vem atrás de mim.

— A gente deveria ficar junto — diz.

Há um grupo de garotas com letras gregas estampadas nas camisetas carregando mochilas e bolsas pesadas. Elas olham para nós com uma expressão curiosa.

Espero as estudantes passarem e depois chego mais perto de Ryan, colocando as mãos no peito dele.

— Já falamos sobre isso. Só o fato de você vir comigo enquanto estou lidando com tudo o que está acontecendo é demais. Sei que acha que estou te afastando, mas você é a única pessoa de quem me permiti me aproximar em muitos anos. Mas preciso desta hora. Não me faça ter que usar outro recurso pra isso.

Ficamos nos encarando por um longo minuto, e então ele me puxa para perto e me dá um beijo na testa.

— Uma hora — diz ele. — Vai precisar das chaves do carro?

Se o sr. Smith estiver rastreando o veículo, o que é possível, quero que saiba que estamos em Oxford, mas não a localização exata de onde estou. Pelo menos ainda não.

— Não, não vou muito longe e vai ser bom esticar as pernas.

Ryan vai em direção ao hotel, e eu sigo para o lado oposto. Viro a esquina numa ruazinha silenciosa, não muito longe da praça, e paro diante de uma linda casa branca com uma varanda que abrange todo o seu perímetro. Os canteiros da frente estão explodindo com hortênsias cor-de-rosa, e há beija-flores ao redor dos alimentadores pendurados no galho de um carvalho enorme.

Há vasos cheios de flores silvestres posicionados em cada um dos degraus de pedra. Do lado esquerdo da varanda, tem uma área para sentar e, do lado direito, um balanço daqueles antigos pendurado. Paro diante da porta, olho para os dois lados, depois vou até a área de estar, onde há um pequeno sofá e uma cadeira de balanço, os dois cobertos com as cores vermelha e azul, símbolos da faculdade, e as palavras "Hotty

Toddy!" estampadas nas almofadas. Afofo algumas delas, tiro a fina camada de pólen que cobre todas as superfícies nesta época do ano e levo um tempinho ajeitando as almofadas na cadeira de balanço exatamente do jeito que gosto.

Esta é a minha casa dos sonhos, o paraíso seguro que sempre quis.

Pena que não é minha.

Reprimo aqueles anseios e volto para a porta. Algum tempo depois de eu tocar a campainha, uma adolescente loira abre.

— Oi, seu pai está em casa? — pergunto.

— Claro, vou chamá-lo — diz ela, fechando a porta externa em seguida.

Eu ouço a jovem gritar o nome dele, e então os passos pesados vindos de algum lugar da casa.

A porta volta a se abrir, desta vez devagar, e Mitch Cameron pergunta:

— Posso ajudar?

Eu sabia que seria arriscado vir até a casa dele, mas nesta época do ano e neste horário do dia, Cameron não estaria em outro lugar. E em nenhum outro lugar onde eu gostaria de encontrá-lo.

— Será que pode me dar um minutinho? Meu nome é Wendy Wallace e fui eu quem ajudou você a sair do trabalho de treinador lá na Flórida.

Ele dá um passo para trás como se eu o tivesse agredido fisicamente. Olha para trás para se certificar de que estamos sozinhos, mas não quer que a família me veja, então sai para a varanda e fecha a porta.

Eu não tinha nenhuma expectativa de ser convidada a entrar.

— Desculpe, não sei muito bem do que está falando...

Vou até a área de estar e me sento bem no meio do sofá. Ele me observa, provavelmente tentando decifrar qual é a minha intenção. Ficamos nos encarando por alguns segundos tensos, até que ele se senta na cadeira de balanço ao meu lado.

— Não estou entendendo por que está aqui, senhorita...

— Pode me chamar de Wendy. E tenho certeza de que não está entendendo mesmo.

Deixo o constrangimento se instaurar entre nós. Convido-o a ser o terceiro membro da conversa. Deixo que envolva Mitch por completo.

Ele joga as mãos para o alto e sua voz fica um pouco mais aguda que o normal.

— Olha, não sei por que está aqui ou o que quer comigo, mas eu fui demitido. E fui pego de surpresa, então talvez você tenha entendido algo errado.

Eu me inclino para a frente e abaixo a voz até ser pouco mais que um sussurro.

— Vou cortar o papo furado e vou direto ao ponto. Você contratou meu chefe pra tirá-lo daquele contrato. Odiava o diretor esportivo e os benfeitores enchiam seu saco. E depois de conhecer alguns deles, eu entendo por quê. Pedir demissão significaria perder uma tonelada de dinheiro, então você contratou alguém pra tirá-lo. Mas você é um cara honrado o suficiente pra não querer destruir o programa durante o processo. O que significa que tem algum senso de decência aí.

Mitch se recosta na cadeira, os cotovelos apoiados nos braços do móvel. Parece estar com medo de se mexer.

— Já que perguntar o que eu quero o faz achar que está admitindo alguma coisa, vou poupá-lo disso. Preciso de dinheiro. Fui lá e fiz meu trabalho. Você saiu com um belo pagamento e logo recebeu uma nova oferta de trabalho. Uma oferta que, imagino, já sabia que iria receber. Acho justo que me ajude agora, já que o ajudei quando precisou.

Sua mandíbula treme de leve, e ele olha para mim dos pés à cabeça.

— Está preocupado que eu esteja com uma escuta? — Eu me levanto e coloco os braços para o alto. — Pode me revistar à vontade.

Mitch não está gostando. Mas, antes que diga qualquer coisa, seu telefone apita com uma notificação. Ele pega o celular no bolso, olha para a tela por um segundo e começa a digitar. Algum tempo depois, coloca o aparelho no bolso.

Eu me sento de novo, já que pelo visto ele não vai aceitar a oferta de me revistar. Ficamos nos encarando enquanto ele se balança devagar na cadeira. É quase como se eu pudesse ver as engrenagens da mente dele girando.

— Quem é você de verdade? — pergunta, depois de um tempo.

— Não sou ninguém.

Mitch Cameron está reagindo à altura da fama de treinador com nervos de aço.

— Bom, Ninguém, você cometeu um erro. Eu amava meu trabalho na Flórida e teria ficado lá até me aposentar se tivessem deixado. Tive sorte de vir parar aqui, e agora esta é minha casa. E eu protejo minha casa. É melhor você ir embora. Agora.

Murcho ali mesmo no sofá e ele aperta os lábios, como se evitasse falar mais alguma coisa. Posso ver a pena nos seus olhos ao me encarar.

Eu me levanto do pequeno sofá e vou para a escada da varanda. Mitch fica na cadeira de balanço.

Quando estou prestes a ir embora, eu me viro para ele e deixo toda a frustração vir à tona. Toda a raiva e a fúria de ver meu chefe se voltar contra mim depois de oito anos. E deixo aquilo explodir.

— Quer saber? Você é um babaca. Eu te fiz um enorme favor e agora preciso de ajuda. Quer saber do que mais? Você é um filho da puta. Vai se foder, seu escroto.

O rosto de Mitch fica vermelho e ele se levanta da cadeira tão rápido que ela quase tomba no chão. Eu me concentro na cadeira, mas felizmente ela se equilibra no último minuto. Não seria bom se algo caísse neste momento.

Mitch grita comigo, soltando perdigotos:

— Você tem trinta segundos pra sair da minha propriedade ou vou chamar a polícia! Ninguém vem na minha casa pra falar assim comigo, garota!

Ele não está preocupado em chamar atenção agora.

Preciso garantir que ele fique bem puto, então levanto o dedo do meio e saio pisando forte. Funciona. Ele sai de perto da cadeira e para no degrau mais alto, os punhos cerrados. Já estou na calçada diante da casa do vizinho quando ele enfim olha em volta para checar se alguém ouviu.

— Vai se foder, Mitch! — grito, para garantir, e saio correndo pelo quarteirão.

Após caminhar por algumas ruas, meu temperamento já voltou ao normal. Aquilo saiu do controle. Foi imprudente. Eu me deixei levar de um jeito que nunca tinha feito antes.

E a sensação foi muito boa.

Dou uma olhada no relógio. Ryan já deve estar me esperando no estacionamento do hotel. Nem olho para trás.

Quando chego ao carro, Ryan está sentado no banco do motorista com o motor ligado. Entro no lado do carona.

— Vamos — digo.

Estou me esforçando para esconder o sorriso.

Ele coloca a mão na marcha e vira o rosto para mim. Dá um sorrisinho e diz:

— Por esse sorriso aí, já sei que andou aprontando. Precisa que eu saia daqui correndo como um bom fugitivo ou vai me dizer mais ou menos pra onde vamos?

— Saia da cidade e vá para o norte, na direção do Tennessee.

Ele está me provocando, e eu meio que estou gostando.

— Comprei comida pra você — diz ele, apontando para o banco de trás.

Estendo a mão e pego a sacola branca. Tem um cheesebúrguer com tudo menos cebola, e uma porção de batata-doce frita.

— Obrigada — sussurro.

Saímos do estacionamento, e dou uma mordida enorme no sanduíche. Ele fica em silêncio enquanto eu como, e fica difícil engolir com o nó que se forma na minha garganta. É a comida que ele comprou para mim. E ele sabe que eu gosto mais de batata-doce frita do que da normal. E que eu odeio cebola crua. É um tipo de consideração muito rara no meu mundo.

Como depressa e coloco todo o lixo dentro da mesma sacola.

— Então, só Tennessee? — pergunta ele.

Assinto.

— Isso.

Ele flexiona o maxilar e parece estar com dificuldade de pôr para fora o que quer dizer. Depois de um tempo, enfim fala:

— Você mencionou a importância dos meus compromissos de quinta-feira. Eu tenho um negócio em Glenview, no Texas. É um trabalho diferente do que faço em Lake Forbing. Adquiro produtos de modo questionável e depois vendo com bastante lucro. Não é algo que as pessoas saibam lá em casa e pretendo que continue assim.

Fico de cara no chão com essa confissão.

— Mas está me contando — digo.

Ele olha para mim, examina meu rosto, depois se volta para a estrada.

— Achei melhor ser o primeiro a falar.

Nenhum de nós diz mais nada. Continuamos em silêncio por muitos quilômetros, ele olhando para a frente e eu observando o cenário borrado pela janela lateral.

— Eu vou contar tudo pra você. Mas não agora. Preciso passar pela sexta-feira.

Aquilo sai quase como um sussurro, mas sei que ele ouviu cada palavra. Porque depois de sexta-feira, vou saber tudo que preciso saber.

— Por mim tudo bem. Mas, quando chegar sexta-feira, vamos colocar todas as cartas na mesa.

O celular apita e me salva de ter que dizer mais alguma coisa. Uma onda de alívio me invade quando vejo a notificação.

Ryan olha para mim e percebe a mudança.

— Boas notícias?

— Sim. Exatamente o que eu precisava.

Abro o celular e o aplicativo que me permite ver uma réplica do que está acontecendo no telefone de Mitch neste momento. E, sim, ele fez justamente o que eu esperava. Mandou uma mensagem para o sr. Smith reclamando de mim.

Visitar Mitch foi uma jogada arriscada. Não achava que ele me convidaria para entrar, mas nunca se sabe quando se está lidando com os arraigados hábitos sulistas. Por sorte ele quis me manter longe de sua família, então ficamos na varanda. Quando ele se sentou na cadeira, bem em cima do dispositivo que eu tinha acabado de plantar ali, bastava que abrisse a mensagem enviada por Devon enquanto eu estava ali diante dele.

O fato de só entrar em contato com meu ex-chefe agora mostra que ele passou um tempo ponderando a decisão, um claro sinal de sensatez. Com certeza se preocupou com os riscos de fazer contato novamente, mas minha aparição na porta dele foi bem mais ameaçadora, e é por isso que tive que fazer toda aquela cena antes de ir embora. Percebi que Mitch se sentiu mal por mim a princípio, mas que aquilo não seria o suficiente. Eu precisava que ele ficasse com raiva. E com um pouquinho de medo de mim. O bastante para assumir o risco de mandar a mensagem.

Há muitas coisas que não sabemos sobre o sr. Smith. Apesar de ter habilidades impressionantes, Devon nunca conseguiu descobrir o nome real dele nem onde mora. Outra coisa que não conseguimos descobrir foi como os clientes entram em contato e como as partes se comunicam. Depois de tantos anos convivendo com Devon, sei que não é algo simples como um e-mail falso. É aí que entra o Mitch. De todos os trabalhos que fiz, esse foi o único em que tive certeza de quem era o cliente, por causa daquela derrapada de Tyron Nichols. Mitch Cameron sabia que seria demitido na Flórida uma semana antes de eu abordar o benfeitor. E sabia que precisava conversar com Tyron longe dos equipamentos de escuta que estavam na casa do rapaz quando disse a ele que o queria em seu time, não importava onde fosse. Só havia um jeito de ele saber de tudo isso.

Mitch Cameron era o cliente.

Agora ele está no meio de um fórum de mensagens criado para celebrar o amor por uma banda dos anos 1970 chamada King Harvest. Imagino que a maioria dessas mensagens seja para meu chefe e algumas poucas sejam realmente de pessoas que adoram a banda e seu único sucesso, "Dancing in the Moonlight". A janela para uma nova mensagem aparece e Mitch começa a digitar.

> **Gridiron Boss:** Acabei de ouvir "Dancing in the Moonlight" pela primeira vez na vida hoje.

É isso. Deve ser assim que fazem o contato inicial com o sr. Smith.

— Hora da decisão — diz Ryan. Ele aponta com a cabeça para as placas na estrada. — Direto para Memphis ou algum outro lugar?

— Memphis não. Vá para o nordeste — digo, e ele liga a seta. — Vamos pra Nashville.

Ele olha para mim.

— Não é Atlanta?

— Ainda não.

Ele faz que sim.

— Vou parar pra colocar gasolina, já que o caminho é longo. E comprar mais comida.

Na saída seguinte, Ryan abastece o tanque e vai até a loja.

Estou grudada no telefone, esperando que Mitch receba uma resposta. E ainda que o sr. Smith hesite em responder à mensagem de Mitch, espero que a curiosidade para saber do que se trata, aliada à grande probabilidade de estar me rastreando e saber que estamos em Oxford, prevaleça. Preciso que ele reaja do jeito que estou esperando, senão vai tudo por água abaixo.

Agora que já sei onde procurar, abro o navegador e vou até o fórum de mensagens para dar uma bisbilhotada em vez de ficar acompanhando o que Mitch está olhando. Devon também pode ver a tela de Mitch e tenho certeza de que está fazendo a mesma coisa. Há muitas postagens com a frase "Acabei de ouvir 'Dancing in the Moonlight' pela primeira vez na vida hoje". Sempre soube que eu não era a única trabalhando para meu chefe, mas, só pelo número de publicações, ele tem muito mais serviços rolando do que eu pensava. Há poucos nomes de usuários que podem corresponder aos trabalhos que fiz no passado, mas só consigo ver a postagem inicial. Certamente as conversas com o sr. Smith são feitas no modo privado.

Depois de mais ou menos um minuto, vem a notificação de que Mitch recebeu uma resposta.

> Kingharvestmegafan: Como posso ajudar?
> Gridiron Boss: Uma garota apareceu na minha casa. Disse que trabalhava pra você. Wendy alguma coisa. Me pediu dinheiro! Estava descontrolada. Mandou eu me foder quando falei para ela ir embora. Gritou tão alto que os vizinhos ouviram. Eu paguei caro demais pra uma maluca dessas aparecer na minha porta!
> Kingharvestmegafan: Peço desculpas pela visita inesperada. Garanto que vou cuidar disso e você nunca mais vai ser perturbado de novo.

— Isso — sussurro. — Peguei você.

Já é tarde quando chegamos a Nashville. Ryan para diante de um hotel caindo aos pedaços na fronteira da cidade; já estou abrindo a porta antes mesmo de ele manobrar na vaga.

— Espere aqui. Vou pegar um quarto pra gente — digo, já com um pé para fora.

Ele desliga o motor.

— Tem certeza? Eu posso...

— Tenho certeza. Espere aqui.

Ele está frustrado comigo desde que saímos de Oxford, porque me esquivei de todas as perguntas que fez.

Minutos depois, volto para o carro e digo o número do quarto para Ryan. Estacionamos bem diante da porta, já que pedi um apartamento no térreo. Podemos até pagar por uma acomodação melhor, mas prefiro ter a possibilidade de sair rapidamente caso seja necessário.

Trouxemos pouca bagagem, então não demoramos a nos instalar.

— Vou tomar um banho — diz Ryan. — Quando sair, vou comprar alguma coisa pra gente comer.

Assim que ouço a água, pego o celular e vasculho a linha do tempo do Instagram até achar um comentário com o horário do encontro para amanhã. Comento numa postagem diferente para Devon saber que recebi a mensagem.

Quando a porta do banheiro se abre, Ryan sai só de toalha.

Eu poderia passar o dia inteiro olhando para ele. Seu corpo é exatamente do jeito que eu gosto — em boa forma e elegante, mas não tão musculoso. Ryan deve ter visto o brilho nos meus olhos, porque, em vez de caminhar na direção da mala, vem até mim na cama. Seu humor melhorou bastante.

E eu me deixo levar por um momento. Esqueço os planos que povoam minha mente. Aperto o botão de pausa. Aproveito estes poucos minutos em que podemos nos comportar normalmente.

Eu o puxo para perto e sinto seu peso sobre mim. Passo as mãos no cabelo dele, ainda molhado.

— Foi uma semana daquelas — diz Ryan, os lábios a poucos centímetros dos meus.

— E é só terça-feira — respondo. Depois, minha expressão fica séria. — Arrependido de vir nesta viagem?

— Ainda não — diz ele, com uma risada.

Ryan dá um beijo naquele lugar do meu pescoço que sabe que adoro, e sinto um arrepio descer até o pé.

— E se eu tiver feito isso? E se eu tiver alguma coisa a ver com a morte de Amy Holder?

As palavras sussurradas pairam entre nós. Minha autossabotagem dando seu melhor.

Ele fica parado. Depois levanta a cabeça e olha nos meus olhos.

— Não preciso de uma resposta pra essa pergunta.

Ryan se aproxima e toca meus lábios com os seus devagar. Não demora muito até estarmos pele com pele, e eu me deixo levar enquanto suas mãos passeiam por todo o meu corpo.

Ele me agarra com mais força e me puxa para perto, como se estivesse com medo de que eu fosse desaparecer, e enterra o rosto naquele lugarzinho sensível entre meu pescoço e meu ombro. Sussurros jorram da boca dele, frases pela metade que não deveriam fazer sentido, mas fazem.

Absorvo cada uma daquelas palavras e enterro as unhas nas costas dele. Para mostrar que sinto o mesmo, sem precisar dizer nada.

Codinome: Helen White — Quatro anos atrás

Para este trabalho, sou Helen White e estou na região mais a oeste do país em que já estive: Fort Worth, no Texas.

Sempre me perguntei por que todos os meus trabalhos são no Sul, mas imagino que o sr. Smith deva ter outras pessoas trabalhando para ele em outros lugares, então essa região deve ser o meu território.

Isso é tão corporativo.

Mas o Texas é novidade para mim. Tudo parece diferente aqui. Maior e mais barulhento, com certeza, só que tem algo a mais. É quase um choque cultural.

A princípio, o trabalho em Fort Worth é uma simples recuperação de objeto. Um quadro qualquer que vale milhões foi roubado há alguns anos e acredita-se que esteja escondido na mansão gigante de Ralph Tate, um magnata do petróleo. Quem nos contratou para essa tarefa aparentemente vem tentando comprar o quadro de Ralph há anos, mas ele se recusa a vender, então vamos roubá-lo.

Mas não sou a única responsável pelo serviço.

O sr. Smith adora joguinhos, e este trabalho é um exemplo perfeito do quão sádico ele consegue ser. Ele me falou que não fui a única enviada para recuperar o quadro, mas não disse exatamente quantos de nós estão tentando acertar o alvo. Porque é uma disputa, e quem conseguir tirar a obra da casa vai ganhar um bônus. Bem grande.

Eu me dou conta de que quero muito ganhar. Com base nos últimos trabalhos, sinto que estou chegando cada vez mais perto do topo da hierarquia, e conseguir esse quadro só confirmaria que eu sou a melhor que ele tem.

Depois de pesquisar um pouco sobre a obra, fiquei um tanto decepcionada por não ser uma das mais famosas, tipo aquela das papoulas de Van Gogh, que ainda está perdida por aí. A que estou buscando vale uns cinco milhões de dólares e nem é bonita. Recebi os detalhes sobre a tarefa há trinta e seis horas, e, quanto mais pesquiso, mais tenho certeza de que o sr. Smith quer o quadro para ele mesmo, então inventou um joguinho para conseguir.

Não seria o primeiro trabalho meu sem um cliente.

O sistema de segurança da casa de Tate é um pesadelo e não faz o menor sentido. Nenhum. Parece mais uma pista de obstáculos. Não importa há quanto tempo eu esteja nesse negócio, nunca vou entender gente rica.

O velho Ralph acha que seu sistema é impossível de violar, mas tenho Devon no meu time. Não há nenhum pedido meu que ele não tenha conseguido realizar, e ele pode dizer o mesmo de mim.

Entro no Buffalo Wild Wings e vasculho o restaurante, procurando por ele. Devon acena com a cabeça quando fazemos contato visual e vou até a mesa onde ele aguarda.

Sento diante dele, que me passa uma cerveja. Se estivéssemos num lugar mais privado, eu lhe daria um enorme abraço, já que não o vejo há muito tempo, mas ele insiste que não devemos fazer nada que chame atenção em público. Mesmo assim, recebo um pequeno sorriso e retribuo com outro muito maior.

— Essas cores ficam bem em você — digo.

Ele está com uma camisa dos Cowboys, embora eu saiba que odeia esse time. Ele a usa porque sabe que mais da metade do restaurante estaria com alguma peça de roupa do time local. Ao olhar ao redor, vejo um mar de azul, branco e prateado.

— Nem começa. Olha só o que eu faço por você.

Ele revira os olhos e finge uma ânsia de vômito.

— Você me ama, eu sei. — Pego minha garrafa e bato na dele. — Saúde!

— Tá bom, tá bom — resmunga ele, bebendo um gole da cerveja logo em seguida. — Primeira vez que é enviada pro Texas. Não sei se gosto disso.

A relutância de Devon a toda e qualquer mudança é a única coisa constante na minha vida.

— Talvez meu território esteja se expandindo — digo, com uma risada.

Ele inclina a cabeça para o lado, sua expressão dizendo que duvida um pouco, mas não diz nada porque a garçonete se aproxima da mesa.

— Ei, pessoal. Querem algo pra comer? — pergunta ela.

Olho para Devon, que diz:

— Pedi o hambúrguer com batata frita. É bom. Você vai gostar.

Assinto e digo:

— O mesmo pra mim, então.

Depois que a garçonete vai embora, pego um envelope de papel pardo na bolsa e entrego a ele para informá-lo de tudo que sei até agora. Bebo cerveja enquanto ele lê e relaxo pela primeira vez desde que cruzei a fronteira estadual e entrei no Texas. Sei que Devon chegou pelo menos uma hora antes de mim e fez uma varredura em busca de escutas ou qualquer outro dispositivo de gravação, mesmo que absolutamente ninguém saiba que estamos aqui.

A comida chega e fico observando as pessoas enquanto Devon lê cada página com atenção.

Uma criança para a alguns metros da nossa mesa e diz:

— Esse celular é muito ruim. Não consigo baixar a imagem.

Ele e o amigo examinam o aparelho e então saem andando. Eu começo a rir, e Devon olha para mim.

Aponto para o pequeno dispositivo preto em cima da mesa.

— Até onde você deixou sem sinal?

Ele dá uma risada ao olhar para o garoto.

— Um raio de uns oito metros.

Ele então retorna a atenção para os papéis.

Olho em volta e vejo que todo mundo está tendo problemas com seus aparelhos. Devon causou um caos ao redor.

— Todo mundo está surtando.

— Estou evitando que muita gente tome decisões ruins neste momento. — Ele olha por poucos segundos para o bar barulhento. — Eles me agradeceriam mais tarde se pudessem.

Ele enfim termina a última página e se vira para mim.

— Nunca vi um sistema de segurança desenhado desse jeito.

— Você consegue entrar?

Devon inclina a cabeça e faz uma cara feia. Um olhar que diz: "Não ouse me insultar desse jeito."

— Me explique — peço, com um sorriso.

Ele folheia a pilha de papéis e pega o desenho de uma planta baixa.

— A configuração é linda. Incrível. Não tem motivo pra ser desenhada assim, e é isso que a torna perfeita. — Ele aponta para uma das seções da planta. — Eles acham que o quadro deve estar nesse cômodo no meio da casa, certo?

— Isso, é a sala de troféus, onde ele tem os animais exóticos empalhados que matou na África. Encontrei algumas imagens de dentro desse cômodo. Também tem um daqueles humidores grandes pra charutos, além de uma coleção de tequila que vai deixar você com água na boca. — Pego um dos papéis da pilha. — E esse desenho mostra que foi feito um apêndice na sala logo depois que o quadro sumiu. Parece que uma parede falsa retrátil foi adicionada. Meu palpite é que o quadro, e sei lá mais o que ele obteve de forma ilegal, fica escondido atrás dessa parede quando tem alguém em quem ele não confia no cômodo.

Devon estuda o desenho do apêndice e volta para os projetos da planta principal.

— Você vai ter que ficar diante do teclado do lado de fora do cômodo onde acha que o quadro está — diz ele, e move o dedo sobre a página, traçando linhas que representam cabos e fios — enquanto eu fico aqui, com o sistema de cobertura, pra evitar que dispare na hora. Nada pode ser acessado de modo remoto. É absurdamente simples, porém caótico. E você só vai ter uns cinco minutos, talvez. Cinco minutos dentro de um ambiente que nunca vimos, então não tem como saber o que a aguarda lá. Não tem outro jeito. É magnífico, de verdade.

Ele não tem uma relação romântica, mas, se um dia tiver, espero que sinta pela pessoa o mesmo amor que tem por esse sistema de segurança muito bom.

— Por que vou ter só cinco minutos quando entrar? Se você desarmar, não fica assim?

Ele nega com a cabeça.

— Não. O sr. Tate usou um sistema que grava tudo o que acontece no cômodo a cada segundo, e existe um alarme que dispara quando a gravação é interrompida por mais do que cinco minutos. Mas não posso anular nem contornar porque esse sistema fica *dentro do cômodo*. Também não dá pra acessar remotamente.

Ele aponta para as duas áreas e embarca numa descrição complicada de fios que precisam sofrer curto-circuito e um monte de outras coisas que não entendo.

— O controle de tempo precisa ser perfeito. *Perfeito.* Até os segundos. O alarme só toca na guarita, então você nem vai saber que está em apuros até ser tarde demais.

Devon continua analisando as plantas e balança a cabeça devagar, como se não estivesse acreditando no que vê.

— Por mais que eu tenha adorado isso, tem alguma coisa errada. Por que quem faz esse tipo de coisa? Não estou gostando de saber que você vai fazer isso. Tem mais alguma coisa rolando.

— Acho que é um jogo. Já me disseram que não sou a única tentando pegar o quadro.

— Mas por quê? — pergunta ele. — Foi o Smith quem mandou várias pessoas aqui ou você acha que há outros figurões envolvidos?

— Acho que é tudo o sr. Smith.

— Mas por quê? — pergunta ele, de novo. — Não faz sentido.

Dou de ombros.

— Não seria a primeira vez que ele faz algo assim. Acho que fica entediado e decide jogar um joguinho. Gente rica é estranha.

Devon inclina a cabeça para o lado.

— Você pode recusar o trabalho?

Isso me faz pensar por um segundo.

— Acha que devo fazer isso?

— Não sei.

Ele morde o lábio e analisa os desenhos.

Eu me inclino para a frente e tento ver a situação pelos olhos dele.

— Não sei se posso dizer não. Nunca recusei um trabalho.

— Preciso de mais um tempinho com isso aqui. Você quer tentar quando?

Enfio um punhado de batatas na boca e penso nos próximos passos.

— Preciso ir pra Austin e ficar lá alguns dias. Tate vai dar uma festa de Quatro de Julho gigantesca na casa dele neste fim de semana. Talvez seja o melhor momento pra tentar, se você conseguir encontrar um jeito até lá. Arrumar tudo de que precisamos enquanto eu estiver fora.

É um risco adiar, já que não sei quem mais e nem mesmo quantas pessoas vão tentar pegar o quadro, mas vale a pena, principalmente se Devon precisa de mais tempo.

Faço uma pausa e então continuo:

— Você vai ter que arranjar um jeito de entrar na festa. Dessa vez não vai dar pra parar a van por perto e fazer tudo de lá.

Ele assente.

— Eu sei.

Devon fica mais confortável nas sombras, nos bastidores, mas isso não vai ser possível neste trabalho.

Dou um chutinho de leve no pé dele por baixo da mesa.

— Você vai conseguir.

Ele passa a batata sobre uma montanha de molho ranch.

— Vamos ver.

Esta versão cover de "Sweet Home Alabama" seria muito boa se o vocalista não fosse desafinado nem tivesse a voz chata, porque o restante da banda está arrasando. Apesar disso, balanço a cabeça no ritmo da música.

Cheguei a Austin pouco antes de eles subirem ao palco e estou na primeira fila desde o começo do show. O vocalista percebeu. Ficou encarando meus peitos durante as duas últimas músicas, então puxo o decote em V um pouquinho mais para baixo para facilitar a vida dele.

Quando terminam o show, ele olha para mim e acena com a cabeça para o backstage.

Atravesso o público e vou até a cortina, atrás da qual ele está esperando por mim. Ele me puxa para perto e me beija com força, dispensando qualquer apresentação. Dou um tempinho para ele e me afasto.

— Vocês mandaram muito bem — digo, as mãos deslizando sobre o peito dele, enquanto seus dedos entram no meu cabelo, que acabou de ser pintado de azul-cobalto.

— Gostei dessa cor — elogia ele.

— Sou uma grande fã da Blue Line. — Eu me esfrego um pouco nele. — A maior de todas.

Ele aponta com a cabeça para a porta dos fundos da boate.
— Quer sair daqui?
Os companheiros de banda escutam e gritam o nome dele.
— Sawyer! Você não vai sair de jeito nenhum antes de a gente guardar o equipamento!
Ele me puxa e coloca minha mão em volta da sua cintura. Enfio os dedos debaixo do cós da calça jeans, as unhas arranhando de leve sua pele.
— É, vamos sair daqui — digo.
— Tenho que ir! Fico devendo uma — grita ele, sem nem olhar para trás.
— Vai se foder, Tate!
Acredito que ele já teria sido expulso dessa banda há muito tempo se seu querido papai, Ralph Tate, não estivesse bancando a brincadeira, porque esse cara é, obviamente, o pior membro, tanto em talento quanto em utilidade.
— Qual é o seu nome? — pergunta ele, ignorando todo mundo que está atrás de nós.
Helen White não vai funcionar aqui.
Franzo o nariz e mordo o lábio inferior. Ele olha para minha boca do jeito que eu sabia que faria. Então sussurro:
— Kitty.
Ele faz um som de gato. Tenho que me esforçar muito para não revirar os olhos.
Sawyer abre um sorrisinho irônico, agarra minha bunda com uma das mãos e abre a porta dos fundos da boate com a outra. Esse vai ser difícil de controlar. Mas se tem uma coisa que eu sei é como lidar com filhinhos de papai ricos com o ego gigante.

A festa de Quatro de Julho dos Tate é um evento grandioso, com direito a corrida atrás de porcos, concursos de laçada e uma queima de fogos de meia hora logo depois do pôr do sol. É um dos convites mais difíceis de conseguir.

A não ser que você seja uma groupie da banda do filho.

Sawyer e eu, com vinte dos amigos mais próximos dele, chegamos uma hora atrasados. Pesquisei tudo que consegui a respeito desse grupinho, na tentativa de descobrir se mais alguém o está usando para entrar na casa, mas estão todos muito chapados desde a noite anterior, então acho que sou a única infiltrada. Não foi uma má ideia ser a garota que aparece com as drogas comestíveis para garantir que todos ficassem desse jeito.

Paramos ao lado do estande dos manobristas, os outros quatro carros da caravana atrás de nós. Sawyer joga as chaves para o coitado do adolescente com a cara cheia de espinhas que está cuidando do local.

— Não estaciona muito longe. Não vamos ficar muito tempo.

Chego ao lado dele de mansinho, coloco a mão nas suas costas, e caminhamos até a casa gigantesca.

— Mas você me prometeu os fogos de artifício — digo, fazendo beicinho.

— Aqui estão seus fogos de artifício, Kitty Cat — responde ele, com a mão na virilha.

Este é o jeito mais fácil de se infiltrar na festa, mas também o mais nojento.

Assim que entramos na casa, ouço alguém chamar:

— Sawyer!

Nós dois nos viramos, e lá está ele: Ralph Tate no topo da escada. Eu sabia que chamaria atenção ao entrar com Sawyer, então fui na onda. Meu short jeans é curtíssimo, a ponto de aparecer a popa da bunda, e a parte de cima do biquíni com a bandeira americana não deixa muito espaço para a imaginação. O cabelo é azul em homenagem ao aniversário do país e, claro, ao meu grande amor pela banda de Sawyer, Blue Line.

Algumas tatuagens temporárias estrategicamente posicionadas, olhos esfumados e um batom vermelho completam o visual. Estou na cara deles, mas ninguém me nota.

Ralph Tate se aproxima devagar e sinto que Sawyer fica tenso. Ele quer provocar uma cena. Quer parecer que está desdenhando do dinheiro do papai. Mas sei que vai ceder assim que o papai ameaçar tirar sua grana. Esses garotos são previsíveis demais.

— Filho, acho que você mencionou que traria alguns amigos. — Ele olha para o grupo atrás de nós. — Mas tem um pouco mais de gente do que planejamos.

Sawyer abre os braços.

— É tudo ou nada.

Que idiota. Prendo a respiração e torço para que Ralph não nos expulse para pôr o filho em seu devido lugar. Por sorte, a sra. Tate aparece para colocar panos quentes.

— Querido, sempre temos espaço pra você e seus amigos!

Ela não é a mãe dele, afinal é apenas seis anos mais velha, mas gosta de fazer cena tanto quanto Sawyer. Ralph desaparece lá fora e a madame nos conduz na direção da comida e da bebida. Pego o celular no bolso de trás e mando uma mensagem curta para Devon: *Tic Toc.*

Sawyer é atraído por um grupo de garotas que conhece desde criança e eu fujo para o bar, cambaleando para parecer que estou tão chapada quanto o grupo com quem cheguei.

— Vodca com suco de cranberry — peço.

Devon está do outro lado do balcão do bar. Não o reconheceria se não soubesse que é ele. Usa o mesmo uniforme dos outros garçons, mas está com um bigode bem descolado e tem dreads em vez do cabelo curto de sempre. Quando me contou a segunda versão do plano, fiquei surpresa que estivesse disposto a interagir com tanta gente, mas também feliz por ele sair da zona de conforto. Ele ficou nas sombras por tempo demais.

Devon me entrega o drinque, que sei não conter álcool, e olha o relógio.

— Nenhuma mudança. Câmeras desligadas às 16h17.

Como sabíamos que não seríamos os únicos a tentar realizar este trabalho, ele grampeou o sistema de segurança algumas horas depois de sairmos do Buffalo Wild Wings, e está observando a casa desde então. Ele me mandou uma mensagem ontem à noite com o número quatro, indicando quantas tentativas malsucedidas de roubar o quadro já haviam ocorrido até então. Ainda não sei dos detalhes, mas como ele falou "nenhuma mudança", parece que ninguém tentou do mesmo jeito que planejamos.

— Quantos no deque? — pergunto.

— Três, mas com sorte vão esperar o show de fogos.

Assinto e saio dali.

Consideramos esperar o início dos fogos para realizar a nossa tentativa, como ele acredita que as outras três pessoas que vieram em busca do quadro vão fazer, mas sabíamos que haveria muita gente se esperássemos tanto. Então vamos atacar em plena luz do dia.

Eu me jogo numa cadeira perto da porta do pátio e olho para o relógio. Cronometramos tudo meticulosamente, então, assim que dá 16h17, coloco meu drinque em cima de uma mesinha e entro na casa. Quando vejo que a área principal está limpa, vou decidida até o banheiro que fica no hall dos fundos. Decorei a planta do local, então vou direto, sem errar o caminho. Tranco a porta ao entrar e pego a bolsa que Devon deixou dentro do armário mais cedo. Há uma peruca preta e um uniforme de garçonete, um par de luvas, um relógio e um saco de lixo preto grande. Coloco tudo por cima do short e do biquíni em tempo recorde. Não devo ser registrada por nenhuma câmera, mas Kitty é memorável demais caso eu esbarre com alguém no hall. Assim que saio do banheiro, mando uma mensagem para Devon: *Vai*.

Caminho pela casa e chego até o hall dos fundos, onde uma curva à esquerda me leva para a sala dos troféus do sr. Tate.

Viro à direita.

Mantenho a cabeça baixa ao passar pela cozinha e seguro o saco preto diante de mim como se fosse um escudo. Ninguém nem me olha, já que parece que estou indo jogar o lixo fora.

Mais algumas curvas, e agora estou diante da porta da lavanderia.

Mando mais uma mensagem: *Pronta*.

Há um pequeno teclado do lado de fora da porta e a luz pisca de vermelha para verde. Abro a porta e entro, coloco o saco em cima da secadora e retiro um pequeno dispositivo preto de dentro dele. Seguro o aparelho diante das portas do armário que fica perto da lavadora e digito uma série de números que Devon me mandou por mensagem. Olhando de fora, não dá para saber que tem uma tranca neste armário, mas em alguns segundos ouço um clique e as portas se abrem.

Dentro do móvel há uma arara cheia de roupas de caça. Tiro todas de uma vez e seguro a caixinha preta diante do painel que estava escondido atrás. Devon manda outra série de códigos que digito no aparelho.

Alguns segundos depois, ele se abre e estou diante de um quadro muito caro e muito feio.

Pego a obra e deixo em seu lugar a réplica que estava escondida no saco de lixo. Por sorte, a pintura não é muito grande. Depois de colocar as roupas de volta na arara, Devon me ajuda a sair do sistema e a trancar de volta todas as portas.

Em poucos minutos, estou de novo no hall do lado de fora da lavanderia e caminho em direção à garagem. Meu coração acelera quando um dos seguranças contratados para vigiar a casa faz a curva e quase esbarra em mim. Ele segura meu braço para se equilibrar.

— Desculpa. Não deveria ter feito a curva tão rápido — diz ele.

Dou a risada que ele está esperando.

— Não se preocupe.

Ele me mostra uma garrafa de água quase vazia e acena com a cabeça para o saco de lixo na minha mão.

Abro o saco e ele a joga lá dentro.

— Obrigado — diz.

— Sem problemas — respondo, torcendo para que a pintura aguente um pouquinho de água.

Mantenho a cabeça baixa e saio pela porta lateral que dá na garagem, onde ficam as latas de lixo. Tiro o uniforme que está por cima do short e do biquíni, enfio as roupas e a peruca no saco de lixo junto do quadro, amarro a sacola e a jogo na lata de lixo. Quando já estou de volta ao jardim, mando uma mensagem para Devon: *Tirei o lixo.*

Ele vai pegar o saco antes que as câmeras voltem a funcionar.

Vinte minutos depois de ter colocado meu drinque em cima daquela mesinha, eu o pego de volta. O gelo mal derreteu. Bebo um gole grande e vou atrás de Sawyer. Ele está sentado ao lado da piscina e eu me enfio entre ele e uma loira. Ela não fica nada feliz.

— Onde você estava, meu bem? — diz ele, com a voz arrastada.

— Procurando você.

Ele joga o braço por cima de mim, me puxa para perto e começa a conversar com a garota que está do outro lado.

Bebo um gole do drinque e respiro fundo. Devo muito a Devon por este trabalho. No dia seguinte àquele em que nos encontramos no Buffalo Wild Wings, ele apareceu em Austin.

Eu o encontrei no andar infantojuvenil da Biblioteca Pública Central, onde ele estava ensinando três meninas do ensino fundamental a jogar xadrez num tabuleiro de tamanho natural. Apesar de todas as suas regras e procedimentos, ele se derrete todo quando se trata de crianças. Eu me sentei em uma das muitas cadeiras e esperei que terminassem. Assim que as meninas começaram a organizar as peças gigantes para um novo jogo, ele pegou o tubo de papelão e fez um gesto para que eu o acompanhasse a uma das salas de estudo privativas. Ao lado da caixinha preta que nos garantia que ninguém ouviria nossa conversa, nos debruçamos mais uma vez sobre as plantas baixas.

— Tem certeza de que o quadro está nesta sala? — perguntou ele.

Eu me inclinei sobre a mesa e tentei ver o que ele via, mas nada me chamou atenção.

— Este quarto é mais protegido do que qualquer outro lugar da casa. A adição de uma parede falsa sugere que ele está escondendo alguma coisa ali. Você disse que o sistema é... qual foi a palavra que você usou? Perfeito? Tudo indica que o quadro está neste cômodo.

— Mas você disse que é um jogo, não é? Você não vai ser a única lá procurando por ele, certo?

Eu assenti e ele apontou para um pequeno canto da casa.

— Está vendo isso aqui?

Cheguei mais perto e apertei os olhos, como se isso fosse me ajudar a ver o que ele queria me mostrar. Não ajudou em nada.

— Me explique como se eu fosse uma criança — falei, por fim.

O dedo dele tocou o espaço onde se lia *Lavanderia*.

— Está vendo todos os fios passando por esse cômodo?

Assenti de novo.

— É um exagero para um cômodo onde há no máximo uma máquina de lavar e uma secadora.

Não demorei muito para entender.

— Então você acha que a sala dos troféus é uma armadilha. Manda todo mundo pra uma sala protegida por um sistema absurdo que ninguém consegue invadir. Quando eles falham... o que certamente vai acontecer... os guardas recebem um alarme silencioso e vão lá prendê-los. Enquanto isso, o quadro está escondido perto do congelador.

Devon abriu um enorme sorriso.

— É exatamente o que acho.

— E ainda está disposto a entrar comigo? E interpretar um personagem? — perguntei.

Ele assente

— Já estou trabalhando no meu disfarce.

Havia uma pontada de animação nas palavras dele que eu não esperava.

E ele estava certo. A esta altura, Devon já recolheu o quadro e saiu da propriedade de Tate. Vou ficar por aqui enquanto Sawyer quiser, e dispensá-lo na hora de ir embora.

Pego o pequeno cisne de papel branco que coloquei no bolso de trás hoje de manhã e o coloco na água. Ele vai flutuando para o outro lado da piscina.

Bebo mais um gole do meu drinque. Não vai demorar muito para começarem os fogos.

———◆———

Estou em casa esperando a ligação, mas mesmo assim dou um pulo de susto quando o telefone toca. O celular descartável estava em cima da mesa da cozinha quando cheguei da festa.

— Alô.

— O cabelo azul ficou melhor do que eu imaginava — diz o sr. Smith, com sua voz mecânica.

— Vai ser uma merda pra tirar.

Ele ri em voz baixa.

— O pacote vai ser retirado em breve e os detalhes do próximo trabalho serão entregues com o comprovante do depósito, incluindo o bônus.

Abro o computador, entro na conta do banco e vejo que o dinheiro já foi depositado. Começo o processo de mudança, como sempre.

— Vou estar aqui.

Acho que ele está prestes a desligar, mas então acrescenta:

— Devo dizer, fiquei impressionado que tenha conseguido recuperar o quadro.

— Quantas pessoas eu venci? — Estou jogando um verde. Não acho que ele vá responder, então pressiono um pouquinho. — Eu era o azarão?

Quero saber quantos degraus dessa escada ainda preciso subir para chegar ao topo.

Ele solta uma risada de leve.

— Você sempre teve um problema de ego, Lucca.

— Eu chamo de confiança, e tem funcionado pra mim até agora — digo, com a voz rouca.

Ele fica em silêncio, mas eu espero. Se não fosse me contar, ele já teria desligado.

Enfim, diz:

— Só vou contar isso porque você venceu e teve a coragem de perguntar.

Após um minuto com ele em silêncio, falo:

— Você me provocou e agora estou tensa. Não vai me sacanear.

Aquela risada de novo.

— Digamos que eu precisava ver qual dos meus funcionários se destacaria numa circunstância longe da ideal. E quem saberia reconhecer quando o caminho mais óbvio é o caminho errado. Parabéns.

— Havia um cliente? Não me pareceu um trabalho de verdade.

— O trabalho é sempre de verdade, mas talvez você nem sempre esteja ciente de qual é o objetivo.

Antes que eu diga mais alguma coisa, o sr. Smith continua:

— Atenda à porta. Entro em contato em breve.

Ele desliga e vou até a porta. Espio o olho mágico e vejo meu colega de sempre com seu uniforme dos correios segurando uma caixinha.

— Na hora certa — digo, abrindo a porta. Ele me entrega a caixinha e eu lhe dou o quadro embrulhado em papel pardo. — Quer entrar pra tomar uma bebida? Podemos ficar bêbados e contar nossos segredos um pro outro — acrescento, dando uma piscadinha. — Você sabe que quer, George.

— Você sabe que não posso, não importa o quanto eu queira.

George e eu desenvolvemos uma camaradagem gostosa ao longo dos anos. É difícil fazer amigos neste tipo de trabalho, já que estou sempre me mudando. Na verdade, Devon é o único amigo que tenho, mas às vezes passamos meses sem nos ver. George é a única outra pessoa constante na minha vida. Bom, além do sr. Smith, mas acho que ele nunca será mais do que uma voz mecânica para mim.

— Então, cabelo azul, hein? — pergunta ele.

Sacudo a cabeça.

— Gostou?

— Eu gostava do cabelo loiro de Nova Orleans. Acho que foi meu favorito.

Dou uma risada.

— Bom, talvez eu fique loira de novo depois de tirar esta cor.

— Está bem, Lucca, tenho que levar isso pro chefão. Evitar problemas.

Eu me inclino para o corredor quando ele se vira para ir embora e então digo:

— Qualquer dia desses vou convencer você a ficar e tomar alguma coisa comigo!

Ele para a alguns metros e vira o rosto para mim.

— Se alguém tiver o poder de me deixar tentado a quebrar as regras algum dia, tenho certeza de que vai ser você. — Ele chega um pouco mais perto: — Só não esquece: quanto maior o trabalho, mais de perto você vai ser observada. Há olhos em todo lugar.

Eu o observo ir embora e penso naquele aviso. Não é o primeiro que ele me dá e, espero, não será o último.

CAPÍTULO 20

Presente

Ryan vem atrás de mim até a porta do quarto do hotel, mas não sai. Eu me viro e dou um beijo nele.
— Não vou demorar — digo, com a voz serena.
Ele me envolve com os braços e me puxa para perto.
— Tem certeza de que está tudo bem? Não quer que eu vá junto? Pode precisar de um motorista de fuga de novo.
Minha risada é tão alta que parece até real.
— Eu bem que queria, mas tenho que resolver isso sozinha. Além do mais, eu sei que você precisa checar as coisas no trabalho. Tem que manter todas aquelas velhinhas felizes.
Ele me enche de beijos e faz carinhos pelo meu corpo.
— Me liga se precisar de alguma coisa.
Um último beijo, e vou embora.
Ryan fica me olhando do batente da porta aberta até eu sair do estacionamento. Hoje é um dia importante, preciso me manter atenta e lembrar por que estou aqui. Ainda tenho um tempinho antes da próxima parada, então dirijo a esmo para me concentrar.
Isso também me dá tempo para identificar quem é que está me rastreando e dar uma sacaneada nele.
Porque eu sei que tem alguém atrás de mim. Desde o trabalho de Tate, sempre tem.

Minha memória volta até aquele trabalho enquanto dirijo pela vizinhança. Penso naquele sistema de segurança complexo que só protegia uns animais empalhados velhos e um armário cheio de charutos. Não foi nem um trabalho, estava mais para um jogo perverso onde ele nos colocou uns contra os outros.

Devon tinha vigiado aquela casa tão religiosamente quanto minha mãe assistira à interpretação de Victor Newman em *The Young and the Restless* — sem perder um segundo. Estudou quem entrou e quem saiu, se certificou de que eu soubesse a posição de cada câmera para evitar ao máximo aparecer nas gravações e ainda identificou todo mundo que foi até lá tentar pegar o quadro.

Quando a obra de arte foi entregue e meu pagamento depositado, era hora de seguir em frente, mas eu não conseguia parar de pensar nas pessoas que tentaram e falharam. Não consegui segurar a curiosidade sobre quem eram e se queriam algo mais da vida além de pular de trabalho em trabalho como eu fazia.

Como Devon é Devon, ele me mandou exatamente o que eu queria quase antes de eu precisar pedir. Não fez com que eu me sentisse esquisita quando eu disse que queria mais do que imagens capturadas dos vídeos, queria nomes e endereços. O sr. Smith enviou seis de nós para o trabalho, e eu desejava conhecer todos eles.

Era a primeira vez que eu chegava tão perto de descobrir quem mais trabalhava para ele, e não queria perder a oportunidade. Sabia que era provável que nem todos fossem querer conversar comigo, mas tinha esperança de conseguir falar com pelo menos um ou dois.

Nós até podíamos ter sido concorrentes no trabalho de Tate, mas o que nos impedia de nos aliarmos dali em diante? Aquele não tinha sido o primeiro trabalho em que me dera conta do enorme valor de ter alguém na minha equipe que respondesse apenas a mim. E eu teria falhado como os outros se não fosse por Devon. Eu o convenci de que não faria mal nenhum entrar em contato com eles. Podíamos compartilhar recursos. Discutir estratégias.

Podíamos construir uma comunidade.

No fim de toda a busca, Devon só conseguiu um nome com endereço. Dirigi todo o caminho até Cabo San Blas, na Flórida, no período entre trabalhos. Fui até uma casinha fofa cor-de-rosa, com vários sinos dos ventos pendurados na varanda e um capacho de porta com o desenho de uma prancha na areia e as palavras *Aqui, tudo o que importa é praia, praia, praia.*

Aquela busca pelas outras pessoas que tentaram realizar o trabalho de Tate e a conversa que tive com a única com quem consegui falar foram um divisor de águas para mim.

Pela primeira vez, quis abandonar este trabalho, este estilo de vida. Fugir e começar uma nova história, com propósito, como Andrew Marshall falou naquela manhã na Carolina do Sul. Todo o brilho da vida que eu levava até então já tinha se desgastado, deixando apenas arranhões e entalhes. Mas este não é o tipo de trabalho em que simplesmente se entrega o aviso prévio. Não se eu quisesse voltar a ser Lucca Marino e tudo que isso implicava.

Então fiquei. Continuei aceitando os trabalhos que o sr. Smith oferecia como se tivesse a opção de recusar.

Quando fui enviada para a Louisiana e recebi o nome Ryan Sumner, achei que estava preparada para o serviço.

Em teoria, é fácil acreditar que eu poderia lidar com qualquer situação em que ele me jogasse.

Na realidade, não havia como estar preparada para o que ele fez. O sr. Smith me atingiu onde dói mais.

É muito tarde para fugir, então preciso ir até o final.

Enfim chego ao meu destino e encontro uma vaga livre. Depois de colocar moedas no parquímetro, entro numa farmácia para comprar um celular descartável, um Advil e uma garrafa de água. Sinto uma dor de cabeça nascendo bem atrás do meu olho esquerdo e preciso erradicá-la logo. Encostada na parte de trás do carro, seguro o telefone entre a orelha e o ombro depois de apertar o botão verde para usar as duas mãos para jogar dois comprimidos na boca e beber a água.

Devon atende no segundo toque, mas não diz nada.

— Sou eu — digo.

— Hotel 21C daqui a uma hora. Cafeteria no lobby.

— Número?

— Cinco e quinze.

Ele desliga.

É uma distância curta de carro até o hotel e felizmente encontro uma vaga bem na esquina. Além de ser um hotel, o 21C é também um museu, então o lobby está lotado de gente e sou obrigada a me embrenhar no meio da multidão, desviando de mochilas e pastas, até chegar à cafeteria que fica do lado direito da entrada principal. Um cartaz enorme no corredor que leva até as salas de conferência chama minha atenção.

REELEJA ANDREW MARSHALL — PROMESSAS FEITAS, PROMESSAS CUMPRIDAS

Passo direto pela longa fila da cafeteria e encontro uma pequena mesa de onde tenho uma boa visão do lobby.

Quarenta e cinco minutos depois, abro um sorriso ao ver o governador Andrew Marshall entrar pela porta. Há poucas pessoas com ele, e duas delas reconheço do breve período em que trabalhei na sua equipe. As pesquisas iniciais mostram que ele vai conseguir a reeleição de lavada, e seu nome já está sendo cogitado para uma possível candidatura presidencial.

Deixo meu casaco na mesa para que ninguém roube meu lugar e vou na direção deles. Ele me vê quando estou a uns três metros, e noto que ele me reconhece, ainda que eu esteja bem diferente de seis anos atrás.

Ele se afasta do grupo e vem na minha direção.

— Mia? — pergunta.

— Sim, governador. Sou eu.

— Como você está?

Dá para perceber que ele quer se aproximar de alguma maneira, me dar um abraço ou um aperto de mão, mas nada disso parece adequado diante das circunstâncias, então ele acaba colocando as mãos no bolso.

— Estou bem. Tenho acompanhado sua carreira. Estou muito orgulhosa.

Ele dá de ombros.

— Recebi ótimos conselhos no começo que me ajudaram demais.

Respiro fundo e pergunto:

— Posso falar com você em particular por um momento?

Uma das assistentes de repente se materializa ao lado dele.

— Desculpe, mas o governador Marshall está com a agenda apertada. Precisa fazer um discurso num almoço daqui a alguns minutos.

Ela já está com a mão no braço dele para puxá-lo, mas Marshall a interrompe.

— Tudo bem, Margaret. Tenho alguns minutos.

Faço um gesto para a cafeteria e ele me acompanha até a mesa onde eu estava. Quando nos sentamos, pergunta:

— Se meteu em alguma encrenca? É por isso que está aqui?

Abro um sorriso hesitante.

— Talvez um pouco. Por enquanto estou bem.

Andrew se inclina para a frente, os cotovelos sobre a mesa e a voz tão baixa quanto um sussurro.

— Eu te devo uma, e nós dois sabemos disso. O que posso fazer pra ajudar?

Balanço a cabeça e digo:

— Ainda não estou pronta pra pedir esse favor, só queria confirmar se ele ainda está disponível e se você está disposto mesmo a me ajudar.

Ficamos nos encarando enquanto ele tenta me decifrar, mas não entrego nada.

— Se estiver no meu alcance, sim.

Assinto, sabendo que isso é o máximo que vou conseguir de alguém bonzinho como Andrew Marshall.

— Era justo o que eu precisava ouvir. E agora chega de mim e dos meus problemas. Como você está?

Ele se recosta na cadeira sem tirar os olhos dos meus em nenhum momento.

— Estou bem. Em meio ao trabalho e à campanha de reeleição, tem sido bem corrido. Mas preciso perguntar, Mia, você está bem? Está feliz?

Nossa, se ele soubesse...

— Algumas arestas pra aparar ainda, mas estou chegando lá.

Essa resposta enfim o faz abrir um sorriso, embora seja menor do que eu gostaria. Ele olha para o relógio, indicando que nosso tempo acabou.

— Você precisa ir — digo, facilitando a vida dele.

Andrew se levanta, pega um cartão no bolso e o entrega para mim. Examino o papel e ele diz:

— Meu celular pessoal. É só me avisar o que precisa que eu faça.

Ele sai.

Eu me sento de volta e o observo ir embora. Seguro o cartão diante de mim e o leio de novo.

Um rangido alto chama minha atenção e levanto a cabeça para olhar o homem que está puxando a cadeira onde Andrew estava sentado. É George, mas, em vez do uniforme dos correios, veste um terno escuro.

Ele se senta e percebe o lampejo de surpresa que aparece no meu rosto antes que eu possa contê-lo.

— Você fica bem de terno.

Ele sorri e diz:

— Você deveria estar em Atlanta.

— Estou indo pra lá. Só precisava fazer umas paradas antes.

— O que está fazendo? — pergunta ele, com a voz serena. Sua preocupação comigo é aparente. — Está brincando com fogo. Andrew Marshall não vai fazer nada que suje as mãos dele, e nós dois sabemos disso.

Meus olhos não desviam do rosto de George.

— Não sei do que você está falando. Estava apenas passando pela cidade e achei que seria legal rever alguns velhos amigos.

Ele franze a testa.

— Pode mentir pra todo mundo, mas não minta pra mim. Não depois de todo esse tempo.

— Então não me faça perguntas que sabe que não posso responder.

George passa a mão na boca e diz:

— O sr. Smith acha que você precisa de mais incentivo.

Solto um suspiro frustrado.

— Você vai mandar mais uma foto minha numa rua pública aos detetives?

— Eu não — diz ele. — Eu sou apenas o mensageiro. Com a próxima leva de fotos, vai ficar bem mais difícil se livrar dos problemas com a justiça. Ele não está brincando.

Assinto devagar e pondero aquelas palavras.

— Mais alguma mensagem que precise me entregar?

Os olhos dele se enrugam nos cantos, como se ele estivesse realmente pensando no que quer dizer.

— Só uma, minha mesmo. Vá pra Atlanta. Ainda pode chegar ao banco e entrar naquele cofre amanhã à tarde. Entregue o que ele quer. Não quero fazer o que ele vai me pedir se você não entregar. Por favor, Lucca.

Isso me deixa um pouco abalada. Ele nunca foi tão franco e direto comigo.

Tudo que digo é:

— Obrigada pelo conselho.

Fico sentada e ele se levanta.

— Diga ao seu cara que ele está ficando descuidado. Eu o vi na entrada de serviço com o uniforme da manutenção.

Ele sempre chama Devon de "meu cara". Devon e George inventaram o próprio joguinho de gato e rato ao longo dos anos. Um tenta descobrir quem o outro é de verdade, mas acho que, até o momento, nenhum dos dois conseguiu. Devon, pelo menos, eu sei que não.

— Queria que a gente tivesse tomado aquela bebida — digo.

Ele ri.

— Vá pra Atlanta e de repente a gente consegue. — Quando está prestes a ir embora, ele se vira de volta e diz: — Boa sorte.

Dou de ombros e abro um sorriso.

— Quem precisa de sorte?

Ele ri enquanto se encaminha para fora da cafeteria.

Fico paralisada por mais dez minutos, repassando a conversa repetidamente.

A vontade de fugir invade meu corpo.

Mas fugir significa ter que passar a vida inteira me preocupando não apenas com o sr. Smith, mas também com a polícia no meu encalço.

Enfim me levanto e vou para os elevadores. Aperto o botão do oitavo andar. Sigo pelo corredor até a porta que dá na escada. Subo e desço de elevador e escada mais três vezes até que paro no quinto andar e tenho certeza de que não há ninguém me seguindo. Se bem conheço Devon, ele já tinha câmeras monitorando este andar antes mesmo de entrar no hotel.

Bato na porta do quarto 515.

Devon abre a porta.

— A cara de choque quando George se sentou foi um belo toque.

— Ele me disse em Fort Worth que havia "olhos em todo lugar", mas nunca sei se é ele ou outra pessoa que está vigiando, então fiquei *mesmo* um pouco surpresa quando ele apareceu.

— Eu me sento na poltrona ao lado dele. — Ele disse que você está perdendo a mão. Viu você na entrada de serviço.

Devon aperta o lábio superior.

— Ele acha mesmo que foi coincidência eu entrar no prédio assim que você chegou? — Devon revira os olhos. — Ele só me vê quando eu quero que me veja.

Devon montou um monitor e uma impressora na mesa do quarto, e eu examino as imagens que estão na tela. Andrew e eu estamos em quadro, mas o foco não está em nós. Está em George. Enquanto converso com Andrew, ele está no lobby, numa poltrona de encosto alto com um jornal na mão, mas me observando.

— Imagino que George tivesse o áudio também, não? Ele conseguiu ouvir tudo o que eu e Andrew falamos?

Devon aperta alguns outros botões e dá play na conversa entre mim e Andrew.

— Sim, aquele senhor com boné do Titans. Imagino que o microfone estivesse na bengala, porque a entregou pra George na calçada do lado de fora do hotel quando ele saiu.

Eu o encontro na tela e Devon está certo, a bengala está apoiada sobre a mesa dele com o ângulo voltado para mim.

— Não sabia muito bem como Andrew reagiria ao me ver, mas foi o melhor que poderia acontecer.

Foi um risco vir até aqui, mas há seis anos ficou claro que ele se sentia em dívida comigo, então eu estava confiante de que o sentimento ia reaparecer. Só precisava que dissesse isso em voz alta, e ele não me decepcionou. Também tenho certeza de que o sr. Smith vai interpretar do jeito que quero que interprete. Não vai achar que Andrew me ajudaria só porque é um cara legal, vai achar que tenho algum podre de Andrew guardado e por isso ele tem que me ajudar. O sr. Smith sempre achou que eu conseguira algo contra Andrew Marshall e que guardara para mim. Por isso é tão fácil para ele imaginar que fiz a mesma coisa com a informação a respeito de Victor Connolly. Ele acha que a peguei com Amy Holder e guardei para mim, em vez de entregá-la a ele.

Alugar aquele cofre no banco parece ter sido o que faltava para colocar minha lealdade em dúvida.

E esse veredito de culpa significa que a única coisa me impedindo de ser a próxima a "sofrer um acidente" e mergulhar de cara na água é o conteúdo de uma caixa de 12 x 17cm trancada dentro de um cofre de banco.

— Connolly está quieto esperando ou eu deveria me preocupar com ele?

Alguns botões, e a tela muda.

— Por enquanto está quieto, mas estou atento.

Olho para a imagem do homem em questão. Pela minha pesquisa, sei que ele tem sessenta e sete anos, mas parece mais velho nas imagens que Devon conseguiu. O pouco de cabelo que restou está completamente branco, e os anos e anos de exposição ao sol não fizeram bem à pele dele. Mas ainda que pareça apenas um velhinho qualquer, é sem dúvida um cara extremamente perigoso.

Connolly tem negócios legítimos e ilegítimos, como era de se esperar. É preciso mostrar a fonte dos recursos para pagar pelos carros chiques, jatinhos e casas espalhadas pelo país. Mas a renda vultosa que ele declara nos impostos não é nada se comparada ao que ganha por meios escusos.

Por isso o sr. Smith está fazendo de tudo para garantir que Victor Connolly permaneça um cliente satisfeito.

E não preciso que meu chefe me ofereça como cordeiro em sacrifício para Connolly se ele começar a demonstrar insatisfação.

Então agora eu e Devon estamos na ofensiva.

Eu sabia que o sr. Smith tinha mais provas contra mim, mas não queria estar sentada diante dos detetives para descobrir o que era, então estou forçando-o a queimar tudo agora. Ele acha que vai me assustar ao compartilhar o restante das fotos com a polícia, mas estou feliz que apareçam agora, enquanto ainda posso fazer algo. Enquanto ainda tenho a chance de fugir se precisar.

— Quanto tempo até conseguir identificar o sr. Smith? — pergunto.

A parada em Oxford teve três objetivos. Primeiro, eu queria parecer meio doida. Queria que o sr. Smith achasse que eu estava descontrolada e ficasse preocupado com meu próximo destino. É difícil prever o passo seguinte de alguém quando está agindo de forma errática.

Segundo, precisava determinar como os clientes entravam em contato com ele. Sabia que o treinador Mitch só poderia recorrer a uma pessoa quando eu aparecesse em sua porta. *Olá, King Harvest.*

E por último, nós ainda não sabemos a identidade verdadeira do sr. Smith, e precisamos disso mais do que nunca. Agora que sabe do fórum de fãs e o nome de usuário do sr. Smith, Devon está analisando o sistema e tentando encontrar algo que nos leve a ele.

— Estou perto — responde.

É tudo que ele diz, e não insisto mais.

Devon pega as páginas escritas à mão que deixei debaixo dos bolinhos ontem.

— Não é sua culpa que ele tenha matado aquela mulher e James.

Assinto, mas eu deveria saber que o sr. Smith era capaz disso e deveria ter dito algo mais a ela naquela noite. Tentado avisá-la de alguma forma.

— Ainda acha que devemos fugir?

Ele respira fundo e solta o ar ao analisar meu rosto.

— Eu preferia fugir pra gente se recompor em vez de continuar num caminho que pode levar você a ser presa ou morta.

Já estou negando com a cabeça antes mesmo de ele terminar a frase.

— Fugir não vai me salvar de nenhuma dessas duas coisas.

Um apito no computador atrás dele interrompe o que quer que fosse dizer. Aquele alerta o faz mudar de tela e mostra que ele enfim conseguiu entrar no sistema da delegacia de Atlanta.

— Vou buscar o arquivo de Amy Holder pra vermos o que eles têm. — Algumas imagens aparecem na tela, e Devon continua: — De acordo com as datas, essas imagens foram carregadas um mês antes de você chegar a Lake Forbing, então devem ser elas que embasaram o mandado de testemunha.

Nós dois nos aproximamos da tela para olhar.

— Essa foto de você arrastando Amy do carro não é o seu melhor momento.

— Não deu pra evitar.

Ele continua a clicar nas imagens.

— Você é muito boa em se posicionar pra não aparecer nas câmeras. Sabia onde estava sua sombra?

George quase nunca é a pessoa que me segue durante um trabalho, a não ser quando é particularmente importante, como na primeira vez que estive por conta própria, no caso do treinador Mitch. Ser minha sombra demanda muito tempo e tenho certeza de que ele tem coisas mais importantes a fazer. Na maioria das vezes, consigo identificar quem está me vigiando, mas em outras, como naquela noite, não. Estava muito escuro para ver qualquer coisa a mais de um metro de distância.

Balanço a cabeça.

— Não. Mas, quer dizer, na maioria dessas situações eu tinha uma boa ideia de onde a pessoa estaria... era onde eu me posicionaria se estivesse vigiando alguém.

— Tudo bem, aqui está. Novas imagens foram adicionadas recentemente ao arquivo, então vamos ver o que Smith mandou. Você deve ter irritado ele mesmo. Não perdeu tempo.

A anotação anexada às imagens faz parecer que foram enviadas por um detetive de outro departamento que acabou se deparando com essas evidências importantíssimas ao investigar outro caso. E ainda que Devon pudesse apagá-las do servidor agora mesmo, o sr. Smith mandaria todas de novo. Melhor deixá-las aí.

Com alguns cliques, conseguimos ver a última prova que ele tem contra mim.

É um vídeo.

Ele aperta o play e lá estou eu.

CAPÍTULO 21

Presente

Já é fim de tarde quando paro no estacionamento do hotel. Pela janela aberta do quarto, vejo Ryan andando de um lado para outro com o celular na orelha. Ele encerra a ligação e vem para fora assim que estaciono. Antes mesmo de eu desligar o motor, Ryan já está na porta do carro.

— Fiquei tentando te ligar.

Dá para ver que ele está agitado por eu ter sumido o dia inteiro.

— Mandei mensagem dizendo que liguei pro hotel mais cedo e reservei por mais uma noite — digo, logo me inclinando para beijá-lo antes que ele possa responder. Ficamos abraçados por alguns minutos, o suficiente para amenizar todas as preocupações de que haja algum problema entre nós. — Desculpa, demorou mais do que eu esperava.

Depois que assistimos ao vídeo, tivemos que tomar decisões e elaborar planos. Preciso reconhecer, o sr. Smith praticamente virou a chave da fechadura da minha cela na cadeia.

Ryan entra comigo no quarto e me observa tirar uma muda de roupa da mala.

— Falei com Rachel mais cedo — diz ele. — Ela vai estar em Atlanta amanhã à tarde. Queria que a gente acordasse cedo e fosse direto pra lá, assim vocês duas teriam um tempinho pra se preparar antes do interrogatório na sexta. É uma viagem de umas quatro ou cinco horas.

— Tudo bem. — Pego as roupas na mala. — Vou tomar banho.

— Está com fome? — pergunta ele.

— Morrendo.

— Tem uma pizzaria do outro lado do posto de gasolina que fica aqui perto. Vou dar um pulo lá enquanto você toma banho.

Ele me dá um beijo rápido e sai do quarto.

Levo minhas coisas para o banheiro e vasculho o nécessaire em busca de um Advil. A dor de cabeça da manhã voltou. Sei que o frasco está vazio antes mesmo de pegá-lo.

Hesito por um segundo, na dúvida se devo ligar e pedir para Ryan comprar ou ir até a máquina automática que fica no corredor do elevador.

Minha cabeça está estourando, então escolho a máquina automática, já que a pizza talvez demore um pouco.

Ainda estou vestida, só preciso calçar os sapatos. Estou quase chegando quando ouço uma conversa vinda do espaço onde ficam as máquinas. Paro. Poderia ser qualquer hóspede, mas meu instinto me diz para ficar alerta.

Chego mais perto. Encostada à parede de tijolos atrás de mim, acalmo a respiração e fecho os olhos. Deixo os outros sentidos tomarem conta, na esperança de conseguir entender o que está fazendo eu me sentir assim. Respiro fundo, solto o ar devagar.

Duas vozes, ambas masculinas. Uma muito mais grave do que a outra.

Eu me ajeito naquele espaço. Aguço meus sentidos para os sons que estão a poucos metros. Certas palavras vêm na minha direção e é fácil identificar algumas bem familiares: *Atlanta* e *Amy Holder*.

Pego o celular no bolso de trás e mando uma mensagem para Ryan.

Eu: Fique no restaurante até eu mandar você voltar. Por favor, não faça perguntas.

Aperto enviar.

Então ouço o barulho familiar de notificação vindo do lugar onde estão as máquinas automáticas.

Que. Porra. É. Essa?

O ronco suave das vozes continua e eu vejo os três pontinhos piscando enquanto ele responde. Meu celular está no silencioso, então a notificação não faz barulho.

Ryan: Ok, me diga o que quer que eu faça.

— Merda, alguma coisa a deixou assustada.

A voz de Ryan preenche o espaço e eu fico paralisada. Os dois estão um pouco mais perto de mim agora.

Depois vem outra voz que reconheço.

— Ela disse o que aconteceu?

George.

Ele está falando com George.

— Não. Eu preciso voltar. Aviso você quando chegarmos em Atlanta.

— E se ela não chegar a tempo amanhã? — pergunta George.

Respiro fundo. Não, não, não. Isso não.

— Vou avisar o que quero fazer. Não gosto de toda essa informação exposta assim.

— Vou esperar suas instruções — diz George. — E aqui, peguei isso, mas não consegui entregar pra você antes de sair da cidade.

Dou alguns passos para trás em silêncio e volto correndo pela lateral do prédio até nosso quarto.

O telefone vibra na minha mão assim que abro a porta. É uma ligação de Ryan, e a foto dele preenche a tela.

Só atendo quando estou dentro do quarto.

— Oi.
— Oi, o que aconteceu? Está tudo bem?
— Sim, tudo bem. Eu me assustei sozinha.

Minha voz falha, mas espero que corrobore o que estou dizendo a ele, e não o que acabei de descobrir.

— Estou voltando. Aguenta firme, daqui a pouco eu tô aí — diz ele, e desliga.

Tiro os sapatos e a calça jeans e vou até o banheiro. Ligo a água do chuveiro antes de me enrolar numa das toalhas brancas fininhas. Eu me dou um momento para respirar fundo várias vezes e tentar desacelerar minha pulsação.

Então ouço a porta se abrir.

— Evie!

Coloco a cabeça para fora do banheiro.

— Aqui.

Em questão de segundos, ele está ao meu lado. Ryan me envolve com os braços e aperta forte. Eu me obrigo a fazer o mesmo.

— O que aconteceu?

Se eu não soubesse com quem ele estava conversando agora mesmo, ficaria lisonjeada com toda a preocupação.

Fecho os olhos bem apertado e conto até cinco. Mais uma inspiração profunda, e solto o ar devagar.

— Não é nada, juro. Ouvi um barulho lá fora. No fim das contas era só um dos zeladores arrastando alguma coisa.

Abro os olhos e vejo nosso abraço refletido no espelho do banheiro atrás dele. Há alguns papéis enrolados em formato de tubo enfiados no bolso de trás de sua calça. Deve ser o que George entregou a ele.

Vejo o espelho desaparecer à medida que o vapor do chuveiro preenche o pequeno espaço. Conto os segundos entre os pingos de água enquanto caem da torneira.

Porque preciso me distanciar deste momento. Preciso me concentrar em outra coisa que não seja o desejo de reagir ao que acabei de ouvir. Preciso de um espaço entre mim e ele, nem que seja na minha cabeça.

A boca de Ryan está perto da minha orelha.

— Você está bem?

As atitudes dele são perfeitamente corretas, e eu começo a caçar na mente todos os momentos que compartilhamos, desde o primeiro dia no estacionamento com meu pneu furado, e analisá-los agora que tenho a certeza do envolvimento dele.

Assinto, sem confiar em mim mesma o suficiente para falar.

Ele se encontrou com George. Conversou com George com a mesma familiaridade que eu teria.

Houve muitos momentos em que senti que Ryan estava a um pequeno sussurro de me contar todos os seus segredos. No carro ele tinha até falado abertamente sobre seu negócio no Texas. Muitas vezes, eu mesma ponderei a possibilidade de confessar tudo.

Mas ele estava me enganando enquanto eu estava pronta para arriscar tudo por ele.

A tristeza embaça minha visão. Meus pensamentos. Tudo dentro de mim.

As mãos dele sobem para o meu rosto. Ele se afasta para me olhar. Seus olhos vasculham os meus do mesmo jeito que vasculho os dele.

— Você não costuma se assustar assim — sussurra.

Ele está certo.

Será que ele me estudou do mesmo jeito que eu o estudei? Será que havia um papel para ele dizendo: *Ela gosta de batata-doce frita e duas colheres de açúcar no café*?

— Estou com uma dor de cabeça horrível o dia inteiro. Então ouvi um barulho alto e fiquei baqueada. — Olho para o chuveiro. — Melhor entrar antes que acabe a água quente.

Ele passa a mão pelas minhas costas mais uma vez, depois se afasta.

— Dei vinte dólares a mais para o caixa entregar a pizza aqui, então deve chegar quando você sair do banho.

Não posso trancar a porta quando ele sai porque não é algo que a namorada dele faria. Entro na água quente, e aquilo é o solavanco de que eu precisava. Como um soco na cara. Aquilo afasta a névoa em minha mente, mas não ameniza a dor que se instalou dentro de mim. Estou arrasada.

Eu me dou alguns minutos para viver o luto da possibilidade de nós dois. Cinco minutos para chorar pelo que poderia ter sido. Cinco minutos para destruir a ideia de que era possível ser o tipo de garota que vivia numa casa perfeita, com o cara perfeito, numa rua perfeita.

E lembrar que esse não é o meu mundo.

Eu sou só um fantasma que passou um tempo por aqui.

Quando volto para o quarto, com roupas limpas e cabelo molhado, Ryan está limpando a mesinha para podermos comer. Eu estava faminta meia hora atrás, agora só de pensar em comer fico com vontade de vomitar.

Mas me sento à mesa e pego uma fatia de pizza. Preencho o silêncio com papo furado. Porque é isso que uma namorada faria.

— Estou preocupado de a gente não ter tempo o suficiente com Rachel pra se preparar pra sexta — diz ele, depois de levar as caixas vazias lá para fora.

Os papéis não estão mais no bolso de trás, e espero que não tenham ido para o lixo também.

— Eu e Rachel vamos ter bastante tempo. Prometo. — Vou para a cama e me aninho debaixo das cobertas. — Está frio aqui. Pode diminuir um pouco o ar?

Ryan vai até o aparelho debaixo da janela e ajusta a temperatura.

Ele procura alguma coisa pelo quarto durante alguns minutos, depois vai até o banheiro. Não demora muito para se deitar ao meu lado na cama. Deixo que ele me puxe para perto.

Ele fica em silêncio e não tenta fazer nada. Estamos colados dos pés à cabeça, e posso sentir os batimentos bem regulares do coração dele nas minhas costas. Em alguns momentos, parece que ele está prestes a dizer alguma coisa, mas as palavras nunca vêm à tona.

Repasso a conversa entre Ryan e George muitas e muitas vezes na minha cabeça.

— Você parece distraída. Quer conversar sobre em que está pensando?

Aquela pergunta sussurrada tão perto do meu ouvido soa muito íntima. Como se realmente estivéssemos nisso juntos.

— Só estou cansada.

Ele não insiste, apenas passa os dedos pelo meu cabelo do jeito que sabe que eu gosto. Demora um pouco até que um de nós dois caia no sono.

CAPÍTULO 22

Presente

Eu me levanto antes de o sol nascer.

Demorei um tempão para dormir ontem à noite e, quando finalmente consegui, foi um sono conturbado. Ryan sempre dorme mais pesado na última hora antes de acordar, então essa é a melhor oportunidade para procurar os papéis que ele pegou com George.

Os braços de Ryan me soltaram um pouco durante a noite, então é fácil sair da cama sem acordá-lo. Vou rastejando pelo chão até as bolsas dele. Ryan trouxe uma mala de lona com todas as roupas, os sapatos e os produtos de higiene, além de uma mochila com o laptop e as coisas do trabalho. Já vasculhei essa mochila milhares de vezes, examinei os arquivos no computador e conferi o histórico da internet, mas, além das coisas que já encontrei para o sr. Smith, Ryan é cuidadoso com as informações que deixa por aí.

Agora me dou conta de que é porque ele sabia que eu ia procurar. Só encontrei o que ele queria que eu encontrasse. Que idiota.

Mas aqueles papéis que George lhe entregou têm que estar em algum lugar, a não ser que ele tenha lido e jogado fora com as caixas de pizza.

O ar-condicionado debaixo da janela volta a funcionar e abafa o som do zíper da mochila. Tiro o laptop primeiro, já que ocupa o maior espaço. Há um bloquinho amarelo onde ele faz anotações enquanto conversa com os clientes e um material encadernado sobre um fundo mútuo que eu o ouvi oferecendo durante algumas das ligações que fez desde que pegamos a estrada.

Há uma pilha de papéis enfiada no bolso de dentro. Vou folheando um a um — a maioria tem a ver com o negócio de serviços financeiros, e já estou me preparando para a possibilidade de os que estou procurando não estarem ali. Até que as pontas das últimas folhas se curvam, como se fosse uma memória muscular.

São aquelas que estavam enroladas ontem.

Eu as abro e não demoro muito a reconhecer o conteúdo.

Ouço diversos alarmes tocando dentro da minha cabeça.

É a última leva de informações que deixei para o sr. Smith. Devon as tinha me passado dentro da revista *People*, e analisei para decidir o que exatamente eu queria entregar. O recado escrito à mão com tinta azul na parte de baixo da última página, no qual digo que vou checar a caixa postal novamente no dia seguinte, deixa claro que este é o papel original, já que eu só tinha caneta dessa cor na bolsa.

Isto não deveria estar aqui.

Eu me viro de costas, observo Ryan dormindo e as peças do quebra-cabeça dentro da minha mente começam a se encaixar. Ainda que Ryan esteja num nível acima do meu na organização, não deveria receber isto aqui. Não um original como este. Não algo entregue por George. E não quando parece que George pegou na caixa postal e trouxe diretamente para ele.

A ideia de que o sr. Smith queria o negócio de Ryan para si parecia o cenário mais provável, mas e se fosse algo mais? Não há nenhum risco de eu estragar a aquisição hostil de um negócio que já é dele. Nenhum motivo para me manter num trabalho que nem é um trabalho.

Minha mente gira, imersa em teorias, especulações e suspeitas enquanto o ar-condicionado ronrona e Ryan dorme.

O encontro entre Ryan e George ontem confirmou algumas coisas. George sabe onde estamos porque Ryan contou. E o modo como interagiram revela uma proximidade que só se adquire com o tempo.

Venho tentando colocar um rosto no sr. Smith há anos. Olhando para Ryan a um metro de distância, é difícil acreditar que ele possa ser o chefe que passei a desprezar.

Não. Não, isso não está certo. Ele é muito novo. A linha do tempo não faz sentido.

Enquanto coloco tudo de volta na mochila do jeito que encontrei, vou passando mentalmente por cada conversa que já tive com o sr. Smith.

A primeira vez que falei com ele foi há oito anos. Ryan ainda estudava na LSU e não tinha qualquer conexão com a Carolina do Norte.

O sr. Smith me direcionou para Matt, e eu lidei apenas com ele durante os dois anos seguintes. Não falei de novo com o sr. Smith até o trabalho com Andrew Marshall, há seis anos.

Seis anos.

A avó de Ryan foi diagnosticada com câncer há seis anos. Ryan foi administrar o negócio dos caminhões — tanto o legal quanto o ilegal — no lugar do avô, para que ele pudesse ficar em casa cuidando da esposa, e no fim das contas assumiu o negócio por completo quando o avô morreu não muito depois.

Foi só isso que Ryan assumiu?

Não.

Não.

Ryan está indo comigo para Atlanta, onde vou conversar com diversos policiais. Será que ele ia se expor dessa maneira?

E então minha mente volta à casa dos Bernard. Vejo aquele pequeno cômodo onde respondemos a uma série de perguntas. Onde o detetive descobriu que Evie Porter era de Brookwood,

Alabama. Porque Ryan contou a ele. "Evie se mudou pra cá de Brookwood, no Alabama, há alguns meses. Não conhecia James."

Não, não, não.

E então segunda-feira de manhã na garagem. Quando Ryan ficou ali me abraçando. E eu ignorei a mensagem de emergência de Devon. Porque Ryan não estava pronto para me soltar. Eu me lembro de pensar: *Teria visto a mensagem de Devon assim que a recebi se não tivesse ficado abraçada a Ryan na garagem. Aqueles poucos minutos podem ter me custado uma fuga.*

Mas calma. Não. O sr. Smith respondeu a Mitch naquele fórum depois que saímos de Oxford. Ryan estava dirigindo. Tento me lembrar do momento em que vi a mensagem. Estava no banco do passageiro do carro. Ryan tinha acabado de encher o tanque e tinha ido à loja de conveniência comprar mais comida. Estava dentro da loja enquanto eu lia a conversa entre o sr. Smith e Mitch.

A memória daquele momento entre Ryan e George retorna, mas agora penso nela sob outro prisma. A familiaridade entre os dois ainda está ali, a mesma que eu teria com George. Mas é Ryan quem está tomando as decisões. George acatando as orientações dele. George entregando papéis para ele.

Este trabalho era um teste. Um teste da minha lealdade.

E, merda, Ryan saberia imediatamente que eu alterei as informações sobre seu negócio antes de entregá-las. Ele tem a prova concreta de que não estou fazendo o trabalho que fui enviada para fazer. E eu preocupada que ele perdesse seu negócio para o sr. Smith.

Eu sabia que seria vigiada de perto.

Que jeito melhor de me vigiar do que compartilhar o mesmo espaço que eu?

Não.

Não vou pensar nisso. Ainda não.

É muito fácil tirar conclusões precipitadas, mas também é perigoso fazer suposições.

Volto para meu lado da cama, pego o telefone na mesa de cabeceira e abro o Instagram.

Vou até uma postagem do site Skimm listando as cinco principais notícias do dia e escrevo um comentário: *Isso que é notícia urgente! Não sei nem como lidar! #NaEstradaNovamente #VooSolo*

Há uma grande chance de Devon só ver essa mensagem daqui a algumas horas, mas preciso avisá-lo que estou indo embora e que vou deixar Ryan para trás.

Quando meu comentário é publicado, pego minha bolsa, as chaves e abandono todo o restante. Já tinha planejado passar numa loja de segunda mão quando estivesse saindo da cidade para comprar algumas coisas de que precisaria mais tarde, agora só vou ter que adicionar mais alguns itens à lista de compras.

O clique da porta se abrindo ecoa pelo quarto, mas por sorte Ryan nem se mexe. Em questão de minutos, já estou dentro do carro e saindo do estacionamento. Assim que chego à rodovia interestadual, jogo fora o celular que vinha usando como Evie Porter em Lake Forbing e, graças à caixinha preta de Devon, se houver algum rastreador no carro, ele não está funcionando. Antes eu queria que o sr. Smith soubesse onde eu estava indo, mas agora não quero mais.

Quando já estou há duas horas na estrada, paro para comprar um celular pré-pago e ligo para Devon.

— Oi — digo, quando ele atende.

— O que aconteceu?

Conto tudo e ficamos em silêncio por alguns minutos.

— Você sabe o que estou pensando — digo, enfim, sem querer dizer em voz alta quem acho que Ryan realmente é.

— Você sabe que estou pensando também — responde ele. — Mas nada de suposições...

— Nós só lidamos com fatos — completo, antes de ele terminar a frase. Esse tem sido o nosso mantra.

Ainda estou no estacionamento da loja onde comprei o celular, andando em círculos ao lado do carro. Digo a mim mesma que é porque estou paralisada, mas na verdade é o medo que está me conduzindo.

— Estou de volta a Lake Forbing — conta Devon. — Vou fazer minha parte aqui, você faz a sua. — Antes de desligar, ele diz: — Estou avançando no fórum de mensagens. Mantenha esse telefone caso eu precise falar com você, já que provavelmente não está mais com acesso ao Instagram. O risco não é tão alto.

Não sei muito bem quais são os critérios que Devon usa para avaliar risco e retorno nessas situações, mas confio nele a ponto de não contestar.

— Tudo bem. — Depois de uma pausa, acrescento: — Se começar a parecer que as coisas não vão terminar como a gente quer amanhã, fuja. Largue tudo que estiver fazendo e desapareça.

— L, você sabe que não vou abandonar você.

— Levando em conta o sr. Smith e os policiais, a chance de eu escapar de tudo isso é muito pequena. E precisamos levar outras pessoas em consideração. Heather, por exemplo, vai precisar de você.

— O mesmo vale pra você. Nunca é tarde demais pra fugir. É só começar a se mover.

— Eu te ligo quando terminar hoje — digo, e desligo.

Essa conversa como um todo pareceu tanto uma despedida que nem consegui dizer tchau de fato.

◆

Já estamos no meio da tarde quando passo pela placa BEM--VINDOS A EDEN. Foi uma longa viagem, com apenas uma parada para comprar o celular e ligar para Devon, e outra em Winston-Salem para comprar roupas numa loja de artigos de segunda mão.

Meus olhos absorvem tudo da cidade que um dia chamei de minha casa. As memórias me invadem tão rapidamente que quase me afogam. O fast-food aonde eu ia com meus amigos e a loja de tecidos onde eu e minha mãe passávamos horas avaliando as novidades toda semana ainda estão aqui, mas os prédios sofreram com a ação do tempo e a negligência. Viro na rua onde fica minha escola de ensino médio e é praticamente impossível respirar quando vejo a trilhazinha em meio à grama entre a porta lateral e o estacionamento, por onde passei milhares de vezes.

Parece que a última vez que estive na cidade foi há uma vida. Também parece que foi ontem.

Mas por mais familiar que tudo seja, ainda sou uma estranha aqui. Não há ninguém para ligar ou a quem fazer uma visita.

Uma última curva e estou na minha antiga rua. Paro o carro no estacionamento e saio sem desligar o motor. Analiso os trailers apinhados no espaço, comparo o aspecto de todos naquela época e hoje e me lembro de quem morava em cada um deles. Deixo para o fim o trailer que fica no meio, do lado esquerdo.

Fico com vergonha ao pensar no constrangimento que minha mãe sentiria caso alguém o visse naquele estado. Embora não fosse grande coisa quando era nosso, ela sempre fazia o possível para que estivesse limpo e bem-arrumado, com flores nos degraus. Agora, está cheio de ervas daninhas e há uma lona azul cobrindo algum dano no teto, além de um caminhão quebrado perto da porta.

Dói me lembrar da menina que fui um dia. Aquela que chamava este lugar de casa. Aquela menina era feliz aqui. Feliz de verdade. Mesmo quando minha mãe ficou doente, aquela menina novinha e ingênua achou que poderia cuidar dela. Achou que podia salvá-la da morte.

Mas aquela menininha aprendeu muita coisa neste trailer. Aprendeu que, não importa o quanto você tente, às vezes não é o bastante. Aprendeu que a única pessoa em que podia confiar, a única pessoa com quem podia contar de verdade, era ela mesma.

Uma mulher dá uma espiada por trás da cortina num dos trailers perto de mim e me lembra de que não dirigi até aqui para ficar perdida em meio a memórias.

Há um motivo para eu estar em Eden.

Entro no carro, dou a volta, pego a rua principal mais uma vez e paro num posto com loja de conveniência para abastecer e trocar de roupa rapidamente no banheiro. Depois levo alguns minutos para chegar à parte mais nova da cidade, onde há uma longa fileira de prédios comerciais com janelas de vidro laminado.

Estaciono perto do consultório do dr. Brown, no fim da rua, e vou até a porta.

— Posso ajudar? — pergunta a recepcionista quando me aproximo do balcão.

— Sim, a administração me mandou aqui. Estamos conferindo os disjuntores de todas as unidades. Aconteceu um problema elétrico na pet shop ontem à noite, mas por sorte alguém conseguiu resolver antes que causasse um incêndio. Vai levar só uns minutinhos.

Tive a sorte de encontrar uma camisa de uniforme e um short cáqui na loja de segunda mão para poder desempenhar esse papel.

— Ah — diz ela, fazendo um gesto para eu entrar. — Claro, me avisa se precisar de alguma coisa.

Abro um sorriso e vou até os fundos do consultório. Por sorte, todos os funcionários estão com pacientes nas salas de exame, então passo despercebida e entro na sala de máquinas. Passo pelo quadro de eletricidade e vou direto ao servidor principal, onde insiro o pendrive que estava na minha bolsa e digito os códigos que Devon me mandou para garantir que os arquivos sejam carregados.

Saio da sala em cinco minutos. Volto até a área da recepção e aceno com a cabeça para a moça atrás do balcão.

— Está tudo certo, tenha um bom dia.

Saio de Eden pela última vez dez minutos depois.

Ligo para Devon e, assim que ele atende, digo:

— Terminei.

— Estou mandando uma captura de tela — responde ele.

— A aposta no treinador Mitch deu certo. Agora sabemos quem Smith é.

Sinto como se meu coração fosse sair pela boca e paro no acostamento da estrada para esperar a imagem carregar. E lá está ele. Embora a tela seja pequena, tudo que vejo é o rosto familiar. Fico olhando por mais tempo do que deveria.

Enfim coloco o celular de volta na orelha.

— Agora estamos lidando com fatos — digo.

— Sim, agora estamos. — Ele faz uma pausa, depois continua: — Isso não precisa mudar nada, L.

Engulo em seco.

— Eu sei. Faça as ligações. Quero passar pelos policiais primeiro. Depois vou me preocupar com o banco. Se eu não conseguir convencer a polícia, nada mais importa, então essa é a prioridade agora.

— Ok. Lembre o que eu disse. Nunca é tarde demais pra fugir. É só sair andando.

Assinto, embora ele não consiga ver.

— Está conseguindo fazer tudo aí em Lake Forbing?

— Já está feito. Entrei na casa sem nenhum problema. Vou dar a dica pra polícia de manhã cedo — diz ele. — E jogue fora esse telefone no próximo rio por onde passar. Não esteja com ele quando encontrar com a polícia.

— Pode deixar. Compro outro quando chegar em Atlanta, então a próxima vez que ligar pra você vai ser depois de falar com os detetives. Então, se eu não conseguir ligar, você já sabe...

— Não, nada desse papo apocalíptico agora. Vou esperar sua ligação.

Devon desliga.

Fico olhando para a imagem por mais alguns minutos antes de apagá-la.

Codinome: Regina Hale — Seis meses atrás.

É a primeira vez que fico entediada num trabalho. Estou em Decatur, na Geórgia, e tudo que me deram foram minha nova identidade, um número de filiação ao country clube local e o nome Amy Holder, junto às seguintes instruções:

> Amy Holder possui informações extremamente sensíveis a respeito de Victor Connolly e dos negócios da família dele. Está ameaçando usar isso contra Victor e pedindo dinheiro. Quero enfatizar que é crucial recuperar essa informação antes que ela coloque a ameaça em prática. Este trabalho foi confiado a você, e a confidencialidade é fundamental. Nenhum de nós quer ficar em maus lençóis com um homem como Victor Connolly. Você deve observar Amy Holder e aprender tudo sobre ela. Não trave contato até eu mandar, mas esteja pronta para agir a qualquer momento.

Como um reloginho, Amy entra no bar pela porta de vidro dupla às 17h25. Ao longo das duas últimas semanas, sua rotina tem sido ficar em casa até umas cinco da tarde e depois percorrer apenas três quilômetros até o country clube, onde enche a cara de martínis com vodca até a hora de fechar.

Amy tem 1,70 metro, corpo atlético e cabelo num tom loiro-mel que vai até os ombros. A maquiagem é suave, ela não usa joias e está sempre com um semblante de quem não está muito satisfeita.

Quando ela se senta no seu banco favorito, um barman vestido com uma camisa de botão com o logo do clube e um crachá onde se lê MORRIS lhe entrega o primeiro de muitos drinques com um sorriso acolhedor e um "olá" animado. Devon definitivamente ficou mais confortável em desempenhar papéis mais ativos nos últimos anos.

— Gostaria de olhar o cardápio, srta. Holder? — pergunta ele.

— Talvez um pouquinho mais tarde — responde ela.

— Claro, é só me avisar quando quiser — diz ele, e vai embora.

Essa conversa também é habitual: mesma pergunta, mesma resposta. Ela não pede o cardápio, e ele não oferece de novo, mas basta um pequeno aceno de cabeça para seu copo ser preenchido novamente em questão de segundos.

Entrei e saí deste bar nos últimos onze dias, mas esta é a terceira noite seguida em que me acomodei e fiquei aqui o tempo inteiro, sem me preocupar em me esconder. Ela bebe seu drinque e ignora tudo que acontece ao redor. Se tem um celular, nunca o pegou nem olhou para ele. Não há nenhuma outra pessoa aqui, eu mesma incluída, que não tenha dado uma olhada no telefone ao menos uma vez, nem que seja para conferir as horas.

Mas Amy, não.

Amy fica no bar e bebe algo entre quatro e seis martínis, depois pega a bolsa e dirige uma curta distância até sua casa; em algumas noites, o carro pende de um lado a outro da linha amarela no asfalto durante o caminho inteiro. Ela mora numa casa com terraço que vale mais do que deveria devido à localização. Acorda na manhã seguinte e recomeça todo o processo.

E já que não há um jeito de entrar na casa sem perdê-la de vista, ficar no clube é minha única opção.

Do lugar onde estou, do outro lado do salão, rastreio os grupos que entram e saem, como venho fazendo todas as noites. A área do bar fica cheia de membros que vêm depois das partidas de golfe e tênis para comemorar ou se lamuriar a respeito dos resultados. O restaurante é frequentado por famílias que querem jantar fora. Ambos os locais são barulhentos e caóticos.

Ficar sentada aqui esperando começa a me irritar.

Normalmente tenho um tempinho de espera antes de um trabalho começar, mas vinte e quatro horas depois de receber as informações do sr. Smith, eu já estava cruzando a fronteira de Decatur. Devido ao caráter frenético da minha chegada, imaginei que faria contato de imediato, mas fui instruída a fazer o oposto. E agora duas semanas se passaram e a única coisa que fiz foi observá-la bebendo o jantar.

Mas isso não significa que eu não saiba o que está acontecendo.

O motivo pelo qual estou aguardando é porque tem alguma outra pessoa trabalhando nos bastidores e tentando fazer um acordo com ela para recuperar a informação. Não porque a pessoa é boazinha, mas porque é a melhor maneira de se certificar de que ela vai entregar tudo o que descobriu.

A única coisa que protege Amy neste momento é o fato de ela ainda estar de posse do material da chantagem. E não importa se ela vai entregá-lo de boa vontade ou se terei que roubá-lo dela — assim que a informação não estiver mais em suas mãos, ela vai sentir a ira do sr. Smith e da família Connolly.

E, assim como fui avisada depois do trabalho de Tate, não tenho nenhuma ilusão de estar sozinha aqui. Amy Holder se tornou a prioridade do sr. Smith, então ele não vai dar chance para o azar.

Vou até o bar, escolho um banco que fica a três de distância do dela, com um grande espaço aberto entre nós, e faço um gesto para pedir outra taça de vinho.

Devon coloca a taça diante de mim e pergunta:

— Gostaria de ver o cardápio?

— Não, obrigada — digo, com um sorriso, e ele vai ajudar um grupo do outro lado do bar.

Embora eu não tenha certeza se vou precisar dele neste trabalho, cheguei a um ponto em que não quero fazer nada sem ele. Nós nos tornamos uma equipe inseparável.

— Você é nova aqui — diz Amy.

Levo um minuto olhando ao redor para ver se ela está falando comigo. Quando fica claro que sim, respondo:

— Sim, acabei de me mudar para a cidade.

Viro o banco de frente para ela, mostrando-me aberta à conversa.

Ela me olha de cima a baixo e volta para o martíni.

— Sei o que está procurando, mas não vai encontrar aqui.

Ela mexe o drinque com o dedo, depois leva à boca e chupa o líquido.

— Não vai encontrar! Pode falar pro seu pessoal!

Não consigo evitar um estremecimento diante daquela explosão.

Amy leva a taça aos lábios e bebe um grande gole, entornando tudo até o fim, depois balança a taça vazia no ar.

— Você nunca, nunca vai encontrar!

Ela está falando tão alto que várias pessoas se viram para olhar.

Amy se vira de frente para mim, abre um sorriso enorme cheio de dentes e depois vira de volta para o bar.

— Vaza! — grita e sussurra ela ao mesmo tempo.

Identifiquei o cara enviado para me supervisionar há alguns dias. Um homem mais velho que fica no canto do salão e se veste como se tivesse acabado de terminar uma partida de golfe. Sei que existe uma grande chance de que esteja enviando atualizações em tempo real para o sr. Smith do que está acontecendo, então preciso tomar cuidado, já que fui orientada a não interagir com ela. Não quero ser retirada deste trabalho.

— Acho que está me confundindo com alguém. Não sei do que está falando — digo.

Viro de novo para o bar e bebo um gole do vinho. O sr. Smith vai ficar uma fera por eu ter sido o motivo desse descontrole dela.

De soslaio, vejo que ela deixa os ombros caírem, quase como se estivesse frustrada comigo. Fico olhando por alguns segundos, até que ela se anima de novo quando mais um drinque aparece à sua frente.

— Morris! Meu herói! — grita ela, com a voz aguda.

O interesse das pessoas nela vai morrendo à medida que o volume das conversas volta a subir ao redor.

Giro muito de leve na direção dela, apenas para poder observá-la com mais facilidade.

Ela percebe e faz a mesma coisa.

— A primeira vez que você apareceu aqui no clube foi na segunda-feira retrasada, às 18h17. Estava usando uma saia de tênis azul-clara e um top branco sem mangas. O cabelo preso. Pediu uma vodca com suco de cranberry. Na noite seguinte, chegou aqui às 17h45 com um vestido de estampa floral. Tomou duas taças de Chardonnay. — Ela aponta o misturador de plástico para mim enquanto vai recitando o horário exato da minha chegada a cada visita, além do que comi, bebi e vesti, a voz ficando cada vez mais alta. — E toda noite, o seu Lexus SUV azul me segue até em casa.

Ela diz até o número da placa do carro.

Olho ao redor e percebo que estamos atraindo atenção de novo. Minha sombra lá no canto nos encara abertamente. A única outra vez em que fui confrontada desta maneira foi também por uma mulher bêbada, Jenny Kingston. As imagens dela caída no chão, a poça de sangue ao redor de sua cabeça, invadem minha memória, junto à pergunta que meu chefe fez depois: *O que teria feito se ela não tivesse caído sozinha?* É uma pergunta que me assombra há oito anos.

Preciso tentar reverter essa situação.

— Sou nova na cidade e aqui parecia o melhor lugar pra conhecer pessoas.

— Eu entendo — diz ela. — Sei o que querem de volta, mas nós duas sabemos que vou morrer se entregar.

Olho em volta, para o bar, em busca de câmeras ou microfones na tentativa de determinar até que ponto o sr. Smith vai ouvir esta conversa. Não há nada aparente, mas não posso descartar essa possibilidade, então mantenho a fachada.

— Não sei do que você está falando, mas se precisar de ajuda, eu posso...

— Você não está aqui pra me ajudar. Ninguém pode me ajudar. Mas não tive escolha. Já estaria morta se não tivesse roubado isso. — Ela não me dá tempo para responder. — Vá embora logo — diz, antes de voltar para o drinque.

Fico no bar o suficiente para terminar o vinho e pagar a conta, e então desço do banco e saio do bar.

Quando já estou no carro, dirijo no piloto automático até o pequeno apartamento que foi preparado para mim. Não há dúvidas de que o sr. Smith já está sabendo da cena que protagonizamos no bar. Não acho que o que aconteceu hoje vai ser o suficiente para me retirar do trabalho, mas ele vai me vigiar ainda mais de perto a partir de agora.

Estou a três dias de realizar meu próximo movimento. Escondida do outro lado da rua, espero que ela chegue em casa. O segundo pacote de instruções chegou na manhã depois que Amy me confrontou no clube. Eu estava certa. O sr. Smith não estava nada feliz comigo.

O plano teve que ser acelerado graças à sua inabilidade de seguir orientações simples. Use os meios que forem necessários para localizar e recuperar qualquer dispositivo digital, inclusive celular, computadores, tablets, HD etc. Pegue tudo que possa ser utilizado para armazenar informação digital. Eu não deveria precisar lembrar a você o quão sensível é essa informação e como deve lidar com ela.

Já abandonamos qualquer resquício de sutileza por aqui, e o aviso é bem claro — a informação que eu recuperar é única e exclusivamente para ele ver, ou vou acabar na mesma posição de Amy Holder. Não devo fazer amizade com ela, me aproximar, induzi-la a falar. Tenho que roubar tudo dela. Imediatamente.

Os faróis do carro de Amy iluminam o jardim e ela passa pela entrada estreita da garagem, o carro mal conseguindo desviar da lata de lixo. Foram no mínimo uns cinco martínis esta noite, com certeza.

O carro desliga, mas a porta do motorista não abre.

Os minutos passam e ela não sai do carro. Espero dez minutos, saio do esconderijo e vou andando calmamente até o local onde ela estacionou. Assim que chego perto do carro, vejo seu corpo caído sobre o volante.

Abro a porta do lado do motorista e consigo segurá-la antes de ela cair sobre o concreto. Vasculho a bolsa em busca das chaves, e então as enfio no bolso. Seguro Amy por baixo dos braços e a arrasto para fora do carro e pela entrada da garagem. Ela perde um sapato, depois o outro. Quase tenho vontade de levantar o dedo do meio para a câmera que sei que está apontada para mim, mas resisto ao impulso e me mantenho o máximo possível de costas para a rua. É um caminho lento até chegarmos à porta de entrada. Há um silêncio bem-vindo entre nós quando destranco e abro a porta.

Não paro até conseguir colocá-la no sofá. Quando ela está deitada, vou lá fora e recolho os sapatos e a bolsa, depois vasculho o veículo. Está tão limpo e vazio quanto no dia em que ela o pegou na concessionária.

Começo a examinar a casa porque, a esta altura, não duvidaria que o sr. Smith colocasse alguém para espiar pela janela e checar se é isso que estou fazendo. O lugar está tão imaculado quanto o carro. Não há nada tecnológico aqui. Vejo um telefone fixo, mas nada de celular, computador, tablet nem nada parecido. Também não há nenhum carregador, o que indicaria que as tecnologias existem, apenas não estão aqui. Tem uma televisão, que só pega os canais da antena. Confiro todos os esconderijos habituais, mas parece que nada que date de depois de 1980 entrou na casa.

Procuro até por cadernos, anotações ou rabiscos, caso ela tenha optado por uma abordagem mais antiquada. Nada.

Eu me sento numa cadeira e a observo dormir um pouco mais, até que enfim desisto e saio da casa dela.

Amy se mudou para um hotel no centro de Atlanta um dia depois que revistei a casa dela. Isso foi há quatro dias. Estou no carro e a vejo sair cambaleando de um bar de esquina, do mesmo jeito que faz após tomar pelo menos uns quatro martínis.

Tenho recebido novas instruções quase que diariamente, já que o comportamento de Amy também vem mudando de forma bem rápida. A última leva indica que o sr. Smith já perdeu toda a paciência.

> **Amy está fora de controle. Traga-a imediatamente. Isso não é negociável.**

Traga-a imediatamente. Isso é novo para mim. Vou levá-la para onde? Devo agarrá-la e esperar que alguém se aproxime?

Vou colocá-la no porta-malas? O sr. Smith está agindo de modo tão errático quanto ela. Está surtando, e só imagino a pressão que vem sofrendo por parte de Victor Connolly para resolver a questão.

Saio do carro, atravesso a rua e mantenho uma distância razoável dela.

Amy pisa na rua assim que o sinal fica verde.

Seu casaco vermelho chamativo ondula às suas costas, e ela esbarra em todo mundo que não sai de seu caminho a tempo. Quase tropeça no meio-fio ao chegar do outro lado.

Está dando um show.

Ignorando o grupo de turistas à sua frente, ela sai andando rápido pela calçada diante do hotel.

Amy para, e dou uma guinada para a direita para sair da rua e não ficar muito perto. Ela fica bem no meio do fluxo de pedestres, que esbarram nela ao tentar passar, e então gira no próprio eixo até ficar de frente para mim. Seus olhos encaram os meus.

O reconhecimento no rosto dela é óbvio.

Amy levanta a mão e aponta o dedo para mim.

— Você. O que *você* está fazendo aqui? Achei que já tinha te mandado embora.

Dou alguns passos para trás, na direção da esquina, mas, antes que eu possa fugir, ela chega mais perto e grita:

— Pode dizer pra aquele filho da puta do Smith ir se foder. Ele não é tão inteligente quanto pensa. Está sacaneando as pessoas há anos e eu tenho todos os detalhes! Tenho muita coisa contra ele. Muito mais do que ele sabe!

Ela faz uma careta, depois levanta o dedo do meio para mim e entra deslizando pelo lobby do hotel, como se não tivesse acabado de se descontrolar no meio da rua.

O choque ao ouvir o que ela acabou de falar sobre o sr. Smith invade meu rosto, e depois eu retorno ao semblante inexpressivo que passei anos aprimorando, porque sei que estou sendo observada. Dou uma olhada na rua em busca do cara mais velho que o sr. Smith plantou aqui. Deve ser a primeira vez que ele ouve que a informação sensível roubada por ela não era apenas de um cliente. Ele vai ficar furioso ao saber disso, sem dúvida. Mal confia em mim para colocar os olhos no que ela roubou de Victor Connolly, então de jeito nenhum teria me enviado para este trabalho se achasse que havia alguma possibilidade de eu colocar as mãos em informações sobre ele. A última coisa que ia querer era que eu recuperasse algo que pudesse ser usado contra ele. Algo que *eu* pudesse usar contra ele.

Durante anos estive atrás de informações sobre o sr. Smith. Qualquer coisa que me desse alguma pista de quem ele era de verdade. Ele tem razão em se preocupar com o que eu faria se alguma informação caísse nas minhas mãos.

Faça o que tiver que fazer para se safar e concluir o trabalho. Nunca esqueci o conselho que o sr. Smith me deu lá no início. É algo que me guia em todos os serviços.

Este aqui está longe de terminar.

Entro atrás dela no hotel e mantenho meu plano. Demoro alguns minutos para chegar à porta da sala da equipe de manutenção. Num dos armários de suprimentos, encontro uma sacola com um uniforme de camareira dentro. Mudo de roupa rapidamente e prendo o cabelo escuro num coque firme. Posiciono o microfone dentro da gola do uniforme, coloco o fone receptor na orelha e estou pronta.

Devon normalmente não gosta desse tipo de tecnologia, porque é fácil de rastrear a frequência se você estiver perto, mas não há outro jeito.

— Estou pronta.

No fone, ouço a voz dele.

— Pronto pra começar. Tome cuidado.

Ele entrou no prédio ontem para hackear o sistema e agora está trabalhando de dentro de uma van estacionada na esquina.

Vai ficar com um olho em mim e com o outro nas câmeras de segurança. A ideia é congelar a câmera pouco antes de eu passar por uma área vazia e descongelá-la depois que eu passar. Vou vasculhar o hotel inteiro aos poucos, invisível para as câmeras.

Os carrinhos de limpeza estão todos encostados de um lado, aguardando o pessoal do turno da madrugada fazer a reposição, já que todos os quartos foram limpos há horas. Pego o mais próximo, coloco minha mala preta no espaço reservado aos lençóis sujos e chamo o elevador.

— O elevador está vazio. Vou esperar não ter ninguém no corredor para abrir as portas.

— Entendido.

As portas se abrem e eu empurro o carrinho para dentro, depois aperto o botão do quinto andar. Quando as portas se abrem de novo, levo o carrinho até o corredor.

— Espere aí — diz Devon. — Amy acabou de sair do elevador principal e está indo pro quarto. Precisamos dela naquela câmera, então só vou cortar quando ela estiver dentro do quarto.

Dou uma olhada no relógio.

— Por que ela está demorando tanto? Já era pra ter entrado.

Olho de um lado para outro do corredor, rezando para ninguém resolver aparecer agora. Não quero ninguém mencionando a presença de uma camareira com carrinho neste andar a esta hora do dia.

— Ela está na porta. Já tentou enfiar o cartão na fechadura umas cinco vezes.

— Meu Deus do céu — murmuro.

— Ok, ela entrou. Pode ir.

E lá vou eu empurrando o carrinho pelo corredor, até que viro na direção do quarto de Amy ao chegar no corredor principal.

Paro diante da porta dela e grito:

— Limpeza!

Menos de um minuto depois, Amy abre a porta. Não dou chance de ela dizer nada. Apenas empurro o carrinho para dentro, encurralando-a, e deixo a porta bater atrás de mim.

CAPÍTULO 23

Presente

Chego pontualmente ao hotel Westin, em Atlanta. Rachel espera por mim no lobby, embora dê para perceber que não está feliz por eu aparecer tão em cima da hora.

Já que não compareci à reserva feita para mim no Hotel Candler e furei o horário estabelecido para estar no banco, tinha que cronometrar certinho minha chegada.

— Achei que você não iria chegar a tempo — diz ela, ao se aproximar.

Vejo alguém parado alguns metros atrás dela.

— Dei minha palavra que estaria aqui.

— Posso conversar com você? — pergunta Ryan, ao se aproximar.

— Ele me ligou e disse que você o largou lá — explica Rachel.

O tom de voz e a sobrancelha levantada não passam despercebidos, mas eu os ignoro.

Olho para Rachel.

— Nosso compromisso é daqui a alguns minutos, certo?

Rachel olha para o relógio e faz um gesto para eu ir com ela até o elevador.

— Ryan, deixe a gente resolver isso e depois vemos o resto, tudo bem?

Ela acha que é uma briga de namorados. Não a corrijo.

Ryan se senta numa poltrona no lobby e nos observa enquanto a porta do elevador se fecha.

Quando chegamos ao nosso andar, tiro Ryan da cabeça e me concentro na tarefa a seguir.

— Como foi que conseguiu isso? — pergunto a Rachel.

Estou realmente impressionada que ela tenha conseguido mudar o local da entrevista da delegacia para uma das salas de conferência deste hotel. Ela é boa, tenho que admitir.

— Nós não sabíamos que havia um mandado emitido e fizemos uma longa viagem só pra responder às perguntas deles. Estamos aqui de boa-fé pra esclarecer este mal-entendido, então ir até a delegacia era pedir demais.

Fico feliz que ela esteja do meu lado para isso, mas, depois de ver o vídeo que sei ter sido enviado para a polícia, imagino que eles concordaram com o pedido para não me afugentar e correrem o risco de eu não aparecer.

— Lembre-se — diz ela, ao caminharmos pelo corredor onde ficam as salas de reunião —, não responda nada a não ser que eu dê a permissão. Não ofereça mais nada pra eles.

Eu assinto e ela analisa meu rosto. Paramos diante de uma porta onde se lê SALA 3.

— Também ia dizer pra não deixar os sentimentos transparecerem muito, mas você já é boa nisso.

O comentário até chega a me arrancar um sorrisinho, porque, nossa, ela não tem ideia.

Ela abre a porta, e eu entro atrás. Estava esperando uma mesa comprida com cadeiras, mas o ambiente é mais acolhedor. É uma sala pequena com um sofá e duas poltronas grandes ao redor de uma mesinha, e ao lado uma parede só de janelas do chão ao teto, com uma linda vista do horizonte de Atlanta.

— O ponto principal aqui é que estamos cooperando e não temos nada a esconder — explica ela, indo para o centro

da sala. Ela percebe minha surpresa ao ver o cômodo e diz:
— Gostei do visual. Como é que algo de ruim pode acontecer num ambiente tão acolhedor e convidativo?

Há um bule com café fresco e um prato com bolinhos de mirtilo na mesinha.

— Você se senta naquela poltrona — indica Rachel, apontando para a que está à esquerda do sofá. — Eu, nesta. Os detetives podem se apertar no sofá entre nós.

Eu me acomodo, e ela coloca a pasta no chão, ao lado da mesa.

— Não vou mentir, estou me sentindo despreparada. Não tivemos tempo pra conversar sobre aquele dia e qual vai ser nossa abordagem aqui.

Me recosto na cadeira, cruzo as pernas e digo:
— Vou precisar que confie em mim e siga o fluxo.

Ela me encara do outro lado da mesinha e sei que tem milhares de perguntas, que, felizmente, permanecem não verbalizadas. Antes que o silêncio constrangedor se instale entre nós, ouvimos uma batida na porta.

— O show é seu — diz Rachel, e se levanta para abrir a porta, dando espaço para um homem e uma mulher entrarem.

Fico no lugar e espero que se aproximem para apresentações e apertos de mão.

— Eu sou o detetive Crofton e essa é a detetive West — diz o homem, os dois de pé diante de mim.

Já na outra poltrona, Rachel aponta para o sofá e os convida a sentar. A detetive West olha do sofá para Rachel e depois para mim. Ela se deu conta de que não vai conseguir olhar para nós duas ao mesmo tempo.

Os dois hesitam por alguns segundos, mas no fim se acomodam. Levam mais um minuto se ajeitando até ficarem confortáveis e parecerem prontos para começar.

A detetive West é uma mulher branca magrinha e frágil vestida com o que deve ter sido seu uniforme ao longo da última década: blusa branca, além de blazer e calça pretos. Um anel dourado simples no dedo anelar esquerdo é a única joia que usa. Tem aquelas linhas ao redor da boca que indicam um gosto por cigarro. O detetive Crofton é o extremo oposto. É um homem negro alto, que provavelmente jogou como linebacker em alguma vida passada, dado o seu tamanho. A camisa tem uma estampa azul estilo Paisley, e o cinto apertado que segura a calça larga indica que perdeu peso há pouco tempo. Tem uma corrente dourada simples com uma cruz pendurada no pescoço. E, pelo que vi de relance das meias pouco antes de se sentar, ele tem senso de humor. Gatos montados em unicórnios num fundo rosa-claro.

E então eu me pergunto se esta é uma representação fiel dos dois.

Ou será que são como eu? Também estariam usando uma máscara?

Porque calculei tudo muito bem ao me vestir hoje de manhã, e me esforcei para mostrar a eles a imagem de mim que queria que vissem. Uma camiseta branca lisa com calça jeans. Nenhuma maquiagem, e cabelo preso num rabo de cavalo. Aparento ter, no mínimo, cinco anos a menos.

— Vocês querem um café? Um bolinho? — pergunta Rachel.

O detetive Crofton dá um tapinha na barriga.

— Eu não. Tenho ordens expressas de perder dez quilos e ainda faltam dois.

A detetive West pega um caderninho na bolsa e abre numa página.

— Vamos começar — diz ela, ignorando a oferta, enquanto o detetive Crofton pega um pequeno gravador e aperta o botão vermelho redondo. A detetive West diz, com a voz grave e meio rouca: — Detetives West e Crofton interrogando a testemunha Evelyn Porter sobre a morte de Amy Holder.

Ela acrescenta ainda a data, o local e horário, depois olha para mim.

Rachel levanta a mão.

— Gostaria que ficasse registrado oficialmente que a morte de Amy Holder foi considerada um acidente. E que estamos aqui para colaborar com a polícia e esclarecer que minha cliente, Evelyn Porter, não teve qualquer participação no que aconteceu à srta. Holder.

— Sua observação está registrada — afirma a detetive West, então se vira para mim. — Por que estava se apresentando com o nome de Regina Hale em Decatur, na Geórgia, na época em que Amy Holder morreu?

Nossa, direto ao ponto. Pressionar o sr. Smith garantiu à polícia acesso a todo o material que ele tinha para me derrubar. Olho para Rachel, que dá de ombros discretamente, lembrando que de fato o show é meu.

— Eu estava num relacionamento tóxico e me mudei para me afastar do meu ex. Ele não queria que eu fosse embora, e tive medo de que viesse atrás de mim. Fui até a polícia, mas a única coisa que estavam dispostos a fazer era me dar uma ordem de restrição, e todos nós sabemos que isso não adianta nada. Então acabei usando um nome falso pra ele não me encontrar.

Aquilo os faz parar para pensar. Rachel levanta a sobrancelha esquerda muito de leve, como se tivesse ficado impressionada com a resposta.

— Onde você estava morando quando isso aconteceu? — perguntou a detetive West.

— Em Brookwood, no Alabama.

Meu chefe se esforçou bastante para me transformar em Evelyn Porter, residente de Brookwood, no Alabama, então vou usar isso também.

— Vamos ter que ligar e conferir essa história com o departamento de polícia de Brookwood — diz o detetive Crofton em voz baixa.

Assinto.

— Claro. Meu ex-namorado se chama Justin Burns. O irmão dele é policial lá. O nome dele é capitão Ray Burns.

A detetive West anota a informação no bloquinho. Se ligarem mesmo para lá, vão descobrir que existe um capitão Ray Burns e que ele tem um irmão chamado Justin, quase da minha idade. Justin tem uma ficha. Alguns casos de embriaguez ao volante e perturbação da paz quando os vizinhos ligaram para a polícia porque ele e a namorada estavam brigando no jardim.

Se não encontrarem um registro da desavença dele comigo, não vão achar que é porque não aconteceu... e sim que o irmão de Justin conseguiu deixá-la debaixo dos panos.

A primeira mentira vence.

Se tem uma coisa que eu estou é preparada.

A detetive West parece ser a responsável por fazer as perguntas e, embora minhas respostas até agora tenham quebrado suas expectativas, ela continua pressionando.

— Como você conheceu Amy Holder?

— Nós duas éramos sócias do Country Club Oak Creek.

Ela dá uma olhada no caderno, como se tivesse uma lista de perguntas predeterminadas.

— Não houve funeral para Amy Holder. Ela era filha única, não era casada nem tinha filhos. Você conhecia algum familiar ou amigo dela?

Rachel chega mais para a frente na poltrona.

— Não estamos aqui para responder perguntas sobre a vida da srta. Holder. Disseram que vocês tinham evidências muito específicas de que minha cliente estava no local da morte. Podemos ir direto ao ponto, por favor?

A detetive West folheia os papéis no seu colo.

— Estamos chegando lá, srta. Murray — diz para Rachel, depois se vira de volta para mim. — Quando foi a última vez que viu Amy Holder?

E lá vamos nós. Aprendi há muito tempo que é sempre melhor se ater à verdade o máximo possível.

— Eu me mudei de Decatur no começo de setembro, e sei que a vi antes de me mudar, mas não tenho como dizer a data exata.

Você pode até dizer a verdade se construir a frase do jeito certo, com a entonação adequada. Eles vão entender *Eu não tenho como dizer a data exata* como se eu não lembrasse a data exata, graças à entonação que usei, mas a verdade é que *Eu não tenho como dizer a data exata* porque isso iria me incriminar.

— No dia 27 de agosto, às 18h12, Amy Holder entrou no hotel American. Depois de 27 minutos, o quarto foi tomado por chamas — diz ela, a voz inexpressiva. — Você já esteve neste hotel?

— Já comi no restaurante que fica no hotel.

O que é verdade.

O detetive Crofton pega um iPad. Coloca o aparelho em cima da mesa de centro, e eu e Rachel nos inclinamos para olhar a tela. Ele aperta o botão de play e a detetive West diz:

— Essa é a câmera de segurança que mostra a srta. Holder entrando no hotel antes de morrer.

Todos nós assistimos ao vídeo granulado de Amy empurrando uma família de quatro pessoas ao atravessar a rua, depois dando um esbarrão num cara que olhava para o celular em vez de olhar para a frente, e cambaleando por causa disso. O casaco vermelho é muito fácil de distinguir, especialmente na hora em que ela balança os braços e levanta o dedo do meio para mim. Neste ângulo, estou nos fundos do vídeo e meio fora de foco.

O vídeo termina e a detetive West olha para mim. A tela está congelada e eu mal estou visível no canto da imagem.

— Isso aqui lhe traz algo à memória, srta. Porter?

Antes que eu tenha chance de dizer qualquer coisa, Rachel responde por mim:

— Está insinuando que a figura borrada nos fundos da imagem é minha cliente? Metade das mulheres brancas do estado da Geórgia tem cabelo castanho. Poderia ser qualquer uma delas. — Ela se inclina para a frente e aperta o botão para exibir o vídeo de novo. — O que vejo aqui é uma mulher claramente embriagada. A srta. Holder era, como todos sabem, fumante e morreu num incêndio causado por fumar bêbada na cama. Se você tiver algo indicando que a srta. Porter tem alguma coisa a ver com a morte de Amy Holder e, pelo amor de Deus, uma foto em que minha cliente realmente apareça, nós gostaríamos de ver.

Ok, Rachel. Estou impressionada.

O detetive Crofton clica na tela para exibir o próximo vídeo.

— Este aqui foi gravado por uma testemunha ocular.

O centro de Atlanta não é um lugar particularmente cheio durante a semana, embora fique bem lotado nos fins de semana. Devon rastreou todos os vídeos possíveis daquele dia, de câmeras de segurança às postagens de redes sociais marcadas pela localização ou alguma loja próxima. Só soubemos da existência deste vídeo há menos de quarenta e oito horas, então imagino que a "testemunha ocular" e eu tenhamos o mesmo chefe.

O ângulo está na mesma altura do quarto de Amy, gravado do prédio do outro lado da rua, então a visão é direta e sem obstruções, ao contrário das testemunhas oculares de verdade que estavam na rua e tiveram que apontar suas câmeras para cima e só conseguiram gravar um pedacinho do quarto quando a fumaça começou a sair pela varanda.

O vídeo começa com um movimento da câmera pelo prédio, até parar nas portas abertas da varanda do quarto de Amy. A balaustrada da varanda é sólida, então só é possível ver a parte de cima do quarto, e a cama não aparece.

Tem áudio, mas eu e Devon achamos que foi acrescentado depois, só para não parecer estranho que o vídeo tenha aleatoriamente me gravado bem naquele momento.

O detetive Crofton aumenta o volume para ouvir a voz do cara.

"Alerta de camareira gostosa! Quem sabe a gente não ganha um serviço de quarto."

E então lá estou eu, vestida com uniforme de camareira. Estou dentro do quarto, mas totalmente à vista graças à porta aberta da varanda. Estou olhando para baixo, para onde estaria a cama, se fosse possível enxergá-la. E é uma imagem minha bem mais nítida, diferente da que acabamos de ver.

Eu me lembro claramente desse momento. Tinha acabado de pegar a caixa de fósforos na bolsa e estava prestes a riscar um deles. Foi o momento logo antes de a cama ser engolida pelas chamas. Alguns segundos se passam e a memória ganha vida na pequena tela, e então não estou mais visível quando a fumaça preta toma o quarto.

CAPÍTULO 24

Presente

Fico calma e não deixo transparecer qualquer emoção, o que é fácil, já que não é a primeira vez que vejo o vídeo. Ok, vamos lá.

Os dois detetives me olham, na expectativa.

— Essa é Lucca Marino — digo, depois de alguns segundos em silêncio.

Os dois detetives olham um para o outro e depois para mim.

— Lucca Marino? — pergunta o detetive Crofton.

— Sim, a mulher neste vídeo se chama Lucca Marino.

Passei anos e anos protegendo a identidade de Lucca Marino. Tentando me certificar de que um dia eu pudesse voltar a ser aquela garota. Já comprei o terreno para construir a casa dos sonhos que eu e minha mãe planejamos. Já tenho até os esboços da horta que minha mãe ia amar. Mas quando aquele nome foi ameaçado, eu me dei conta de que ele era só isto: um nome. Passei anos protegendo a ideia de que ainda era Lucca Marino, mas não sou mais aquela garotinha ingênua. Embora tenha sido difícil enfim tomar a decisão de perdê-la, a verdade é que ela já havia ido embora fazia muito tempo. Não preciso ser Lucca Marino para manter viva a memória da minha mãe. Nem para fazer as coisas que ela ia querer que eu fizesse.

Todos estão olhando para mim, inclusive Rachel.

— Vamos esclarecer. Está dizendo que esta não é você — diz o detetive West.

Levanto as sobrancelhas e abro a boca. Inclino a cabeça para o lado com uma expressão confusa no rosto.

— A mulher naquele quarto de hotel é Lucca Marino. Não sei de que outra forma posso dizer isso.

Eles podiam me colocar no detector de mentiras e eu passaria com facilidade.

Rachel entra na conversa.

— Minha cliente está se referindo a uma mulher que recentemente esteve em Lake Forbing, na Louisiana. Sofreu um acidente de carro na semana passada e não resistiu.

Assinto e acrescento:

— Lucca morava aqui quando Amy morreu. Ela conhecia Amy.

— Você sabe qual era a ligação dela com Amy Holder? — pergunta a detetive West.

Ela já puxou o laptop e deve estar fazendo uma busca pelo nome de Lucca Marino.

— Mais uma vez — diz Rachel. — Não estamos aqui para responder perguntas sobre as amizades da srta. Holder.

Ergo a mão.

— Tudo bem, Rachel. Posso responder essa. — Preciso enquadrar bem certinho essa história. — Amy estava envolvida com um pessoal errado. Lucca fazia parte disso. É só o que eu sei dizer.

Mais uma vez, é tudo questão de entonação.

Eles me entregam mais algumas fotos, imagens que eu já sabia que tinham, inclusive aquela em que arrasto Amy do carro para casa.

Examino todas elas e dou de ombros.

— A pessoa em todas estas imagens é Lucca Marino.

A detetive West está envolvida com as informações que encontrou no computador. O detetive Crofton se aproxima e murmura:

— A semelhança é muito impressionante.

Imagino que tenham encontrado a foto dela, e chego para o lado para dar uma espiada na tela. Bingo. É a foto que a mãe de James publicou no Facebook sobre a sopa idiota. Ela está com o cabelo preso, sem maquiagem, calça jeans e uma camiseta lisa. Poderíamos ser gêmeas. O sr. Smith deve estar arrependido de ter encontrado uma mulher tão perfeita.

A esta altura, a detetive West deve ter achado os registros que Devon criou, do apartamento que Lucca Marino alugou no centro de Atlanta no mesmo período da morte de Amy. Para garantir, também haverá alguns recibos de estacionamento para um veículo registrado no nome dela na mesma rua onde Amy morava, provando que ela esteve por lá.

Quando Devon e eu nos separamos em Nashville, dirigi até a Carolina do Norte, mas Devon voltou para a Louisiana. Quando os detetives ligarem para Lake Forbing para perguntar sobre Lucca Marino e o período que passou lá, vão ser informados sobre uma pasta cheia de fotos e informações sobre Amy Holder que foi encontrada numa bolsa esquecida no quarto de James. A bolsa que Devon plantou lá. Ele também chamou a polícia, identificando-se como um dos prestativos voluntários da igreja, para alertar que havia mais um objeto pessoal de Lucca Marino encontrado para juntar com o resto.

— Por que Lucca Marino iria atrás de você na Louisiana? — pergunta a detetive West.

Dou de ombros.

— Isso eu não sei responder.

Não estou aqui para resolver o crime, apenas para garantir que a polícia siga na direção que quero.

Meu chefe teve um imenso trabalho para encontrar alguém que se parecesse exatamente comigo e pudesse assumir minha identidade. Espalhou informações sobre ela nas redes sociais e se certificou de que a cidade inteira falasse dela. Cobriu todas as pontas. E então a matou.

O fato de ela estar morta também impossibilita que seja interrogada, então não haverá ninguém para contestar o que estou dizendo aos detetives hoje.

O sr. Smith achou que ia dificultar minha volta para minha verdadeira identidade, mas ontem coloquei o último prego no caixão de Lucca Marino, por assim dizer. Graças ao uniforme de segunda mão e minha última parada em Eden, o registro da arcada dentária daquela mulher agora tem um correspondente no consultório de um dentista em Eden, na Carolina do Norte, sob o nome de Lucca Marino, completando a identificação do corpo.

Se vou perder Lucca Marino para sempre, pelo menos que valha a pena.

Os dois detetives parecem perdidos diante da tela do computador, e Rachel olha para mim do outro lado da mesa. Eu a encaro de volta.

— Detetives — diz ela, por fim —, viemos de longe e não há nada que ligue minha cliente à morte de Amy Holder. Então, a não ser que tenham algo mais...

— Vamos confirmar essas novas informações. Mas só para garantir que cobrimos tudo com você, pode nos dizer onde estava na noite de 27 de agosto?

Eles ainda não desistiram.

Relaxo na cadeira. Calma. Controlada.

— Olhei no calendário depois que a polícia de Lake Forbing me disse que havia um mandado expedido pra mim. Queria ver onde eu estava quando Amy morreu. Fui jantar na casa de um amigo naquela noite. Ele e a esposa tinham acabado de ter um bebê e me convidaram pra ir lá conhecê-lo.

A única mentira nessa resposta é a data do jantar. Ele aconteceu na semana anterior.

A detetive West está com a caneta parada sobre o caderno.

— Pode me dar o nome e o telefone do casal com quem jantou naquela noite?

— Claro. O nome dele é Tyron Nichols.

O detetive Crofton levanta a cabeça.

— Tyron Nichols que joga no Falcons?

Abro um sorriso.

— Sim, ele é um velho amigo.

Mais uma verdade.

Seguro o telefone e digo:

— Eu disse pra ele que tinha este compromisso com vocês hoje. Ele me disse que podíamos ligar se precisassem verificar algo. Querem que eu o coloque na linha? Tyron prefere que eu não divulgue seu telefone pessoal, se puder evitar.

O detetive Crofton fica animado com a possibilidade de conversar com um dos melhores jogadores do Atlanta Falcons.

Resolvo ligar pelo FaceTime, assim eles podem ver para crer.

Tyron aparece na tela. Está sentado na cadeira do seu escritório em casa. Na parede atrás dele há fotos, matérias e camisas emolduradas da época do ensino médio em que jogou pelo Central Florida, e depois na Ole Miss com o treinador Mitch Cameron, até sua ascensão para a NFL. Ele evoluiu muito desde que era aquele garoto de dezoito anos cujo maior sonho era ganhar uma bolsa para jogar futebol americano na faculdade e tentar dar uma vida melhor para a família.

— E aí, garota — diz ele, com sua voz retumbante.

— Oi, Tyron. Tem um segundinho pra falar com os detetives?

Reviro os olhos só para fazer a cena.

— Claro, coloca os caras aí na linha.

Entrego o telefone para o detetive Crofton, que parece desnorteado.

— Sim, olá, sr. Nichols. Eu sou o detetive Crofton, da polícia de Atlanta. Precisamos verificar o paradeiro da srta. Porter na noite de 27 de agosto. Ela disse que estava na sua casa naquela noite.

Relaxo na cadeira e percebo que Rachel está olhando para mim. Abro um pequeno sorriso.

— Claro — responde Tyron. — Ela estava aqui mesmo. Foi na mesma semana do nosso jogo contra o Saints. Durante a temporada, as noites de terça são as únicas em que eu janto em casa, então foi o melhor momento pra ela vir conhecer nosso filho.

O detetive Crofton fica satisfeito, mas a detetive West não é tão fã de futebol americano, então tem outras questões em mente.

— Que horas a srta. Porter chegou e foi embora de sua casa naquela noite?

— Eu a busquei quando saí do treino, o que deve ter sido umas cinco da tarde. Ela ficou até tarde porque não nos víamos há muito tempo. Ela e minha mulher abriram uma garrafa de vinho umas nove ou dez, eu acho? — Ele solta uma risada bem alta. — E depois, é claro, elas ligaram o karaokê. Nossa, as duas realmente acham que sabem cantar.

Perfeito.

— Obrigado. Já temos tudo de que precisamos. Agradecemos a colaboração — diz o detetive Crofton.

— Claro, estou à disposição — responde Tyron.

O detetive Crofton me devolve o telefone e olho para Tyron na tela.

— Obrigada pelos esclarecimentos.

Ele ri.

— Sem problemas. Vai vir jantar aqui em casa já que está na cidade, né? Não vai acreditar no tamanho do Jayden.

— Claro! Ligo pra você assim que sair daqui e aí a gente marca.

Desligo o celular e olho para os detetives.

Os dois olham para mim e depois um para o outro, numa comunicação não verbal.

A detetive West fecha o caderno.

— Acho que isso é tudo por hoje. Se tivermos outras perguntas para a srta. Porter, vamos entrar em contato.

Eles levam apenas alguns segundos para reunir seus pertences e sair da sala.

Rachel e eu continuamos sentadas de frente uma para a outra.

— Você não sabia quem era Lucca Marino quando ela apareceu com James na festa do Derby — diz ela.

Nego com a cabeça.

— Se me lembro bem, eu disse que ele apareceu com uma mulher, mas não comentei se a conhecia ou não.

E é por isso que eu digo a verdade sempre que possível.

Rachel se levanta da cadeira e ajeita a saia.

— Bom, parece que está tudo fechadinho e resolvido.

Dou de ombros.

— Estou aliviada que acabou.

Mas não acabou. Não para mim. Embora já tenha lidado com uma das ameaças que pairavam sobre minha cabeça, é a outra que representa o maior perigo.

Ela pega a pasta e vai em direção à porta, mas não a abre.

— Sim, eu também. Odiaria pensar que você teve alguma coisa a ver com a morte daquela mulher.

Olho diretamente para ela e digo:

— Se tem uma coisa na qual você pode acreditar é que Lucca Marino era a mulher que estava naquele quarto.

Ficamos nos olhando por alguns segundos, e então ela sai da sala sem dizer mais nada.

Rachel pode sair daqui com a cabeça tranquila, mas eu estou numa situação bem diferente. Minha partida não vai ser tão pacífica quanto minha chegada.

Pego o celular novo na bolsa e ligo para Devon assim que saímos no corredor.

— Tudo certo com a polícia — digo, assim que ele atende.

— Ótimo. Agora vamos resolver o outro problema.

— Ryan estava aqui quando cheguei. Preciso que ele fique longe. Consegue ajudar com isso?

Ouço o som familiar de digitação, o que significa que ele está mexendo no teclado.

— Como ele está vestido?

A imagem aparece na minha cabeça.

— Calça jeans. Camisa de botão Oxford azul.

— Tudo bem, vou ligar pra segurança do hotel e denunciá-lo por comportamento suspeito. Não vai colar por muito tempo, mas deve te dar uma folga pra sair do prédio. Troca agora pro fone bluetooth. Quero ficar na linha com você.

Pego na bolsa o pequeno fone que Devon desenvolveu e o conecto ao telefone. Coloco-o na orelha direita e solto o cabelo. Tem a mesma cor da minha pele, e escondê-lo atrás do cabelo deve ser o suficiente.

Enfio o celular no bolso de trás e vou caminhando pelo corredor. O fato de Devon ter insistido em continuar na linha enquanto entro na cova dos leões me deixa abalada. Ele está disposto a se expor por mim.

— Caso eu não consiga falar isso depois, muito obrigada por tudo. Obrigada por ser meu amigo.

Ele pigarreia.

— Não vamos fazer essa merda agora. Foco no jogo. É só sair andando se precisar. Nunca é tarde demais pra fugir.

Empurro a barra de metal que dá acesso à escada no fim do corredor. O cômodo de concreto está escuro e úmido, e minha voz ecoa pelas paredes.

— Estou descendo.

Quando chego ao andar do lobby, abro a porta devagar bem a tempo de ver dois funcionários uniformizados do hotel abordando Ryan. Eles chegam perto dele e dizem algo que não consigo ouvir; enquanto ele olha ao redor, os funcionários fazem um gesto para que os acompanhe, mas ele contesta, ainda prestando mais atenção aos elevadores do que aos homens diante dele.

Eles o agarram, um de cada lado, e por um momento parece que ele vai arranjar uma briga em vez de colaborar. Enquanto o arrastam, ele dá mais uma olhada para trás.

Assim que desaparecem, eu saio da escada e sussurro:

— Indo em direção à saída.

— Estou de olho nas câmeras da rua, então vou vê-la assim que passar pela porta.

A saída mais próxima é pela porta que dá numa rua lateral. Estou a poucos passos dela quando ouço:

— Oi, Lucca.

Eu me viro e fico paralisada ao ver quem é.

— Que bom ver você aqui, George.

— Leve-o pra rua — diz Devon no meu ouvido. — Não consigo ver você aí.

— Não deveria estar tão surpresa, já que furou comigo ontem — diz ele.

Aponto com a cabeça para a porta, avisando que vamos levar isso lá para fora. Ele assente e concorda.

— Boa. Caminhe na direção norte até o cruzamento — orienta Devon.

Mesmo que eu não veja as câmeras, sinto algum alívio em saber que alguém no mundo está tomando conta de mim, ainda que não haja muito a fazer neste momento.

— Você é o plano B caso os detetives dessem errado, né?

Preciso fazer um esforço enorme para manter a voz estável e controlada.

George ri.

— Era pra eu ser o plano A. Se você desse o que ele quer, não teria nem que se preocupar com esses policiais.

Dou de ombros e olho para ele, que caminha ao meu lado.

— Até a próxima vez que ele se irritar comigo. Vai lançar essa carta de novo. Quer dizer, não há um estatuto que regulamente os assassinatos, não é mesmo?

— Talvez devesse ter pensado nisso antes de acender aquele fósforo — diz ele, em voz baixa.

— Ryan saiu do hotel — informa Devon.

Respiro fundo e solto o ar devagar. Depois mais uma vez.

— Meus arrependimentos são muitos e vou ter que conviver com as coisas que fiz. — Olho nos olhos de George. — Você não precisa fazer isso.

Paramos a alguns metros do cruzamento e ele me encara, analisando meu rosto.

— Não quero fazer isso. Mas preciso pegar o que está naquele cofre. Nós dois sabemos que essa é a única opção no momento. Estou de mãos atadas, Lucca. Você não me deixou outra saída.

— E depois o que acontece? — sussurro.

Ele coloca as mãos nos quadris e se afasta de mim, o olhar vasculhando as ruas. Então se vira de volta.

— Talvez eu me distraia enquanto confiro o que há no cofre. Talvez eu não veja quando você desaparecer.

Ele quer me induzir a pensar que vai me deixar fugir. E até pode fazer isso agora, mas não demoraria muito a estar na minha cola de novo.

O sinal abre e podemos atravessar a rua. Caminhamos pelos próximos dois quarteirões em silêncio até estarmos diante do banco.

— Se vai fugir, a hora é agora — diz Devon no meu ouvido. — Depois que entrar, não tem volta.

George começa a subir os degraus da entrada do banco enquanto fico ali paralisada.

— Você vem? — pergunta ele.

Eu me recomponho e vou atrás dele. Fugir nunca foi uma opção.

Codinome: Regina Hale — Seis meses atrás

O cheiro de enxofre invade meu nariz quando a chama do fósforo acende. Eu o seguro por pouco mais de um segundo para garantir que vai ficar aceso, e o jogo na cama. As chamas crescem ao lamber as fibras sintéticas da colcha, depois se espalham de vez ao chegar ao casaco vermelho vivo.

Coloco os últimos pertences de Amy na mala de lona preta e dou outra olhada no quarto para me certificar de que peguei tudo, então jogo a mala de volta no carrinho de limpeza. As chamas se alastram e a fumaça preta preenche o quarto. É minha deixa para ir embora.

Abro a porta e empurro o carrinho pelo corredor até o elevador de serviço que está me aguardando. Quando chego ao térreo, Devon está lá esperando por mim. Pego a mala e entrego o carrinho para ele. Nós nos separamos sem falar nada, ele rumo ao estacionamento, para sair do outro lado do quarteirão, e eu pela cozinha, até a porta que dá num beco estreito na lateral do hotel.

Destranco o carro e entro. Minhas mãos tremem quando pego o telefone e ligo para o número de emergências.

O sr. Smith atende no primeiro toque.

— O que aconteceu, porra?

Ele já sabe do incêndio.

Solto um suspiro meio trêmulo e espero que ele tenha ouvido.

— Quando entrei no quarto, ela já estava na cama. Estava muito bêbada, com um cigarro aceso na boca. Cheguei perto com a seringa de Flunitrazepam, mas ela ficou violenta quando me aproximei. O cigarro caiu na colcha. Tinha uma garrafa de vinho vazia ao lado dela, mas deve ter derramado nos lençóis, porque a cama inteira foi engolida pelo fogo em questão de segundos. Tentei chegar até ela, mas... ela já estava pegando fogo. As roupas... — Minha voz falha e solto um gemido trêmulo. — Foi horrível. E muito rápido. Ela foi simplesmente... engolida pelo fogo.

Soo desesperada. Assustada. Minha voz está tremendo.

Ele fica em silêncio do outro lado da linha.

— Havia algo de útil no quarto dela? — pergunta ele, por fim.

— Não sei. Ia procurar depois que a apagasse, mas tive que ir embora quando o alarme de incêndio tocou — respondo rapidamente. — Não consegui pegar nada.

— Não levou nada com você?

— Não. Nada.

Eu tinha colocado a mala preta debaixo do casaco, então ninguém deve ter me visto com ela.

Espero uma resposta ou outra pergunta, mas recebo apenas silêncio. Depois de um tempo, ele diz:

— Soube que ela fez uma ameaça a você na calçada em frente ao hotel. Uma ameaça que se referia a mim.

— Ela estava completamente bêbada, se comportando como uma doida — digo, mas não nego o que Amy falou.

— Seria muito conveniente pra você pegar algo que pode ser usado contra mim e não me dizer nada.

Há uma frieza que eu nunca tinha ouvido na voz dele.

Com a voz trêmula, respondo:

— Não sei o que ela tinha contra você. Não achei nada na casa dela, no carro nem na suíte do hotel. Se era algo que estava com ela, já virou cinzas a esta altura.

Silêncio. Um silêncio que dura uma eternidade.

Depois do que parecem ter sido eras, ele diz:
— Vamos permanecer em contato.
E desliga.
Encosto a cabeça no volante e respiro fundo. Meu coração está acelerado. Eu me enrolo toda na hora de virar a chave na ignição. Levo alguns segundos, mas enfim coloco o carro em movimento e saio quando há mais caminhões de bombeiros chegando.
Dois quarteirões depois, encontro uma vaga para estacionar diante do banco Wells Fargo e entro lá.

CAPÍTULO 25

Presente

Quando entramos no banco, vamos até a mesa onde vou fornecer a assinatura para abrir o cofre.

— Olá, como posso ajudar? — pergunta a mulher.

Abro um sorriso sem nenhuma vontade.

— Olá, preciso abrir meu cofre.

— Claro! Qual é o número e o nome?

— Regina Hale. Cofre número 3291.

Pego o documento de identidade que usei no último trabalho e a chavinha que guardei nesses meses. A funcionária abre o livro na página onde está registrado meu cofre, e eu assino embaixo da última — e única — vez que o acessei. O mesmo dia em que foi aberto.

— Temos companhia lá fora. Ele acabou de chegar. Está perto da escada — sussurra Devon pelo fone.

Solto um suspiro lento e profundo enquanto eu e George vamos atrás da funcionária do banco até uma salinha privada onde as paredes estão cheias de portinhas de ferro e há uma mesa grande no meio. Ela enfia a chave dela numa das trancas, então coloco minha chave na outra. Viramos ao mesmo tempo.

Quando a porta se abre, ela diz:

— Pode colocar sua gaveta sobre a mesa e leve o tempo que precisar.

Ela sai e fecha a porta. Está tudo silencioso, exceto pelo relógio na parede. *Tique-taque, tique-taque.* Sinto que o cômodo está se estreitando ao meu redor.

George vai até a caixa e tira a gaveta lá de dentro, o conteúdo ainda escondido sob a tampa fechada. Ele a coloca em cima da mesa.

Em seguida, me encara. Cinco segundos. Então dez. Nós dois sabemos que não há como as coisas voltarem ao que eram depois disso. Sinto uma pontada de tristeza e talvez até de arrependimento na expressão dele, mas me recuso a demonstrar qualquer emoção. Ele enfim olha para a caixa diante de si. Abre a tampa devagar.

A única coisa que há lá dentro é um pequeno cisne de origami branco.

Sua expressão fica confusa por um segundo, depois dois.

A confusão vira raiva. Uma raiva tão intensa que parece sugar todo o ar da sala. Ele semicerra os olhos, junta as sobrancelhas. O maxilar está tenso.

Tique-taque, tique-taque.

— Acho que não preciso mais chamar você de George — digo, mesmo que seja só para abafar o som do relógio.

Ele pega o cisne por uma das asinhas e o vira de cabeça para baixo. Então abre o papel sem pressa e vê que está em branco. Sem dúvida, não há nenhuma informação sobre ele ou Victor Connolly nesta caixa.

Eu estava preparada para muitas reações, mas a atenção imperturbável à caixa vazia não era uma delas.

— Antes eu achava que você tinha escolhido o nome sr. Smith porque era muito fã de Matrix ou tinha pouca imaginação, mas você é literalmente sr. Smith. Sr. Christopher Smith. É bem engenhoso, na verdade. Já que tem um dos nomes mais genéricos possíveis.

Estou falando sem parar.

Ele solta uma risada, mas sem qualquer sinal de humor.

Enfim me encara, o papel desdobrado ainda nas mãos. Um passo, depois dois. Cada passo que ele dá na minha direção, eu ando um para trás.

O papel cai da mão dele e flutua até o chão.

Mais um passo para a frente.

Mais um passo para trás.

— Quando foi que descobriu?

— Que meu chefe e o mensageiro eram a mesma pessoa? Ou o seu nome verdadeiro? Ontem à tarde — respondo.

Ele faz um sinal com a cabeça para a caixa do cofre.

— Mas isto aqui já esperava por mim há muito mais tempo.

Assinto.

— Ainda que eu esteja impressionado por ter descoberto o que muita gente tentou e não conseguiu, você saber meu nome não muda nada. — A aspereza em sua voz mostra que ele está se esforçando muito para manter o controle. — Onde está a informação que Amy Holder roubou de mim? Você saiu daquele hotel assim que o quarto pegou fogo e sua primeira parada foi aqui. Não minta pra mim de novo dizendo que não pegou nada.

Ele olha para as outras centenas de caixas nas paredes, e posso ver o que está pensando, que eu peguei mais de uma caixa e o material ainda pode estar por perto.

— Ah, eu peguei, sim, o que Amy tinha, só não o deixei aqui — digo, fazendo um gesto para a sala. — Mas eu sabia que era isso que você iria pensar. Esta foi uma das muitas lições que você me ensinou: *Se capturarem você, é mais difícil ser pega se não estiver de posse do objeto roubado.*

Estamos apenas a alguns centímetros agora que minhas costas já encostaram na parede. As maçanetas de metal das caixas atrás de mim apertam minha pele. Uso a dor para me ajudar na concentração. Posso estar à mercê dele nesta sala, mas tem bastante gente do outro lado da porta. Não vai ser fácil para ele sair daqui sem mim, já que a funcionária está esperando para trancar a porta de volta.

— Você falhou num trabalho de propósito, para benefício próprio.

— Você *acha* que eu falhei. O trabalho foi bem-sucedido, você só não entendeu qual era o objetivo.

Estou jogando as próprias palavras do sr. Smith na cara dele. E pelo olhar no seu rosto, sei que já estaria morta se estivéssemos em qualquer outro lugar.

Ele cruza os braços.

— Pelo visto, somos mais parecidos do que você gostaria de admitir. Em vez de realizar o trabalho que foi contratada pra fazer, você tirou vantagem da situação.

As palavras acertam o alvo, mas não posso deixá-lo entrar na minha mente.

— Eu aprendi... muito com você ao longo dos anos. Mas provavelmente o mais importante foi: *Faça o que tiver que fazer para se safar e concluir o trabalho.* Essa é a meta que trabalhei arduamente pra alcançar.

— Você mudou muito desde aquele estacionamento de trailers na Carolina do Norte. Eu tinha muita expectativa pra você, mas que decepção acabou sendo — diz ele, debochando.

— Sempre fui sua melhor funcionária, e nós dois sabemos disso. Você não sabe o que é decepção.

Ele se inclina sobre mim e me obriga a mover a cabeça para encará-lo.

— Há quantos anos está planejando me trair?

— Quatro — respondo, sem corrigi-lo. — Apenas metade do tempo em que você esteve planejando me trair.

Dá para ver que ele está pensando, tentando se lembrar do que pode ter acontecido há quatro anos que tenha me colocado contra ele.

— O trabalho de Tate — diz ele, enfim.

Assinto.

— O trabalho de Tate.

Ele se afasta e abre os braços.

— Você vai chegar a algum lugar com tudo isso? Imagino que esse teatrinho todo tenha um objetivo.

— Amy disse pra você que tinha informações sobre Victor Connolly e os crimes que a família dele cometeu, mas o que tinha mesmo eram informações de que *você* estava traindo *eles* há anos. Não é uma boa ideia mexer com uma das principais famílias criminosas da Costa Leste. A mulher tinha tudo: transferências bancárias, documentos e mensagens que provavam que você estava roubando, vendendo os segredos deles e usando as informações pra benefício próprio, e não pro deles. Você os fez acreditar que os estava protegendo quando, na verdade, era sua maior ameaça. Mas seria inútil ter esse material de chantagem contra você sem saber seu nome real, Christopher.

Todo e qualquer senso de humor sumiu do rosto dele.

— Vamos parar com a palhaçada. O que você quer, Lucca?

— Absolutamente nada. E é srta. Porter agora. Já gastei toda a energia que eu tinha disponível pra você. Isto é só um aviso de amiga, já que nossa relação é tão antiga. Você tem alguns velhos amigos o esperando lá fora. Não deveríamos deixá-los lá mofando. — Olho para ele por dois segundos, depois três, e acrescento: — Acha que eu não teria um plano de contingência pronto?

Ele levanta uma sobrancelha e me encara. Sempre foi bom em usar o silêncio como arma, e dessa vez não é diferente.

— As coisas não vão terminar como você pensa hoje — diz ele, o rosto a poucos centímetros do meu. — É melhor andar por aí olhando pra trás pelo resto da vida, porque prometo que um dia eu vou aparecer no seu encalço.

— Você já me tirou a única coisa com a qual eu me importava. Lucca Marino está morta e enterrada. Não tenho mais nada a perder pra você me ameaçar.

Ele se afasta e eu tenho que reunir todas as forças para não me deixar cair no chão. Christopher abre a porta, que bate com força na parede.

Logo antes de ele sair, eu digo:

— Não vá levar pro lado sentimental agora. São só negócios.

Ele já está falando ao telefone assim que chega à entrada do banco. A mulher que nos atendeu se aproxima, mas eu a dispenso.

— Não vamos mais precisar da caixa. A chave está lá dentro.

— Sem problemas, sra. Hale, só preciso que assine os documentos de encerramento...

Eu a ignoro, vou atrás dele e vejo o exato momento em que ele se depara com Victor Connolly e diversos membros da família esperando nos degraus do lado de fora. Ele hesita por alguns segundos, desliga o telefone e o coloca de volta no bolso. Parece se ajeitar e alongar a coluna antes de encarar o homem de quem roubou milhões. Não se vira para trás para me olhar.

Ele é colocado no banco de trás de uma SUV, e Victor Connolly acena com a cabeça para mim, depois entra no carro. Ontem à noite, enviamos todas as informações recolhidas por Amy para o hotel dele, com a promessa de lhe entregar hoje o homem que o traiu. Acredito mesmo que o sr. Smith provavelmente já se salvou de algumas enrascadas no passado, mas não acho que vá conseguir se safar dessa.

— Caramba, L, queria que a gente tivesse colocado uma câmera em você também, porque adoraria ver a cara dele quando abriu a caixa — diz Devon no meu ouvido.

— Estou com vontade de vomitar. — Agora que tudo acabou, a adrenalina está baixando. — É muito difícil conciliar o cara que eu achava ser o George com o sr. Smith.

— É de foder a cabeça mesmo. Vá pegar um táxi. Seu voo sai em uma hora e meia.

◆

Acabei de pousar, escrevo e envio, depois jogo o celular no banco do passageiro.

É uma viagem de carro de meia hora até meu destino, e estou exausta. Eu nem sei se consigo percorrer os últimos quilômetros sem dormir. Felizmente, a entrada de carros aparece. Eu viro e sigo pela trilha sinuosa de cascalho.

A luz da frente está acesa, que bom, já que a escuridão é total do lado de fora. Saio do carro me arrastando e subo os degraus da varanda. Aperto a campainha e só solto quando a porta se abre.

— Meio exagerada, não acha? — diz Devon, ao abrir

— Foram os três dias mais longos da minha vida. — Eu me largo no sofá e tiro os sapatos. — Vou dormir três dias seguidos.

— Tem um quarto no fim do corredor — diz ele, mas joga um cobertor por cima de mim, depois desliga o abajur da mesinha porque sabe que não vou sair dali.

— Acho que deu tudo certo, então?

Preciso fazer um enorme esforço, mas levanto a cabeça. Ela usa um pijama simples e está totalmente descabelada, e meu lado mesquinho fica feliz de tê-la acordado depois da semana que eu tive.

— Parece que no fim das contas não vou ser presa pelo seu assassinato.

Amy Holder começa a rir, e eu fecho os olhos e morro para o mundo.

Lucca Marino — Quatro anos atrás

O trabalho de Tate em Fort Worth, no Texas, foi o primeiro em que tive certeza de que não era a única pessoa prestando serviços para o sr. Smith. Por ter observado as câmeras de segurança durante dias antes de eu chegar, Devon conseguiu imagens dos outros que foram enviados para o mesmo trabalho. Quando pedi que rastreasse as pessoas que tinham tentado roubar o quadro da casa de Tate, ele fez o possível.

E é por isso que estou parada numa rua de areia em uma cidadezinha da Flórida, olhando para uma linda casa de praia rosa. Não dá para ver o mar daqui, mas consigo ouvi-lo.

O caminho de entrada é um conjunto de pedras de formatos estranhos numa linha irregular que leva até a varanda. Se ela for como eu, já sabe que estou aqui fora.

Quando estou a poucos metros da porta, ela se abre.

— Olá — digo, com um sorriso enorme no rosto.

— Posso ajudar?

— Amy Holder? Podemos conversar um minuto?

Ela está na defensiva, como deveria mesmo. Eu também estaria, no lugar dela. Seu paraíso seguro é aquele que você protege a qualquer custo e onde estranhos raramente chegam sem ser convidados.

— Pode dizer o que quer aqui mesmo.

Assinto e penso na melhor maneira de prosseguir.

— Preciso conversar sobre o caso Tate em Fort Worth.

A única reação que recebo dela são as sobrancelhas arqueadas.

— Nós temos o mesmo empregador — acrescento.

Ela cruza os braços.

— Você deveria ir embora.

Droga. Estou vendo em seus olhos. Ela está prestes a fugir.

Levanto a mão, como se estivesse querendo interromper a fuga.

— Eu teria a mesma reação se alguém aparecesse na minha casa desse jeito. Nós precisamos mesmo conversar, mas vou deixar quando e onde nas suas mãos. — Abro a bolsa, pego uma caneta e o recibo do posto de gasolina onde acabei de abastecer e escrevo meus contatos no verso. Olho bem nos olhos dela, para deixar clara minha sinceridade. — Meu número. E meu nome real. Poucas pessoas sabem qual é. É importante que a gente converse. Vou ficar na praia de Panama City até você entrar em contato.

Caminho de volta até a rua, coloco o papel na caixa de correio dela e saio, sem Amy dizer mais nem uma palavra. Estou correndo um risco enorme ao fazer isso, mas não tenho escolha.

Ela demora cinco dias para entrar em contato.

E me dá apenas quinze minutos de antecedência para encontrá-la na feira local perto da praia. É lotado e barulhento, exatamente o lugar que eu sugeriria se estivesse na mesma situação.

— A única Lucca Marino da sua idade e etnia foi citada no obituário de Angela Marino, de Eden, na Carolina do Norte.

Assinto.

— E isso é a única coisa que qualquer pessoa vai encontrar até eu mudar de ideia.

Andamos pelas barracas desviando de crianças até chegarmos a uma área cheia de mesas de piquenique. Há uma vazia no canto dos fundos, e ela se senta de um lado enquanto me sento do outro.

— Tudo bem, pode falar.

Vou direto ao assunto.

— Tenho um amigo que me ajuda nesses trabalhos. Ele entrou no sistema de segurança antes de eu chegar para o trabalho de Tate. Você esteve lá logo depois de mim e pegou a falsificação que deixei no lugar do quadro.

Ela fica em silêncio por um momento.

— Eu levei um esporro por entregar uma falsificação e não ter percebido.

— Aquela era a pintura mais feia que já vi. Imagino por que não acharia que alguém ia recriar aquilo — digo, para quebrar a tensão.

Ela ri. É uma risada rápida e em voz baixa, mas eu aceito.

Então meu sorriso se apaga quando penso no que vou ter que contar a ela.

— Você sabia que não éramos as únicas tentando roubar o quadro?

Ela assente.

— Sim, ele disse que era alguma merda de teste. O vencedor ganhava um bônus.

— Acho que era mais do que um teste — digo, em voz baixa. — Meu amigo conseguiu identificar todas as pessoas e fomos procurar por eles, assim como fiz com você.

— E?

Pigarreio.

— E somos só nós duas. Só sobramos nós duas.

Amy ajeita o corpo.

— Como assim?

— O sr. Smith estava fazendo uma limpeza da casa, e esse foi o jeito que encontrou pra decidir quem ficava e quem não ficava. E... Bem, ele não podia simplesmente demitir a gente depois de tudo que vimos e fizemos.

Listo os nomes dos outros e a causa da morte de cada um enquanto ela me encara sem piscar.

— Acho que você foi poupada porque conseguiu decifrar o enigma ao ir até a lavanderia, mesmo que tenha saído de lá com o quadro falso.

Quando pedi a Devon para localizar todo mundo que tinha aparecido no vídeo, foi por puro egoísmo. Este é um estilo de vida muito solitário, com mudanças constantes e mentiras sobre quem somos de verdade. Não enxerguei os outros apenas como concorrentes. Enxerguei como possíveis amigos. Pessoas que poderiam compreender os desafios de viver e trabalhar assim. Um grupo com quem poderíamos ser nós mesmos e, quem sabe, até nos ajudar, ainda que fosse só para conversar sobre trabalhos difíceis. Devon ficou um pouco hesitante de rastrear os outros, mas eu o convenci a fazer isso. Nenhum de nós estava preparado para descobrir que, tirando Amy, todos tinham sido vítimas de algum grave acidente ou doença fatal repentina depois daquele trabalho.

Amy ainda não disse nada.

— É questão de tempo até sermos reprovadas num desses testes. Se não fosse meu amigo, eu nunca teria pensado em ir até a lavanderia. Ele salvou minha vida, literalmente.

Ela desvia o rosto e olha para a multidão.

— Não vou ficar esperando ele me matar — digo.

Ela enfim tem uma reação. Franze a testa enquanto pondera sobre minhas palavras e o que elas significam.

— Então vai fazer o quê, desistir? Eu tentei... não existe essa possibilidade.

A voz dela falha, e claramente tem muito mais que ela não está dizendo.

— O sr. Smith precisa ser derrubado.

Ela balança a cabeça. E parece estar prestes a se levantar. Eu a assustei.

A única coisa que posso fazer é insistir.

— Venho pensando nisso há um tempo. Mas não consigo fazer sozinha. Se você topar, vamos ter que planejar com antecedência. Reunir tudo o que temos. Encontrar alguma coisa que possa ser usada contra ele. Do jeito que é trapaceiro, com certeza já ferrou alguém. Nós pegamos os detalhes e colocamos um contra o outro. Deixamos alguém acabar com ele.

Amy segue olhando para o lado, o maxilar tenso.

Continuo falando.

— E temos que descobrir quem ele é de verdade. Não vai adiantar nada contar pra alguém que está sendo traído por ele se não entregarmos também sua identidade.

Ela continua balançando a cabeça. Joguei um monte de coisa em cima de Amy, que não está processando as informações na mesma velocidade.

— Vamos nos proteger a qualquer custo — acrescento. — Quando chegar a hora de virar o jogo contra ele, precisamos ter absoluto controle de tudo, até o último detalhe.

Ela se levanta e faz menção de embora, e eu pergunto:

— Você tem alguém, algum familiar ou ente querido, que ele possa usar pra atingi-la? Alguém que você queira proteger?

Ela fica um bom tempo ponderando se quer ou não me responder.

— Sim, existe alguém.

É tudo que ela diz, e eu não pressiono por mais detalhes.

— Então vamos ter que garantir que essa pessoa esteja protegida.

Ela enfim se vira para mim.

— E você?

— Não. Eu não tenho ninguém.

Eu a encaro, e ela está pensando no que quer dizer.

— Você já disse não pra algum trabalho? Já se recusou a fazer algo que ele pediu?

Balanço a cabeça.

— Não, nunca.

Ela faz uma cara estranha e solta uma risada frustrada.

— Não tem ideia do que ele vai fazer se descobrir o que você está planejando.

Fico um pouco preocupada que ela não tenha dito o que *nós estamos* planejando, mas ela não foi embora. Ainda.

— Ele vai tentar nos destruir, mas se estivermos um passo à frente, pode ser como uma daquelas explosões programadas — digo, depois de um tempo. — Tipo quando a única chance de se livrar de uma bomba é detoná-la. Vamos controlar o máximo que conseguirmos e, assim, quando as coisas explodirem, como sabemos que vão, o resultado não será tão ruim.

Ela ri mais uma vez, como se eu fosse ingênua. E talvez eu seja.

— Então você vai mesmo fazer isso — diz Amy, depois de um tempo.

— Acho que *nós* não temos outra opção.

CAPÍTULO 26

Na minha área de trabalho, existem os golpes de curto prazo e os de longo prazo, e eu acabei de encerrar o mais longo da minha vida. Estou me sentindo meio perdida agora que acabou.

Era só parcialmente uma piada quando eu disse que ia dormir por três dias, já que fiquei apagada na maior parte do tempo em dois deles. Devon e Amy foram bem cuidadosos, garantindo que houvesse comida por perto e sem me encher de perguntas, como eu sabia que queriam fazer.

Porque esse foi um trabalho de longo prazo para eles também.

— Finalmente você está acordada — diz Devon, e se senta na cadeira perto do sofá.

— Praticamente — respondo. — É tipo uma ressaca, mas sem a diversão de ter bebido.

Ele ri.

— Então é muito cedo pra abrir o champanhe?

— Nunca é muito cedo pra isso — opina Amy ao entrar na sala e sentar na cadeira ao lado de Devon. — Bom dia.

— Se você está dizendo.

Justo quando acabei de pensar que preciso demais de um café, Amy coloca uma caneca na minha frente.

Ficamos em silêncio por um momento, e então Amy diz:

— Queria ter visto a cara dele no cofre do banco quando abriu a caixa.

Devon ri.

— Eu falei a mesma coisa.

— Eu queria uma expressão de queixo caído, estupefato por eu ter superado ele, mas o máximo que recebi foi uma sobrancelha levantada — digo, dando de ombros.

Durante a meia hora seguinte, conto a eles os detalhes da entrevista com os detetives, já que Devon não estava escutando essa parte.

— Meu Deus, você deu sorte de ele ter basicamente enviado sua gêmea pra lá, senão estaria ferrada — comenta Amy. — Mesmo com o álibi de Tyron, ia ser difícil convencer a polícia de que não era você.

Dou de ombros.

— A gente podia muito bem ter feito você ressurgir dos mortos se a prisão fosse uma realidade. Eu não sou assassina.

Amy ri.

— É, verdade, tinha essa opção também.

— Ainda bem que Amy já estava na cesta da lavanderia antes de começarem a filmar. Eu conferi aquele prédio logo antes de levar o corpo do necrotério, e o quarto bem em frente ao dela estava vazio. — Devon franziu a testa e continuou: — Odeio quando me passam a perna assim.

Dou um chutinho no pé dele.

— Não se cobre desse jeito. Você já salvou nossa pele muito mais vezes do que gostaríamos de admitir. Não dá pra ser perfeito o tempo inteiro.

Achei que já tinha pedido a Devon todo tipo de coisa até o dia em que pedi para ele arranjar um cadáver. Um cadáver bem específico. Morto há pouco tempo. Mulher. Branca. Uma indigente de quem ninguém fosse sentir falta. Com mais ou menos 1,70 metro e cabelo aloirado, que nós vestimos com aquele inconfundível casaco vermelho.

Para nosso plano dar certo, Amy Holder precisava morrer de um jeito bem extravagante.

Quando começamos a nos preparar para este dia — o dia em que estaríamos livres do sr. Smith —, nenhum de nós sabia ao certo quanto tempo levaríamos.

Embora a execução tenha demorado mais do que a gente gostaria, o plano em si era bem simples. Enquanto fazíamos nossos trabalhos normalmente, buscaríamos provas de que ele estava traindo os próprios clientes. Algo grande a ponto de fazê-lo temer pela própria vida caso vazasse. E, o mais importante, precisávamos descobrir a verdadeira identidade dele.

Mas Amy estava certa. Não tínhamos ideia do que ele faria quando começasse a questionar nossa lealdade.

Tínhamos que eliminar tudo o que ele poderia usar contra nós logo de cara, para assim conseguirmos adaptar o plano. Amy se deparou com o caso da traição aos Connolly e era tudo de que precisávamos. Então Amy foi colocada para sacrifício. Ela seria a funcionária insatisfeita que tentava se rebelar durante um trabalho. Se o sr. Smith tivesse alguma informação escondida capaz de colocá-la na linha, ia ser obrigado a usar.

E ele não decepcionou.

Amy demorou um tempão para me contar sobre sua irmã, Heather. As duas foram colocadas no sistema de adoção ainda pequenas, quando a mãe morreu de overdose e nenhum outro membro da família apareceu para cuidar delas. Foram parar em famílias diferentes e perderam o contato. Amy encontrou Heather depois que começou a trabalhar para o sr. Smith, usando os recursos que tínhamos à disposição para as missões. Nós duas sabíamos que, se Amy a tinha encontrado, o sr. Smith provavelmente também tinha.

E foi assim que ele tentou atingi-la. O sr. Smith preparou evidências que resultariam na prisão de Heather por uso e tráfico de drogas, e sua filhinha Sadie acabaria sendo colocada no sistema de adoção. Esse era o pior pesadelo de Amy e Heather.

Logo depois da primeira ameaça do sr. Smith contra Heather e Sadie, Devon conseguiu colocá-las em outro estado com nomes diferentes. Foi uma solução temporária, mas eficiente.

Controlamos aquela explosão.

O fato de Devon e Heather terem se dado muito bem e ele ter assumido uma postura muito protetora em relação às duas também ajudou. Ninguém ia conseguir chegar perto dela ou da filha.

— E como ficam Heather e Sadie? — pergunto a ela agora. — Vão voltar pra Tulsa?

— Heather gosta de Phoenix. Não me surpreenderia se ficassem por lá. O recomeço foi bom pra elas. — Amy abre um sorrisinho e se vira para Devon. — Ouvi dizer que você deve se mudar pra Phoenix também.

— Talvez — diz Devon, dando de ombros, mas o sorriso o entrega.

Quando Heather e Sadie estavam fora de perigo, Amy se mudou para Atlanta, onde começou a agir de modo desvairado e instável. Só restou uma opção ao sr. Smith: enviar alguém para recuperar o material que estava com Amy.

Nosso maior risco foi presumir que eu seria a enviada para esse trabalho. Conciliamos o comportamento errático de Amy com a época em que eu tinha acabado de terminar um serviço, então estava disponível. E, verdade seja dita, eu era uma das melhores do sr. Smith. Tínhamos um plano de contingência caso ele não me enviasse, mas felizmente o trabalho veio para mim.

E ainda que o sr. Smith tivesse gente lá me vigiando enquanto eu vigiava Amy, eles não prestaram muita atenção no barman que servia os drinques de Amy nem perceberam que Devon não colocava álcool nenhum ali. Não acharam estranho que todas as vezes que Amy gritava comigo, tomando cuidado para soltar alguma informação importante no exato momento em que precisávamos, era sempre num local totalmente público — o que garantia que ia chegar até ele.

Ou que Amy tenha escolhido Atlanta para criar essa tempestade toda, justamente a cidade onde morava um dos meus amigos mais antigos e mais famosos, que não se importaria nem um pouco de me dar um álibi. Tyron fez questão de nos dizer que terça à noite era a melhor opção para ele.

Amy desempenhou seu papel com perfeição. Foi gravada por dezenas de câmeras de segurança ao sair do bar e atravessar a rua até o hotel. Cambaleou o caminho inteiro. Não havia dúvida de que poderia ter sido descuidada com o cigarro naquele estado. Empurrei Amy para fora do quarto naquele carrinho de limpeza, depois Devon assumiu e ela seguiu pelo estacionamento até o carro que a esperava lá. Ficou escondida nesta casa desde então.

Eu queria que o sr. Smith suspeitasse de mim, mas não estava preparada para todas aquelas provas que me envolviam no assassinato dela.

Aquilo surpreendeu a todos nós.

Depois de Atlanta, a primeira parte do nosso plano estava concluída. Tínhamos o suficiente para enterrá-lo. A "morte" de Amy garantiu que ela ficasse segura e não sofresse represálias.

Agora, tudo que precisávamos era do nome verdadeiro dele.

Era minha vez. Precisava pressioná-lo para usar o que tinha contra mim. Controlar minha própria explosão.

Enquanto no caso de Amy sabíamos que o ponto fraco seria Heather e Sadie, no meu, não tínhamos tanta certeza de onde ele ia mirar. Então tive que ir levando até ele colocar as asinhas de fora.

A viagem de carro foi a minha versão de comportamento instável. Eu sabia que o treinador Mitch era minha melhor aposta para descobrir quem o sr. Smith era, e enfim podíamos lançar essa carta depois que já tínhamos conseguido provas contra ele.

Eu precisava cutucar Mitch e sabia que encontrar com Andrew Marshall deixaria o sr. Smith irado, já que ele sempre achou que eu tinha o político no meu bolso.

Aquilo acendeu o fósforo da bomba que ele tinha preparado para mim.

Ou foi o que ele pensou.

— Alguma notícia sobre o paradeiro de Smith? — pergunta Amy, me tirando dos meus próprios pensamentos.

Devon está digitando no laptop.

— Nada confirmado. Os Connolly vão lidar com isso do jeito deles, o que significa que não vamos encontrar nenhuma parte identificável do corpo, eu acho.

Eu me encolho ao ouvir aquelas palavras. É o mínimo que o sr. Smith merece depois de tudo que fez, mas Devon sabia que eu teria dificuldade de lidar com o fato de ser a pessoa que provocou aquilo.

Mas chegou a um ponto em que éramos nós ou ele.

— Posso dizer isto agora que acabou, mas houve alguns momentos em que achei que ele tinha superado a gente — digo, em voz baixa.

Devon resmunga.

— É, a Lucca falsa me abalou de verdade. Não conseguia entender onde aquilo ia dar.

— Queria que tivéssemos conseguido salvá-la a tempo — digo.

Amy chega perto e aperta meu braço.

— A gente conseguiria se tivesse alguma ideia do que ele estava planejando. Mas agora sabemos que ela foi a última vítima dele.

Assinto e tento encontrar algum conforto nisso.

— Você conseguiu descobrir até que ponto Ryan estava envolvido?

Devon levanta a cabeça. Eu estava adiando essa pergunta porque não tenho certeza se quero saber a resposta. Depois que Devon plantou a informação sobre Amy na casa dos pais de

James, ele foi para a Virgínia, onde o sr. Smith morava. Enquanto o sr. Smith entrava comigo no banco, Devon hackeava o computador pessoal dele. Como Devon então sabia onde procurar, as porteiras se abriram, e ele conseguiu desvendar absolutamente todos os aspectos do negócio.

— O único envolvimento dele era aquele que já sabíamos. Smith usou os serviços dele ao longo dos anos. À medida que o negócio de Ryan ia crescendo, o interesse de Smith nele crescia junto. Acho que ele tinha mesmo a intenção de tomar o negócio do Ryan, como disse pra você. Pelo que já vi até agora, e vai demorar um tempo pra conseguir analisar tudo, Ryan o conhecia dessas transações prévias, mas não tinha noção da abrangência da organização de Smith.

Amy se ajeita na cadeira, o olhar revezando entre mim e Devon.

— Então por que Smith estava dando a ele informações sobre o próprio negócio?

Devon dá de ombros.

— Não tenho certeza. Imagino que Smith tivesse suas razões, mas nunca vamos descobrir se não perguntarmos ao Ryan.

— Bom, então acho que nunca vamos saber — digo.

Amy dá uma risada.

— Sério? Não vai perguntar pra ele?

Não consigo evitar a careta que se forma no meu rosto.

— Não posso fazer isso!

— Claro que pode — sugere Devon, o foco novamente no laptop.

— Pra quê? Esse trabalho está encerrado. E eu vou andar na linha a partir de agora. Chega de atividades ilegais pra mim.

Amy revira os olhos.

— Andar na linha não significa que precise terminar com ele. Em termos de moralidade, ele está na zona cinzenta, assim como você. Além disso, ele é muito gato e deve ser ótimo de cama.

— Eu dou três meses pra ela me ligar e dizer: "Então, Devon, tem um trabalho..."

A imitação da minha voz aguda me faz dar uma risada, e reviro os olhos.

— Eu dou um mês — aposta Amy.

Jogo uma almofada em cada um.

Ficamos naquela casa por mais três dias enquanto Devon esmiúça o restante dos arquivos do sr. Smith que copiou para seu computador. Mas esse tempinho longe do mundo real não pode durar para sempre.

— Ok, moças, estou indo embora — anuncia Devon, com a mochila nas costas e a mala na mão.

O equipamento já está no carro. Ele é o primeiro a sair, e eu e Amy o abraçamos, mas só eu vou com ele até a varanda.

— Nós conseguimos — digo.

Ele abre um grande sorriso.

— Conseguimos mesmo. — Ele faz uma pausa, depois diz: — Quando parar com essa história de que vai sair dessa vida, me avisa.

— Eu *vou* sair — afirmo, embora sem muita convicção. — E podemos nos encontrar pra nos divertir! Não precisa ser sempre trabalho.

Devon vai para o carro, rindo.

— Claro que podemos. Estou à disposição quando quiser.

Ele coloca as coisas no banco de trás.

Amy é a próxima a partir.

— Me manda uma mensagem quando se instalar, certo? — pede ela.

— Pode deixar. E vejo você daqui a algumas semanas.

Eu a ajudo a colocar as malas no carro, depois nos abraçamos e ficamos assim por um longo tempo.

E então ela também vai embora.

Fico mais um pouco na casa. Há coisas a fazer, planos a elaborar e decisões a tomar, mas por uma semana abençoada há apenas o silêncio.

Codinome: Evie Porter — Quatro meses atrás

É quinta-feira e Ryan Sumner chegou na hora certa. Vai até a bomba de gasolina que fica mais longe, como sempre.

Está vestido de modo um pouco mais casual hoje, a costumeira camisa de botão substituída por uma dessas blusas de golfe com o logo do clube local. Fico imaginando por que esta quinta-feira é diferente.

Subo minha saia só um pouquinho e passo as mãos no cabelo para que ele caia exatamente do jeito que eu quero.

Eu já sabia, ao vir para cá, que este seria meu trabalho mais perigoso até então. O sr. Smith me mandou aqui para me destruir.

Vou seguir as regras direitinho agora. Não vou sair da linha, não vou tentar me antecipar às jogadas. Vou deixar que tudo se desenrole. E esperar que o sr. Smith venha com tudo para cima de mim, antes de eu revidar.

— Olá — digo, caminhando na direção do carro dele.

Ele se sobressalta, mas consegue disfarçar bem rápido.

— Oi — responde ele, com um sorrisinho no rosto. É mais bonito pessoalmente.

Inclino a cabeça na direção do meu carro, que está mais ao lado, com o pneu traseiro totalmente murcho.

— Será que você conseguiria me ajudar com isso? Meu pai me ensinou a trocar pneu anos atrás e, na teoria, eu me lembro do básico, mas é um pouco mais complicado quando acontece na vida real.

Ele abre um sorriso ainda maior, que ilumina todo o seu rosto. E é mesmo um lindo rosto.

— Claro — diz ele. — Deixa só eu terminar aqui e já ajudo você.

Abro um sorriso igualmente brilhante e volto para o carro.

Ele estaciona ao meu lado e, ao sair do carro, dá uma olhada em mim. Estou inclinada na lateral, me exibindo o suficiente. Ryan vai até a mala e pega o macaco, depois se ajoelha diante do meu pneu furado. Eu me agacho ao lado dele e seus olhos ficam parados por alguns segundos na direção das minhas pernas, como eu planejara.

Pela minha pesquisa, sei que ele gosta de jogar golfe e tênis, embora não seja muito bom em nenhum dos dois. Sei que estudou na LSU e que comandava o departamento social da fraternidade. Sei que namorou uma menina durante o segundo e o terceiro anos, mas que ela terminou com ele e foi estudar fora.

— Você me parece familiar — digo, enquanto ele começa a soltar o pneu.

Ryan olha para mim.

— Eu estava pensando a mesma coisa.

— Você conhece Callie Rogers? Éramos amigas na LSU.

Pela expressão, sei que ele reconhece o nome, mas não consegue lembrar exatamente. Pesquisei algumas garotas que faziam parte de sororidades na mesma época em que ele estava lá, garotas que estavam marcadas em postagens de amigos de amigos, mas nunca ao lado dele. Os nomes seriam familiares, mas nunca o suficiente a ponto de ele poder perguntar sobre mim a elas.

— Ela era amiga de Marti Brighton?

— Isso!

— Acho que a vi uma ou duas vezes, quando estava com Marti — diz ele, e então volta ao trabalho.

Quando essa conexão mútua acontece, ele já não me vê mais como uma estranha e a conversa flui com facilidade. Embora Ryan já tenha terminado de trocar o pneu, ele fica por ali. Estamos os dois encostados no carro, virados de frente um para o outro.

— Eu deveria pagar uma bebida pra você! — digo. — É o mínimo que posso fazer por me salvar.

Ele chega mais perto.

— Eu deixo você me pagar uma bebida se eu puder te pagar um jantar.

Ryan é bom de flerte.

— Sinto como se já conhecesse você, mas ainda não nos apresentamos oficialmente. — Estendo a mão, mas não tanto, já que estamos bem próximos. — Prazer, Evie Porter.

Ele segura minha mão.

— Ryan Sumner.

— Bom, Ryan. Bebidas e jantar parece uma ótima ideia.

— Vem me seguindo?

— Vou estar logo atrás de você.

Paramos num pequeno bistrô e ele já está na minha porta antes mesmo de eu abri-la. Estende a mão e me ajuda a sair do carro.

Entramos no restaurante, e ele pede uma mesa no pátio. Ainda está frio do lado de fora nesta época do ano, mesmo que estejamos na Louisiana. Minha saia curta não me protege de nada, mas fico aliviada ao ver diversos aquecedores espalhados pela área aberta. Há cordões de luzes piscantes pendurados entre as árvores que cercam o pátio. É o lugar dos sonhos para um primeiro encontro.

Pedimos vinho e entradinhas e conversamos, conversamos, conversamos. Ele se inclina para mim, e eu faço o mesmo.

— Me conta mais de você — diz ele, quando o jantar chega.

Uma onda de pensamentos sobre minha mãe e o pequeno trailer que eu chamava de casa — que minha mãe transformou numa casa — me invade e, pela primeira vez, não quero contar a primeira mentira. Quero lhe contar como ela me ensinou a costurar e como fazíamos vestidos para cada bichinho de pelúcia que eu tinha. Das festinhas com chá em que agíamos como se fôssemos da realeza. Quero contar a ele sobre o mapa-múndi que ficava pendurado na parede. Nós jogávamos um dardo e pesquisávamos tudo sobre o lugar onde ele parava.

Mas eu me mantenho no roteiro e conto que meus pais morreram num acidente de carro e que estou tentando encontrar meu lugar. Coloco um pouco mais de verdade do que deveria na história. Ofereço a ele mais sobre mim mesma do que já ofereci a qualquer outra pessoa.

Ele encosta na minha mão por cima da mesa e me preparo para a sensação boa que sei que está por vir. E é muito boa mesmo.

Boa até demais.

Então retiro a mão devagar. Não o suficiente para ele se sentir rejeitado. Só para colocar certa distância. Dentro da minha cabeça, vou construindo um muro para minhas emoções, tijolo sobre tijolo. Ryan Sumner é um trabalho. Um trabalho que não vai durar muito. Ele está encantado por Evie Porter, um fragmento da minha imaginação.

É hora de lembrar exatamente quem ela é e por que está aqui.

É hora de trabalhar.

Evie Porter — Presente

Ryan está no jardim empurrando o cortador de grama para a frente e para trás sobre aquele verde perfeito. O sol está se ponto e a luz lança um brilho dourado na casa branca de dois andares, fazendo-a reluzir.

Ele me vê e desliga o motor imediatamente. Usa um short cáqui velho e desbotado, além de uma camiseta azul-clara meio esgarçada.

Fico na calçada observando ele me observar. Nenhum dos dois se mexe durante alguns minutos.

Três meses se passaram desde aquela manhã no hotel em Atlanta.

Ele se aproxima. Há grama em suas pernas e sapatos, e as mãos estão manchadas de graxa.

Examino seu rosto em busca de alguma mudança desde a última vez que o vi.

— Espero que ainda queira conversar comigo — digo.

Ryan tira um pano do bolso de trás e limpa as mãos. Depois de um longo momento, enfim levanta a cabeça e faz um gesto na direção da casa. Sem esperar para ver se vou atrás, contorna a casa rumo ao jardim dos fundos.

Meu olhar é capturado pelas três longas fileiras de vegetais que começam a brotar no final do jardim.

Ryan arruma as duas cadeiras Adirondack uma de frente para a outra, e não lado a lado, e aponta para eu me sentar. Escolho a que fica de costas para o jardim. Não posso olhar para aquela horta agora.

Ele pega duas cervejas no cooler e me dá uma.

— Achei que seria melhor conversar sem os olhares fofoqueiros dos vizinhos. Embora talvez eu deva agradecer, as velhinhas da rua têm me evitado depois de toda a comoção da polícia, e agora estão com medo de empurrar as netas pra mim.

— Estou disponível sempre que precisar de uma mancha na sua boa reputação — comento, bebendo um gole da cerveja em seguida.

— Ela nunca foi tão impecável quanto você imaginou. Podemos parar de fingir quando estiver pronta.

Respiro fundo e solto o ar devagar, na tentativa de me acalmar.

— Nem sei bem por onde começar. Eu... estou fingindo há muito tempo.

A cabeça de Ryan pende para o lado e ele me analisa. Eu, Devon e Amy podemos especular até morrer, mas não sabemos qual é o lado de Ryan nesta história ou o que ele sabia sobre mim e o sr. Smith. A única coisa que sabemos é que Ryan tinha negócios com o sr. Smith em alguma instância, mas ele é o único dono da operação em East Texas desde que o avô morreu.

Também sei que existe algo mal resolvido entre nós, e eu queria muito vê-lo de novo, um desejo que o tempo não diminuiu.

— Eu deveria fazer você falar primeiro, já que dispôs do seu precioso tempo pra vir aqui. — Ele coloca a cerveja na mesinha de canto, e depois se recosta na cadeira, a cabeça sobre as mãos entrelaçadas. — Você foi algo pro qual eu não estava preparado. Eu sabia que estava tentando pegar informações sobre o negócio de Glenview quando troquei seu pneu furado? Não. Antes mesmo de conhecer você, dava pra ver que havia algo errado. As coisas mudavam de lugar no trabalho e em casa. Desapareciam. Ficou pior depois que a conheci, mas não liguei isso a você. Não mesmo. — Ele abre um sorrisinho e dá de ombros, como se dissesse que deveria ter vergonha, mas não tem. — Um parceiro com quem eu já tinha feito negócios de vez em quando ao longo dos anos me disse que ouviu boatos de que alguém tinha se infiltrado na minha operação e estava vendendo informações sobre meus carregamentos a quem pagasse mais.

— Um parceiro? — pergunto.

Ele balança a cabeça.

— Não vou falar mais nada enquanto não me contar alguma coisa.

Ele bebe um gole grande da garrafa e a coloca de volta na mesa.

— Você era o alvo de um trabalho. Eu estava... tendo problemas com meu chefe. Ele não estava feliz comigo. Quando fui designada pra lidar com você, não sabia se era um trabalho de verdade. Não do jeito de sempre. Meu chefe... ele gostava de joguinhos. De me testar pra verificar se eu era leal. Não preciso dizer que eu estava em dúvida se você também estava jogando.

Ryan semicerra os olhos, como se tentasse entender o que estou dizendo, já que não estou sendo tão clara.

— Isso parece... meio podre. Seu chefe parece ser um grande babaca.

Minha risada surpreende a nós dois.

— Você não tem ideia. — Ser simplesmente honesta é muito mais difícil do que eu imaginava. — Se o parceiro que te avisou que alguém estava vendendo os detalhes dos seus carregamentos for o mesmo com quem você estava conversando no corredor do hotel no Tennessee, então você conheceu meu chefe.

Ele se inclina para a frente. A postura relaxada já sumiu.

— Não sabia que você tinha ouvido a nossa conversa. Foi por isso que se assustou e foi embora? E, sim, era ele. Mas ele era o *seu* chefe? — Ryan desvia o olhar, como se estivesse tentando organizar a confusão na própria mente. — Ele me disse que você estava roubando arquivos de mim.

— É, é isso mesmo. Colocar as pessoas umas contra as outras é o passatempo favorito dele. — Ou será que eu deveria dizer que *era* o passatempo favorito dele? — Achava que assim conseguia os melhores resultados. Um lado trabalhando contra o outro, ninguém confiando em ninguém. E ele convenientemente observando de fora.

Estamos nos analisando. Comparando o que acreditávamos antes com o que estamos descobrindo um do outro agora.

— Quando ele te contou que era eu? E por que continuou comigo ao descobrir que eu estava traindo você? — pergunto.

Ryan continuar comigo fazia sentido quando eu pensava que ele era o sr. Smith.

— Ele me mandou uma mensagem assim que saímos da delegacia. Pediu que o encontrasse. Disse que tinha informações pra mim. Fui encontrá-lo quando deixei você aqui e disse que precisava passar no escritório. — Ele ri, mas de leve. Olha na direção dos fundos do jardim. — Pensando agora, é fácil ver como ele me manipulou. Disse que alguém se aproximou dele oferecendo uma parceria porque sabia que ele tinha usado meus serviços antes e achou que podiam cortar o intermediário. Mas ele me fez acreditar que estava do *meu* lado. Que estava trabalhando contra isso. Falou que você estava me usando pra pegar os registros financeiros de clientes e de carregamentos. E me deu "provas". Disse que você ia encontrar com seu contato em Atlanta pra entregar o restante das informações que tinha e que essa pessoa havia prometido ajudar você com a polícia. Eu concordei em me manter perto de você. Queria saber quem estava por trás disso. Quem tinha mandado você pra fazer o trabalho sujo. Eu estava puto. Fiquei no carro dentro da garagem e comecei a ler tudo que ele tinha me dado.

Ryan finalmente olha para mim e se inclina para a frente na cadeira, os cotovelos nos joelhos.

— Mas aí fiquei ainda mais confuso do que nunca — disse ele, a voz forte, mas baixa. — Tudo que ele me entregou como prova estava alterado. As datas dos carregamentos maiores estavam uma semana depois do planejado. A carga estava menor. Os nomes dos compradores, trocados. Não fazia sentido. E aquilo foi o suficiente pra me fazer duvidar do que ele estava falando. E aí entrei em casa. Fui procurar você. Encontrei você no chuveiro tão... arrasada. Chorava tanto que achei que ia se quebrar em mil pedacinhos. Eu me sentia exatamente do mesmo jeito. Sabia que estava faltando alguma peça. — Ele abre um sorriso triste. — Resolvi surfar a onda pra ver onde íamos parar.

O olhar dele é tão intenso que sou obrigada a desviar. Tossindo para tentar desatar o nó da garganta, eu enfim digo:

— Ele não era o único que estava jogando. Eu precisava que ele ficasse furioso comigo. Mais do que já estava. Tinha que perder a confiança dele por completo. Mas também não queria que você perdesse seu negócio pra ele. Não queria que virasse mais uma engrenagem na organização dele. E então mudei os detalhes.

Ryan chega ainda mais para a frente, as mãos nas pernas da minha cadeira, e me puxa para perto.

— Me conta o resto.

Respiro fundo e conto a ele sobre Devon e Amy, sem dizer seus nomes. Conto sobre Eden, na Carolina do Norte, e a vida naquele trailer com a minha mãe até ela morrer. Conto sobre o sr. Smith e George, e como eu não sabia que eram a mesma pessoa até ser quase tarde demais. Conto a ele sobre a mulher que fingiu ser eu e como ela e James perderam a vida apenas por um capricho do sr. Smith.

A certa altura, enquanto estava desabafando, Ryan me puxou para seu colo. Minha cabeça está apoiada no peito dele, e ele faz carinho no meu cabelo enquanto escuta todos os meus segredos.

— Sinto muito que James tenha se envolvido nisso. Se eu soubesse o que ia acontecer com eles, teria dado um jeito de tirá-los dessa.

— Eu sei.

Ficamos sentados em silêncio por tanto tempo que o sol começa a se pôr.

Eu deveria ficar com vergonha do quão fácil foi voltar à rotina diária com Ryan. A única diferença é que agora nós dois somos honestos sobre nosso lado fora da lei.

É quinta-feira e Ryan foi para East Texas.

— Volto às seis — diz ele, enchendo a caneca térmica com café.

Está usando calça jeans e camiseta, já que não precisa mais fingir que está indo para o escritório local.

— E eu vou ficar aqui.

Chego mais perto e o abraço.

Ele enfia o rosto no meu pescoço e me enche de beijos.

— Quer que eu compre uns bifes na volta?

— Hummm, boa ideia. Tem muita abóbora e abobrinha sobrando também, agora que os vizinhos fogem de mim. Podemos grelhar e comê-las.

Ryan dá uma risada.

— É isso que acontece quando metade do jardim é uma horta e temos que distribuir legumes pra todo mundo. — Mais um beijo e ele murmura sobre os meus lábios: — Tente ser uma boa garota enquanto eu estiver fora.

— Vou tentar, mas não prometo nada — respondo, rindo.

Ele sai e fico observando o carro se afastar até perdê-lo de vista.

Encho novamente a caneca de café e vou para o pequeno escritório que montei para mim num dos quartos de hóspedes. Levo alguns minutos para me instalar e ligar tudo. Foi Devon quem criou este espaço, e tomamos todas as precauções.

Faço a ligação pela linha segura e Amy atende no primeiro toque.

— Bom dia — diz ela, embora ainda pareça meio sonolenta.

Ela manteve o nome, mas agora atende pelo sobrenome Porter também. Pelo visto eu não era a única a buscar uma conexão com alguém.

— Bom dia — respondo, e entro no fórum de mensagens dos fãs de King Harvest.

Uma caixinha aparece mostrando que há novas mensagens, enquanto os primeiros acordes do refrão de "Dancing on the Moonlight" tocam na caixa de som do computador.

— Duas novas mensagens — digo.

Ouço Amy bocejar, e então ela diz:

— Abre aí e vamos ver o que eles querem, srta. Smith.

É minha parte favorita da manhã.

AGRADECIMENTOS

Escrever este livro me trouxe muitas mudanças: saí do mercado de ficção YA para o mercado adulto e comecei a trabalhar com uma nova agente e uma nova editora. E a experiência não foi nada menos do que incrível!

Primeiro, um obrigada imenso a minha agente, Sarah Landis. Desde nossa primeira conversa, seu entusiasmo e amor por *A primeira mentira* foram inigualáveis. Ganhei não apenas uma ferrenha defensora do livro, mas também uma nova amiga. Sou muito grata por sua orientação e apoio.

Obrigada a todo mundo na Sterling Lord Literistic, especialmente a Szilvia Molnar e à equipe de direitos estrangeiros. Estou muito animada com a publicação de *A primeira mentira* ao redor do mundo!

Aos meus agentes de audiovisual, Dana Spector e Beni Barta, obrigada por acreditarem no livro e encontrarem uma equipe incrível para adaptá-lo. Vocês são os melhores!

Algo mágico acontece quando um livro encontra a casa perfeita. Pamela Dorman, Jeramie Orton, Marie Michels e Sherise Hobbs — vocês são o time de editores perfeito e sou muito grata por contar com sua experiência e apoio! Obrigada pelo trabalho duro e pela dedicação para transformar *A primeira mentira* no que é hoje. E obrigada a todo mundo na Viking/Pamela Dorman Books e Headline, incluindo Diandra Alvarado, Matthew Boezi, Jane Cavolina, Chelsea

Cohen, Tricia Conley, Tess Espinoza, Cassandra Mueller, Brian Tart, Andrea Schulz, Kate Stark, Rebecca Marsh, Mary Stone, Christine Choi, Molly Fessenden, Jason Ramirez, Lynn Buckley e Claire Vaccaro. Sei que há muita gente trabalhando nos bastidores e valorizo cada um de vocês.

A Megan Miranda e Elle Cosimano, obrigada por serem as melhores parceiras críticas e amigas que uma autora poderia querer. Não consigo imaginar como seria fazer nada disto sem vocês.

Tenho a enorme sorte de ter muitas pessoas torcendo por mim. Ao meu marido, Dean, e nossos filhos, Miller, Ross e Archer, obrigada por serem meus maiores apoiadores. Amo vocês demais e sou muito grata por tê-los todos os dias. Obrigada, mãe, Joey e o resto da família por sempre terem tanto orgulho de mim. Obrigada aos amigos que sempre estão ao meu lado. E um obrigada especial a Aimee Ballard, Christy Poole e Pam Dethloff, por garantirem que meu cabelo, minhas roupas e o cenário de fundo estivessem sempre perfeitos a cada vídeo que tive que gravar. É preciso uma aldeia!

Por último, mas certamente não menos importante — obrigada a vocês, meus leitores. Seja este o meu primeiro livro que lê, ou se já me acompanha desde o início, eu valorizo cada um de vocês!

1ª edição	OUTUBRO DE 2024
impressão	CROMOSETE
papel de miolo	LUX CREAM 60G/M²
papel de capa	CARTÃO SUPREMO ALTA ALVURA 250G/M²
tipografia	GARAMOND PREMIER PRO